U0097311

古典詩歌研究彙刊

第七輯

龔鵬程 主編

第 11 冊

北宋園林詩之研究

林 秀 珍 著

國家圖書館出版品預行編目資料

北宋園林詩之研究／林秀珍 著 —— 初版 —— 台北縣永和市：花

木蘭文化出版社，2010〔民99〕

序 2+ 目 4+244 面；17×24 公分

（古典詩歌研究彙刊 第七輯；第 11 冊）

ISBN 978-986-254-126-5（精裝）

1. 宋詩 2. 詩評 3. 園林藝術

820.91051 99001745

ISBN - 978-986-254-126-5

9 789862 541265

古典詩歌研究彙刊

第七輯 第十一冊 ISBN：978-986-254-126-5

北宋園林詩之研究

作 者 林秀珍
主 編 龔鵬程
總 編 輯 杜潔祥
出 版 花木蘭文化出版社
發 行 所 花木蘭文化出版社
發 行 人 高小娟
聯絡地址 台北縣永和市中正路五九五號七樓之三
　　　　　電話：02-2923-1455／傳眞：02-2923-1452
網 址 http://www.huamulan.tw 信箱 sut81518@ms59.hinet.net
印 刷 普羅文化出版廣告事業
初 版 2010 年 3 月
定 價 第七輯 20 冊（精裝）新台幣 28,000 元

北宋園林詩之研究

林秀珍　著

作者簡介

國立高雄師範大學國文研究所博士，現任正修科技大學通識中心助理教授。碩士論文《北宋園林詩之研究》（台灣師範大學國文研究所）、博士論文《蘇轍詩歌之風格與價值》（高雄師範大學國文研究所）。曾發表〈《人物志》「觀」的審美精神〉、〈蘇轍題畫詩〉、〈由人物賞鑑到文論——看南朝文學審美意識〉、〈從程明道的「理趣詩」看其對天人關係的實踐〉、〈梅、歐、蘇三家對韓愈詩風的承繼與開拓〉等單篇論文。

提　要

　　園林詩是詩情畫意的藝術表現。本文擬從園林詩的作者和作品兩方面為主軸，分別探討：一從作者內在情志和思想，歸納北宋文人士大夫生命情境和哲學思維，一是聯繫園林詩歌物象表現的意趣和藝術技巧。

　　論文分為八章。

　　第一章，緒論。首先為「園林」在中國歷史上的發展作一交代，其次為「園林詩」一詞作義界，說明它和其他相近詩類不同的意趣和內容。最後並交代研究範圍與方法。

　　第二章，北宋園林概說。第一節從政治、經濟、社會、思潮、文風上，探討園林在北宋興盛的原因。第二節對北宋主要園林作一概說。第三節描述丈人的園林生活。

　　第三章，北宋園林詩的主題類型。從北宋文人詩集中，歸納園林詩主要的表現類型，分別是：第一節：享樂游宴的趣味、第二節：神仙境界的追求、第三節：今昔憂思的感懷、第四節：藉題興發的說理、第五節：傷時不遇的寄託、第六節：遁世隱逸的逃避、第七節：恬適自得的生活、第八節：清朗疏曠的節操、第九節：空靈幽深的禪地。

　　第四章，北宋園林詩的哲學思考。從「哲理觀」「空間觀」「生命觀」「審美觀」四大方向，由「人」的角度，對園林詩作思想上的剖析。

　　第五章、園林詩的美學意境。著重在園林詩內容所表現出的物象形態和景色描摹。共分五節。

　　第六章，北宋園林詩的藝術技巧。針對園林詩主要藝術形象上的塑造，分為「意象烘托」「時空設計」「氣韻展現」三節，來說明寫景詠物上的技巧。

　　第七章，北宋園林詩的特色。舉例並說明宋園林詩傳承前人技巧及超越自成一家特色之處。

　　第八章，結論。回顧並綜合各章論點。

目

次

自　序

　　「流連魚鳥適，放曠山林喜。」（宋・李淑〈春集東園〉）中國古典園林是中國文化藝術的累積，也是人文精神涵養的菁華，在再造的人工自然中，充分展現出文人士大夫詩情畫意的生活意趣。「園林詩」此一詩類的提出，為北宋時代文學特質和內容做了新的探析。詩是無形畫，畫是有形詩。在這一年當中，沈浸在詩歌裡的園林景色，追索詩人內心世界的生命情懷，研究的過程是一種焠鍊的心情。

　　論文寫作期間，由於回南部教書，端賴師長與親友的扶持，論文才得以順利完成。感謝指導教授邱師燮友的指導和鼓勵，在為學研究上開啓了新視野和觸發。張師高評惠借圖書，勖勉啓發，不勝感激。並感謝口試時簡宗梧、黃志民兩位教授細心批閱，指出錯誤且提供許多寶貴的見解，讓我獲益良多。

　　本文為學習之作，罅隙淺漏，自知難免，盼博雅君子，不吝指正，以俾進益。

林秀珍謹識於國立臺灣師範大學國文研究所
中華民國八十六年六月

第一章　緒　論

第一節　研究動機

　　宋代是中國歷史上在文化、文學、藝術、思想上達到成熟燦爛的黃金時代，因此反映於文學藝術的表現，就呈現一片目不暇給的成就，處於這樣一個時代裡的知識份子，他們所表現出的生活態度、審美情趣和思想情操上，便呈顯異於歷代的氣度和風貌。

　　今天留存下來的中國古典園林，在江南地區以精緻小巧的私家園為主，包括（蘇州）的耦園、留園、滄浪亭、獅子林、網師園、拙政園、半園等；（揚州）的个園，（無錫）的寄暢園等。〔註1〕北方則是大型的皇家園林，有頤和園、圓明園等。在臺灣，故宮至善園、板橋林家花園再造了宋代、明清的古典園林。「園林」是個綜合藝術的結合，本身蘊含有相當豐富的文化內涵。由於北宋政治安定、經濟富裕，園林紛紛興起，以「園林」為歌詠的詩歌題材大量出現。也因此激起我想研究此論題的興趣。

　　選定宋朝為我論文題材的基點，一方面是因為宋朝位古典園林成熟前期，開啟後代園林文化的發展；另一方面，宋代豐富的人文意識

―――――――――――――――――――――

〔註1〕參看楊鴻勛著《江南園林論》（上海：人民出版社，1996年）。

和詩歌特色，迥異於前代。大宋的氣質不同於唐朝飆功偉業，赫赫聲勢的黃金王朝；它是屬於水墨畫般「寒山平林」、「淡遠開雅」的文人氣息。在整個宋代的內在發展上，有一種儒雅平淡的氣質。

　　歷來，對宋詩的評價不一。宋詩的基本特徵是建立在與唐詩相對的立場下來說的。〔註2〕而宋・陳肖嚴《庚溪詩話》說得最中肯：「本朝詩人，與唐世相亢，其所得各不相同，而俱自有妙處，不必相蹈襲也。」

　　北宋、南宋因政治關係，後者金甌半缺，無法一窺園林發展全貌。北宋版圖橫跨黃河和長江流域，「尤其是南方山石花木的移植，使北宋園林更富有南北園林互相結合的特色。」〔註3〕「趙宋道君皇帝，留情藝術，主持風雅，更進一步，而以詩情畫意，寫入園林，流風扇披，披靡南渡，故江表諸州，至今猶多以名園著。」〔註4〕由此可見，南北的互相影響，以及作為南方園林的開端，以北宋為時代的斷限，是有必要的。

　　探討以「人」為主體的園林詩，人與園林之間的聯繫，關乎政治、思想和人格上的縮和。宋代以詩入畫，以畫入詩，身兼畫家、詩人雙重的身份的文人在創作詩歌的同時，詩畫合一的技巧特色，賦予描述園林景色的「園林詩」兼顧了詩情與畫意。而另一方面，宋朝人文意蘊的指向，仕進之路將政治與人生緊密結合，透顯出主體人格的豐富內涵。

　　從文學觀點，以研究「園林詩」為主題的論文，目前尚付闕如，

〔註2〕　（1）宋・嚴羽《滄浪詩話》：「盛唐諸人，惟在興趣，羚羊掛角，無跡可求。近代諸公，乃作奇特解會，遂以文字為詩，以才學為詩，以議論為詩。」
　　　　　（2）明・王世懋《藝苑擷餘》：「宋使事最多。」
　　　　　（3）吳之振《宋詩鈔序》：「宋人之詩，變化於唐，而出於其所自得。皮毛落盡，精神獨存，不知者或以為腐。」
　　　　　（4）清・王士禎《答師友傳詩錄》：「唐人詩主情，故多蘊藉。宋詩主氣，故多經露。此其所以不及，非厚薄。」
〔註3〕孟亞男《中國園林史》（臺北：文津出版社，1983年），頁76。
〔註4〕陳植注釋《園冶注釋》，〈重刊園冶序〉文中之語（臺北：明文書局，1993年8月）。

而與園林研究相關的論文有黃明美《中國庭園與文人思想》(臺北：明文，1988，三版)、侯迺慧《詩情與幽境——唐代文人的園林生活》(政治大學中文研究所博士論文，1990)、鄭文惠〈明代園林山水題畫詩之研究——以文人園林爲主〉(政治大學學報，1994.9)。而另外有關園林建築的專書以大陸學者的研究居多，多從建築造園美學著眼。論文敘及詩歌的有曹林娣《姑蘇園林與中國文化》(臺北：萬卷樓，1993)、王毅《園林與中國文化》(上海：人民出版社，1995.4)等。是故，以「園林詩」爲中心的研究，是一個值得開發的園地。

　　單就園材建築的手法、特色，並不是本篇論文的主旨，我的著眼點在於園林詩裡表現出文化與社會歷史的內容，並以詩歌寫作技巧爲研究的主要重心。

　　宋代園林是中國園林的成熟前期。當時北宋西京洛陽是官僚致仕後的退隱地，東都汴京展現了皇家園林壯盛的氣勢。南宋政治中心南移，臨安(杭州市)、吳興(湖州市)、平江(蘇州市)園林遍地，都是貴族顯要聚居之處。園林不僅有休憩遊賞的功能，園林本身所反應出來的「天人之際」，融合了文學、繪畫、思想在內的人文現象，是中國士大夫繼魏晉山水田園隱逸風氣之下，對袖珍山水創造的另一高峰。

第二節　研究範圍

一、從山水到園林

（一）山水和人生

1. 敬畏崇拜

　　自古，人類面對著自然山川奇巍多變、千姿百態的景觀，產生了無數的想像和期待。矗立在大地上，高聳入雲的山阿，奔流不息的河水，大自然的狂風暴雨，日圓月缺，這些變化的現象，帶給了原始人

類莫名的的震撼與恐懼，對於山水便存在著敬畏崇拜的心理。《詩經・周南・卷耳》：「陟彼砠矣，我馬瘏矣，我僕痡矣，云何吁矣。」《詩經・周南・漢廣》中：「河之廣矣，不可泳思，江之永矣，不可方思。」大山大水讓車馬難以前進，這對先民來說產生極大的威嚇作用，於是面對聳立的高山大潭，心情是敬畏恐懼的。

《禮記・祭法》云：「山林川谷丘陵，能出雲，爲風雨，見怪物，皆曰神。」《山海經・西次三經》：「崑崙之丘，實惟帝之下都。」遠古時代，人類對於大自然的崇拜，來自於對自然環境不可知的畏懼。那些巨大的山體以簡單且強烈的線條呈顯一股不可抗拒的神祕力量，在他們眼裡，就是通向那遙不可及的神仙府地。

在人類的生活中，水是維持生命最重要的因素之一。人們認爲天氣的轉換，是由於超自然的神的意志，水的多寡也是由神的慈悲或惡意。農耕民族常把他們生活中有最密切關係的水或雨加以人格化，而成爲水神或雨神。〔註5〕

所以人類爲了取悅神靈，就有了祭祀山川的儀禮。以水那生生不息的流動力和深在縹緲間的群山大壑，做爲原始人類生活裡象徵性的神髓。

《史記・封禪書》引用《周官》曰：「天子祭天下名山大川，五嶽視三公，四瀆視諸侯，諸侯祭其疆內名山大川。四瀆者，江、河、淮、濟也。」

山水和人最早的關係是建立在對自然無法掌握的不安上面，有種無法割裂的二重對立，想靠近卻又害怕。就在人對自然的活動中，無形中包含了對山水風景的審美感受。如在《詩經》中：「淇水滺滺，檜楫松舟。」(〈衛風・竹竿〉)「節彼南山，維石巖巖。」(〈小雅・節南山〉) 這是審美主體與對象接觸的第一步，從對未知的探索進而投射美感的欣賞，建立結構性空間互動感知的心理感受。

〔註5〕王孝廉《水與水神》(臺北：三民，1992 年)。

2. 比 德

從神靈之天〔註6〕到道德之天，〔註7〕人文自覺的挺立，將人的內在理性突顯出來，此時孔子的「仁」說，強調著藝術美善的本質和文質合一的精神，便主宰了生活藝術的取向。

《論語‧雍也》：「知者樂水，仁者樂山。知者動，仁者靜。」劉向《說苑‧雜言》記孔子答子貢問：「夫水者，君子比德焉。遍予而無私，似德；所及者生，似仁；其流卑下，句倨皆循其理，似義；淺者流行，深者不測，似智；……。」出現了自然景物被有意的套上禮教的外衣，以「知者」比附水的流動不拘，以「仁者」比附山的沈穩厚實，將原本實體的存在變成精神價值的象徵。比德論的出現，標誌著知識份子與山水關係的深化，單是對「仁」的肯認是不夠的，還要凸顯了人文精神的發揚，也就是「審美的境界要高於知識的境界」，〔註8〕對於山水的體會，受到儒家很大的影響。

自喻適志的「比德」，以山水來觀照君子高潔的品格，是透過主觀的道德觀念在客體再現的過程，是一種以實用、道德的價值判斷來作思考的行為過程，這和當時的政治背景有很大的關係。

3. 暢 神

《莊子‧知北遊》曰：「山林與！皋壤與！使我欣欣然而樂與！」

山林、皋壤之樂，莊子從自然山水的欣賞中獲得身心的舒暢，大自然予以生活之逸趣和啟示，此「樂」在精神的自由與超越，身心得到大解放，通天下之一氣。這種以遊賞對山水風景的態度，傳達重「神韻」的感受。

魏晉六朝是中國政治的黑暗時代，縱情山水成為當代的時尚。「中國園林建造的目的是供人遊賞的，是精神滿足的對象，而不是為了實

〔註6〕《詩經‧大雅‧皇矣》：「皇矣上帝，臨下有赫，監視四方，求民之莫。」此天說是人格神的「上帝」，具有賞善罰惡，及威權意志的天。他隨時都在注意著人間人民老百姓的一舉一動。

〔註7〕《中庸》：「誠者，天之道也。」「天」的內容是一蘊含德行的主體。

〔註8〕葉朗《中國美學史大綱》，頁44（臺北：滄浪出版社，1986年）。

現物質欲求，這是六朝園林在中國園林史上不可忽視的地位。」[註9]
在物我精神應契的交感中，六朝人突破了審美角度由道德意識以及要
求「美」、「善」的評定標準，而能拋開外在道德禮教束縛，追求眞正
內在的本質的「眞」。

故「暢神」的審美意識影響了當時人物品藻。在《世說新語》中
的人倫品鑑，便是用山水來比附的。

如「嵇康身長七尺八寸，風姿特秀。見者歎曰：蕭蕭肅肅，爽朗
清舉。或云：肅肅如松下風，高而徐引。山公曰：嵇叔夜之爲人也，巖
巖若孤松之獨立；其醉也，傀俄若玉山之將崩。」（第十四〈容止篇〉）

又「王公目太尉：巖巖清峙，壁立千仞。」（第八〈賞譽篇〉）

陸機在《文賦》中生動的描繪了對大自然景色陶醉而欣喜的心
情。「遵四時以嘆逝，瞻萬物而思紛；杯落葉於勁秋，喜柔條於芳春。
心懍懍以情霜，志渺渺而臨雲……慨投篇而援筆，聊宣之乎斯文。」
這種心物相感的心靈活動，常是文學作品創作源源不絕的來源。

4. 寄　情

山水本身具有實用的利益價值，可以狩獵、捕魚，進而可供遊樂、
觀賞。山水不單是一具體形象的存在，它所形成的美感意象，形象美、
色彩美、動態美、聽覺美、嗅覺、味覺和觸覺美，[註10] 更是感情寄
託的天地。讓失意的文人，可以隱逸，追求仕宦的讀書人，亦可藉此
踏上功名之路。

所以從園林中可以見到歷代對山水的再創造。文人雅士、帝王貴
族將無邊風景，拘圍於一區山水，爲的是可以享受遊賞外，壺中山水
的自足，心靈得以安頓。故宅區和園林的關係漸由實用性的分開獨
立，進而在精神上的互相依屬、依存，而形成有宅必有園的景況。

南朝齊陶宏景〈答謝中書書〉中說道「山川之美，古來共談。」

[註 9] 吳功正《六朝園林》，頁 8（南京：南京出版社，1992 年 11 月）。
[註10] 謝凝高《山水審美》中所提出的五種山水美（臺北：淑馨，1992 年）。

人類對山水，從對自然的崇敬，到山水比德，到正視山水本體，生活與山水結合；山水與人的關係是十分密切的。

（二）山水走向園林

神話傳說中的「海內崑崙之虛」的「玄圃」，〔註11〕爲天上帝王居住的行宮，不但有雕飾華麗的建築，還有各種珍禽寶樹。

> 又西三百二十里，曰槐江之山，……實爲帝之平圃。(《山海經・西次三經》)

> 昆侖之丘，或上倍之，是謂凉風之山，登之而不死。或上倍之，是謂懸圃，登之乃靈，能使風雨。或上倍之，乃維上天，登之乃神，是謂太帝之居。(《淮南子・墜形訓》)

「方八百里，高萬仞」〔註12〕的崑崙山上，有珠樹、文玉樹、不死樹、鳳皇、鸞鳥、離朱、木和、柏樹、甘水等，「玄圃」座落在崑崙山上，是一處難以企及的神仙樂園。它以神話姿態出現，而其想像的背後，正是人類由宗教信仰色彩濃厚的步伐邁向自我實現的重要歷程，後來皇家帝苑的大型園林，跨渡自然崇拜的山水神靈走向以天賦神權自居的「封建本體」。「玄圃」的神話，恰巧給予統治階級模彷的對象，有著對仙界樂園的想望。山水與園林之間的聯繫，就是從皇家園林爲開端的。

園林的起源，依劉天華所述有兩種觀點：〔註13〕

第一是：園林同社會生活有著密切的物質文化形式，逐步在生活勞動中形成的。具體的講，就是認爲園林最早的雛形，便是原始的村落宅傍屋後的綠地和園圃。而園林的另一個源頭，是帶有遊戲性質的畋獵。

山水是自然的景觀，園林是指踞於一地有範圍的觀賞空間。

〔註11〕「玄圃」同「懸圃」。《文選》張衡〈東京賦〉：「右眇玄圃」。李善注「懸圃在崑崙閬圃之中。玄與懸，古字通。」平圃所指亦是玄圃。

〔註12〕《山海經・海內西經》：「海內崑崙之虛，在西北，帝之下都。崑崙之虛，方八百里，高萬仞。上有木禾，長五尋，大五圍。面有九井，以玉爲檻。面有九門，門有開明獸守之。百神之所在。」

〔註13〕劉天華《園林美學》(臺北：地景企業股份有限公司，1992 年)，頁39～52。

　　要談「園」，必先要釐清「囿」、「圃」、「園」之間的概念。首先，三者都是由口（藩籬）所規範的一塊地域。

　　《說文》曰：「樹果曰園」、「樹蔬曰圃」；又曰：「養禽獸曰囿。」園、圃二義相近，有時可連用。《周禮・天官・太宰》：「九職二曰園圃，毓草木。」謝承《後漢書》曰：「法真隱居大澤，議論術藝，歷年不問園圃。」〔註14〕「園」，《說文》曰：「園，所以樹果也。」本義是指種植水果的地方，又《易》曰：「賁于丘園」。《詩》曰：「樂彼之園」、「園有桃其實之殽」。園是一具有實用價值可種植樹果的區域。

　　而「圃」，《毛詩》：「折柳樊圃」，又曰：「九月築場圃」。《傳》曰：「晉侯取爲氏之圃以爲囿」。《列子》曰：「三畝之圃不能耘」。〔註15〕「圃」兼有種植之價值，亦有打獵的功用。

　　「苑有園曰囿，一曰養禽獸曰『囿』。」「衛獻公射鴻于『囿』。」〔註16〕可見「囿」是專指諸侯王公打獵遊樂的地方。

　　由此看來，「囿」是專指大型的遊樂畋獵之所，爲皇家所有。而園和圃爲一般可供種植的區域，兩者之間，種植果木花草和種植蔬菜的景觀，是沒有直接的前後生成關係，「園」不是由「圃」構成「園林」這一概念。

　　由山水走向園林，中國歷代對於「園林」的生成，因爲遊憩的內容和形式不同，而有不同的名稱。

　　（1）先　秦
　　　《孟子・梁惠王》下：「文王之囿，方七十里。芻蕘者往焉，雉兔者往焉，與民同之。」
「囿」是最早見於史籍的園林形式。「囿，游囿之離宮小苑觀處也。養獸以宴樂視之。」〔註17〕囿內草木繁茂，野獸眾多，在其中有一些

〔註14〕引自《藝文類聚》（臺北：文光出版社，1974年）卷六十五，頁1745。
〔註15〕引自《藝文類聚》卷六十五，頁1752。
〔註16〕《錦繡萬花谷》（臺北：新興書局，1969年）卷之二五，「苑囿」，頁1872。
〔註17〕《周禮》卷十六「囿人」，「囿人掌囿游之獸祭」語下之注。

簡單的建築物以及池水加以點綴，人民可與帝王同享。於是「囿」是古代帝王貴族豢養禽獸打獵取樂之地，在此練兵田獵，一方面具備生產的經濟價值，一方面又具有遊憩享樂的目地。這不但可看出當政者的仁德，也得知「園林」之時代的開放性意義。

《鄭風・將仲子》：「將仲子兮，無踰我里，無折我樹杞；⋯⋯將仲子兮，無踰我牆，無折我樹桑。」在自己家的周圍種上各種樹木，作為小小的屏障或是食用，沒有刻意去美化，實用的價值比觀賞價值大，也就形成小小的園林，這可能是私人園林最早的來源。

統治者在自然山水環境中，畫出一定的區域作為遊戲打獵之地，於是就產生了最早的苑囿。如《詩經・大雅・靈台》：「經始靈台，經之營之。庶民攻之，不日成之。經始勿亟，庶民子來。王在靈囿，麀鹿攸伏，麀鹿濯濯，白鳥翯翯，王在靈沼，於牣魚躍。」這一段讚美文王如何受到人民的愛戴，連魚鳥都欣喜的迎接文王的到來。這種「園林」裡有「靈台」、「靈囿」、「靈沼」，除了具有狩獵、生產的實用功能，且已開始有了享樂的性質，以及高臺求仙的嚮往。「園林」藝術面的一角，已經萌芽。

園除了私有的性質外，還有位在城市郊區以自然山水為主，以人工建築為輔的公共園林，是屬於眾人的地方，如同現在的花園。《詩經・陳風》「東門之枌」、「東門之池」、「東門之楊」，即可看作是郊邑風景園林的雛形。

「園」、「圃」由於格局的限制，面積較小，在自己庭前屋後的一塊小空地，栽種植物，自己遊賞，是屬於私人園的濫觴。而「囿」屬於帝王貴族所有，面積廣袤，是權力範圍的象徵，為皇家園林的開始。

（2）兩　漢

漢人「天人感應」思想為園林在佈置設計上做了最佳詮釋。據《三輔黃圖》卷之四所載「（上林苑）昆明池中有二石人，立牽牛、織女於池之東西，以象天河。」漢代把夜空中的星象和傳說中的牛郎、織女，移轉到現世生活中，這是通過園林建築對天的崇拜模擬。

　　當時有名的私家園規模直逼皇家苑囿。「家僮八九百人，於北山下築園，東西四里，南北五里」〔註18〕、「廣闊苑囿，采土築山，十里九坂，以象二崤，深林絕澗，有若自然，奇禽馴獸，飛走其間。」〔註19〕袁廣漢園、梁冀園等大氣魄的園林，受到了「皇家苑囿」深遠的影響，只重排場、顯示豪華與富有，完全沒有韻味以及含蓄，更談不上詩情畫意，這種園林風格正是與當時駢儷鋪采的「賦」體相應和。

（3）魏晉南北朝

　　而自魏晉始，當時黑暗的政治使得世人紛紛以玄對山水，為山水文化帶來有利的發展條件。當時獨立的莊園經濟造成一批士族門閥和地主的私家園林。他們在郊野間以自己的能力築園，重視自然情趣和花草植被的栽植。文人雅士喜好山水，終日徜徉在自然美景當中，「歲有其物，物有其容；情以物遷，辭以情發。」〔註20〕產生緣物抒情的審美感受，因此山居就實現了自然的莊園化園林。

　　謝靈運〈山居賦〉中寫：

> 其居也，左湖右江，往渚還汀，面山背阜」，「茸基構宇在岩林之中，水衛石階，開窗對山，仰眺曾峰，俯鏡濬壑。去岩半嶺，復有一樓，迴望周眺既得遠趣，還顧西館望對窗戶。綠崖下者密竹蒙逕，從北直南悉是竹園。……四山周迴，溪澗交過，水石竹林之美，岩岫嵾曲之好，備盡之矣。

謝氏在文中交待了山中居處的地點、理由，還包括了美感的結合，是經過一番慎重思考選擇的，可見山水遊覽到築園構林的實踐，存在著依附的關係。「築田庄以營園林，田庄園林化，這都是六朝才有的。」〔註21〕

　　三代苑囿，專為帝王游獵服務之用，風物取於自然，鮮少人工設施。降至秦漢，阿房、未央宮室之美，窮奢侈麗，金碧輝煌，雕飾甚

〔註18〕《三輔黃圖》卷之四「袁廣漢」。
〔註19〕東漢「梁冀園」，見《後漢書・梁統列傳》。
〔註20〕《文心雕龍・物色》。
〔註21〕吳功正《六朝園林》（南京：南京出版社，1992年），頁84。

盛，構石技術隨時代而日以精進。魏文帝（曹丕）的芳林園，曹操修築的銅爵園，仍不失游獵之目的。私人園，從《後漢書》中記載的梁冀園「包含山藪，遠帶荒丘」，《西京雜記》中的袁廣漢園：「構石爲山，高十餘丈，……奇獸珍禽，委積其間，……奇樹異草，靡不培植，……屋皆徘徊連屬」，後人西晉石崇金谷園，更有甚之。園林之外的另一支是文人園：庾信的小園，「山爲墳覆，地有堂坳，……榆柳兩三行，梨桃百餘樹。」精緻小巧的獨立色彩，是文人園的開端。

（4）唐　宋

到了唐宋，莊園經濟的瓦解，門閥貴族勢力的衰落，唐人個體有經濟能力，擁有土地，買賣土地。唐代國勢強大，政治穩定，在精神層面上的文化生活，亦是豐富且多元。由於在物質上不虞匱乏，因此整個注意力自然就轉向精神內涵上的突破。文人的生活講究情趣、韻味，以畫入詩，以詩寫畫，詩畫的調和帶給他們視覺感官的觸動，引起審美情境的追求。

當時政治因素的左右，政府確立了以科舉取士的制度，強化了官僚政治體系。政治和文人的關係互相糾結，以仕爲進的士大夫階級，政治失意的隱退，或鄙棄功名利祿而隱，園林的存在，對政治生態是一種事實的描述。因此，園林除了遊憩的功能之外，還有隱遁的內在意涵。

唐人的私人園，承接六朝園林山林化，注重自然天成的意境。文人的身份往往兼具名士、詩人、畫家於一身，對於園林佈置的要求自有一番發揮。有名的如王維的輞川別業，分別設置「竹里館」、「辛夷塢」、「鹿柴」、「華子岡」、「文杏館」、「茱萸沜」、「敧湖」、「柳浪」等共二十處景區，以自然風景取勝，是大型天然山水園。杜甫的浣花溪草堂，「誅茅初一畝，廣地方連延。……台亭隨高下，敞豁當清川。雖有會心侶，數能同釣船。」〔註22〕「舍南舍北皆春水，但見群鷗日

〔註22〕杜甫〈寄題江外草堂〉。

日來。」〔註23〕這座私人草堂，充滿自得之樂。之外，文人到山嶽名勝修建園林的情形十分普遍。白居易任職江州司馬，在廬山建草堂，並自撰〈草堂記〉。

「六朝立館園，宋遍行天下。」〔註24〕「園林」，人造山水景色的形式從六朝開始真正有了基本的雛型，到宋代園林達到成熟的階段。

畫論在宋代高度發展，成就達至顛峰。郭熙在《林泉高致・山水訓》提到：「君子之所以愛天山水者，其旨安在。丘園養素，泉石嘯傲，漁樵隱逸，……不下堂筵，坐窮泉壑，猿聲鳥啼，依約在耳。山光水色，晃漾奪目，此豈不快人意。」從山水走向園林，風景物色的欣賞和繪畫理論的興起有密切的關係。繪畫是山水的再現，園林是繪畫的表現。園林經設計者藝術加工、改換、添加，文人與文人畫的緊密配合，園林的形式更加精雅別緻，趨于個性化。

二、「園林」的論述

（一）「園林」的定義

園林是創造風景的藝術。園林可以模仿山水，補償人們與自然疏離，也可以提供休閒、娛樂的空間，是人為創設的第二自然。「中國園林是由建築、山水、花木等組合而成的一個綜合藝術品，富有詩情畫意。」〔註25〕

「園林」一詞，在前代的解釋與我們日後定義專供遊憩居住的意義不同，園林是包括有耕種、打獵、遊樂的綜合功用。

在秦漢時期，供帝王遊憩的地方叫作苑或宮苑；宮署或私人的稱為園、園池、宅園等。

《漢書》曰：「武帝廣開上林（苑）。」又曰：「昭帝元鳳三

〔註23〕杜甫〈客至〉。
〔註24〕《壹是紀始》第三類「宮室墳墓」頁76，見《筆記小說大觀》四十編（臺北：新興書局，1985年3月）。
〔註25〕陳從周《說園》（上海：同濟大學出版社，1994年8月）。

年春正月，罷中年苑賦貧民。」

《西京新記》曰：「宣帝樂遊廟，亦曰樂游苑。」

《史記》：「漢二年東略地，諸故秦苑囿園池皆令民田。」
〔註26〕

《史記》：「王翦行，請美田宅園池甚眾。」(〈白起王翦列傳〉)

《東觀漢紀》：「孝和元年，詔有司，京師離宮園池，悉以假貧人也。」〔註27〕

「上林（苑）」、「中年苑」、「樂游苑」所指的供是帝王游獵遊樂的大型皇家園林，而「園」、「園池」「田宅」則是屬於私人、民間所有。到了六朝，喜登臨山水之風盛行，但爲免跋山涉水之苦，廟堂士大夫營造私人園來滿足心理需求，因此與莊園結合的別墅園，也應運而生。

《世說新語・簡傲》：「王子敬自會稽經吳，聞顧辟疆有名園。」

《舊唐書・路嗣恭傳》：「子"怒"私第，有佳林園。」

此處《世說新語》篇中顧辟疆的「園」，專指遊息之所，猶如別墅。魏晉之前，詩文中多見指稱遊居之所，用園、囿、苑等來稱呼。而「園林」一詞合用，見於西晉以後的詩文中。

雉子游原澤，幼懷耿介心，飲啄雖勤苦，不願棲園林。(《宋書・樂志》)

暮春和氣應，白日照園林。(西晉張翰〈雜詩〉，《文選》)

夫璿玉致美，不爲池隍之寶；桂椒信芳，而非園林之實。(東晉顏延之〈陶徵士誄〉，《文選》)

惟倫最爲豪侈……，逾于邦君。園林山池之類，諸王莫及。(《洛陽伽藍記》)

天供閒日月，人借好園林。(白居易〈尋春題諸家園林〉，《全唐

〔註26〕以上引自《淵鑑類涵》(臺北：學海書局，1971年)卷三五一〈居處部〉十二，頁6145～5147。

〔註27〕引自《初學記》卷二十四，「園囿」第十三，頁588。

詩》卷四五六）

一壺濁酒百家詩，住此園林守遠期。(黃滔〈宿李少府園林〉，

《全唐詩》卷七○五)

唐、宋之後，「園林」一詞，廣爲詩歌、建築所使用。從歷代名稱來看，「園林」的意義應有廣、狹兩義。廣義是泛指一個可供玩樂、居住、種植作物的區域，狹義是專供休憩、遊賞的地方。

《宋會要輯稿》第一百二十一冊·食貨一之二一（頁 4798）：

見今「園林」多是後來栽植。河朔之地，少近山谷，每官中科木或制農具或不採斫，園林即木無所出。

又：

今請應河北人戶請佃沒蕃莊田者，除將莊田典賣，毀伐桑棗，即依舊條所直，屋舍家事，園林果木，任便修採，更不生罪，不許陳告。

由以上敘述可知「園林」一詞，在北宋一代，是含有農業生產的意涵在內。北宋對於指稱附於園宅、供休憩用的區域，不一定叫做「園林」。當時《洛陽名園記》中，有「園池」〔註28〕、「園宅」〔註29〕、「宅園」〔註30〕、「園圃」〔註31〕、「園亭」〔註32〕、「池亭」等的稱呼。到了明朝，計成在《園冶》一書中，就選擇了「園林」一詞來泛稱園宅。

本書對「園林」的界定，依下列申述爲探討內容：

1.「圃」與「園」的合用。

（1）范純仁〈向張伯常會君寶南園〉：「幽圃多清致，人賢樂有

〔註28〕《洛陽名園記》富鄭公園「洛陽園池多因隋唐之舊」。趙韓王園「園池亦以扃鑰爲常。」

〔註29〕《洛陽名園記》苗帥園「節度使苗侯既貴，欲極天下佳處，卜居得河南，河南園宅又號最佳處。」

〔註30〕《洛陽名園記》趙韓王園「趙韓王宅園，國初詔將作營治。」

〔註31〕《洛陽名園記》湖園……洛人云：「園圃之勝不能相兼者六。」李氏仁豐園「洛中園圃花木有至千者，甘露院東李氏園。」

〔註32〕《洛陽名園記》呂文穆園「伊洛二水自東南分注河南城中，而伊水尤清，園亭喜得之。」

餘。游心同藝苑，歸興若田廬。」(《全宋詩》卷六二二)

(2)蘇轍〈次韻王適遊陳氏園〉:「新圃近聞穿沼闊，漲江初喜放舟長。」(《全宋詩》卷八六〇)

(3)沈遘〈七言滑州新修東園〉:「樓臺重拂前人記，池圃更新此日遊。」(《全宋詩》卷六二八)

(4)劉攽〈雨後小園〉:「老圃不須譏抱甕，野人無事伴誅茅。」(《全宋詩》卷六一四)

詩題中寫「園」，詩文中寫「圃」，可見「園」與「圃」，沒有什麼分別，已是合用，可以互寫，不再拘限於有無藩籬，種植何種作物。

2.「園」與「別墅」、「郊居」等有經濟價值的附屬地相通。

(1)王立之〈淮安園〉:「賢主經別墅，深窈近言域。」

(2)范祖禹〈和張二十五遊白龍溪甘水谷郊居雜咏〉:「君家瀟灑住園林，更入青山徑路深。」(《全宋詩》卷八八六)

(3)王禹偁詩〈偶置小園因題〉:「偶營菜圃為盤飧，淮瀆祠前水花村。泉響靜連衙鼓響，柴門深進子城門。濛濛細雨春蔬甲，矗矗寒流老樹根。從此商於地圖上，畫工添箇舍人園。」(《全宋詩》卷六五)

「別墅」「郊居」和「園」「園林」可以互相代稱。王禹偁詩中就指出了「園」內部除了栽植可觀賞性的植物外，還有可供耕種用地的經濟價值。農地「圃」種植的作用先於「園」的存在，印證了唯有衣食上不虞匱乏，才能有逸趣雅致做休閒活動。故詩題或內容中有「別墅」「郊居」都是選入的範圍。

3.「園」的部份代全體

(1)釋契嵩〈書毛有章園亭〉:「愛此園林好，重來花木滋。」(《全宋詩》卷二八〇)

(2)魏野〈寄題石都尉林亭〉:「園林都尉宅，景好冠京華。」(《東觀集》卷三)

（3）曾鞏〈過零壁張氏園〉：「……看花引水園林主，應笑行人易白頭。」（《全宋詩》卷四六一）

（4）葉清臣〈東池詩〉；「園林日將暮，緬懷池上酌。」（《全宋詩》卷二二六）

（5）林逋〈又詠小梅〉：「數年閑作園林主。」

利用園林的部份，如建築、植物代替園林整體，「以小見大」也是描述「園林」的方法之一。把「亭」當作「園」的代稱，以「園」「池」來代稱「園林」，以園中的「花草」，或是「土石」、「亭」、「池」、「軒」、「堂」來指稱整個「園」，「部份代全體」概念所指涉的，也是文中「園林詩」討論的範圍。

樂嘉藻《中國建築史》：「以庭園為城內之別院，園林在城外。」

黃長美《中國庭園與文人思想》：「以庭園為小型園林。」

余樹勛《園林美與園林藝術》提到園林：「是在城市建設中，凡是借靠植物改善環境的地方，一律可以稱為園林。」

余氏的說法是近代的園林。依樂嘉藻《中國建築史》，庭園的種類可分庭、庭園、園（純粹的園）、園林（擴大的園）、別業、別莊等。

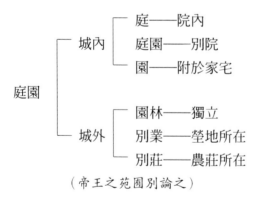

（帝王之苑囿別論之）

中國造園家陳植（1899～1989）在其《長物志校注》一書中為「園林」所做之定義，可歸結以上諸說：

「園林」，在建築物周圍，佈置景物，配植花木，所構成的

幽美環境，謂之「園林」。亦稱「園亭」、「園庭」或「林園」，
即造園學上所稱的「庭園」。〔註33〕

「園林」一詞，在北宋人來說，是與住屋分開的一塊有範圍的空地，
不一定要有圍籬，可以單純欣賞或具有農業生產的價值，園中之景以
樓臺、亭閣為點綴，又於建築之外多留餘地，構築高山深地、木石蹊
徑、花草流水等，以為遊樂休憩之所。〔註34〕

園林依地域和性質的不同，前者可區分為北方、南方園林；後者
則分為皇家園林、私家園林、寺廟園林、公共園林四種。

（二）「園林詩」的範圍

「園林詩」一詞，最早出現在唐代的詩中。在《淵鑑類函‧園圃
類》卷三百五十，可找到五首唐代詩人題詠園林的「園林詩」：

（1）韓雄〈題張逸仁園林詩〉：

藏頭不復見時人，愛此雲山奉養真。露色點衣孤嶼月，花
枝妨帽小園春。悶攜幼稚諸峰上，嫌濯鬚眉一水濱。興罷
歸來還對酌，茅簷挂著紫荷巾。

（2）盧綸〈題李沇園林詩〉：

古巷牛羊出，重門接柳陰。閒看入竹路，自有向山心。種
藥齊幽石，耕田到遠林。願同詞賦客，得與謝家深。

（3）李端〈題崔端公園林詩〉：

上士愛清輝，開門向翠微。抱琴看鶴去，枕石待雲歸。野
坐苔生席，高眠竹挂衣。舊山東望遠，惆悵暮花飛。

（4）呂溫〈題從叔園林詩〉：

阮宅閒園暮，窗中見樹陰。樵歌依野草，僧語過長林。鳥
下花間井，人彈竹裏琴。自嫌身未老，已有住山心。

〔註33〕引自張家驥《中國造園論》，頁22，此說見陳植《長物志校注》一書
注釋（山西人民出版社，1991年8月）。
〔註34〕參見樂嘉藻《中國建築史》（臺北：華世出版社），以及侯迺慧《幽
情與詩境》（臺北：東大圖書公司，1991年）對「園林」一詞的解釋。

（5）許渾〈題裴處士園林詩〉：

> 桑柘滿江村，西齋接海門。浪衝高岸響，潮入小池渾。巖
> 樹陰棋局，山花落酒樽。相逢每留宿，還似識王孫。

此處的「園林詩」非指一種詩類，而是唐人為其友人的「園林」題詩。
詩的內容有田園、山水詩的影子，多是描寫山林景色和描述躬耕自得
的歸園生活。詩中隱約見到此時「園林」形式仍不拘囿於一塊小範圍，
視野開闊，旁借鄰邊湖水山色。園林中有「小池」、「幽石」等後代假
山造石的雛形。

北宋詩中已經普遍將「園林」一詞放在詩歌裡，可見「園林」已
變成日常生活的習慣用話。如：

> 太守安閑民訟息，錦城無限好園林。（文同〈春雪呈知府龍圖〉）
>
> 潤通壟畝麥禾起，香遍園林櫻筍肥。（馮山〈和徐之才喜雨〉）
>
> 每到園林花好處，常思貰醉解貂金。（范純仁〈和君實南園獨酌〉）
>
> 湍流潗潗走平田，清曠園林未暑天。（范純仁〈和子華陪文潞公宴東園〉）
>
> 岐山四合與臺平，半露園林葉未成。（張舜民〈畫墁集〉）
>
> 翠澗園林草木長，春歸積雨滿方塘。（張耒《柯山集》，〈絕句二首〉）
>
> 化工勝卻耶谿女，繡遍園林不犯針。（釋覺範《石門文字禪》，〈次韻通明叟曉春〉二十七首）
>
> 城隨山阜龍蛇轉，花覆園林錦繡春。（郭祥正《青山集》，〈淨惠山亭邀客致酒〉）

論文中所擷取「園林詩」的詩材，是採廣義的「園林」作為選取對象。
凡是以園林為主題者，由內容上、詩題上可看出詩人關涉園林風景、
生活情趣，描寫園林物象、形態，借景發抒性情抑或持論說理的園林
詩，都是本書涵蓋的範圍。

（三）園林詩、山水詩、田園詩、題畫詩之異同

劉勰《文心雕龍・物色》：「是以詩人感物，聯類不窮，留連萬象之際，沈吟視聽之區，寫物圖貌，既隨物以宛轉，屬采附聲，亦與心而徘徊」。詩歌通過詩人藝術感知力，把所觀照的對象寫作下來。「園林」、「山水」、「田園」作爲審美的對象，這三者區別主要在於區域活動範圍廣狹的不同。

「山水詩，顧名思義，是歌詠山川景物的詩，是以山河湖海、風露花草、鳥獸蟲魚等大自然的事物爲題材。」〔註35〕王國瓔認爲「所謂『山水詩』，是指描寫山水風景的詩。雖然詩中不一定純寫山水亦可有其他的輔助母題，但是呈現耳目所及的山水之美，則必須爲詩人創作的主要目的。」〔註36〕「『風景』一詞約始見於南朝時期，……當時之人每常以『山水』一詞替稱『風景』，故寫風景之詩也就稱爲『山水詩』。」〔註37〕所以山水詩可以說是以山水爲主角，詠物寫景的一種詩類。

而「田園詩」的定義，「我所謂的『田園詩』，是以描寫田園詩爲主題的詩。……只要詩的主題觸及田園，那些作品便是我們討論的對象。」〔註38〕「描寫內容總離不開田園、田家、作物以及詩人對三者的觀照，始得稱之爲『田園詩』。」〔註39〕所以田園詩亦是寫景詠物詩，只是它的範圍限於躬耕田地的生活，題材不及寫山水風景來得開闊。

「園林」是利用或再造山水的第二自然，園林本身兼有種植的經濟價值和山水的欣賞。所以從題材內容上，「園林詩」是以歌詠一定範圍內的建築景色爲主，通過詩人描繪形象之際，興發的感情想象寫

〔註35〕丁成泉《中國山水詩史》（臺北：文津出版社），頁7。

〔註36〕王國瓔《中國山水詩研究》（臺北：聯經，1986年），頁1。

〔註37〕林文月《山水與古典》，頁23～24，「寫風景之詩也就稱爲『山水詩』。更具體的說，乃是指以謝靈運爲代表的那種模山範水的詩而言。」〈中國山水詩的特質〉，純文學叢書。

〔註38〕洪順隆《由隱逸到宮體》（臺北：文史哲，1984年），頁28。

〔註39〕林天祥《范成大山水田園詩研究》成大中文所碩士論文，頁83。

作成的詩歌。「園林詩」和「山水詩」、「田園詩」主要都是寫景詠物，
但描寫的對象不同。因此三種詩類中大同中有小異，此為其一。其
二，中國山水詩和田園詩是回歸自然，以天地造化冥合為一，作為
主要的思想精神。「東晉玄言詩人使山水和田園在精神旨趣上趨于一
致。東晉詩中的隱士多不在幽深絕俗的山林，只是在自家的丘園中。」
〔註40〕「園林詩」將這種理想的田園模式，兼融有山水詩和田園詩
的內在意涵，深入園林的精神中。

而園林詩與另一類以再現山水景物的「題畫詩」，在表達上則是
較為相近。「題畫詩」原是詠物詩的一支，因此基本上是與詠物詩沒
有不同。〔註41〕畫是園林的藍圖，「題畫詩」是題詠畫作的內容。宋
代文人身兼詩人和畫家的雙重身份，他們對於眼前的園林景色，就如
同看著一幅畫，透過詩文的再現，融入了詩人自己的情感和思維，他
們對山水畫作內容的題詠所表現出的審美觀察，實關乎園林詩寫作的
角度和內容。在意象的選擇上，兩者有相類似之處。

「題畫詩的意義、作用詩意相發，情景交融」。〔註42〕情景交融
是田園詩、山水詩、園林詩三種詩體中小異中見大同，而園林詩與題
畫詩的關係則較其他兩者來得密切。

另外還有一種「閒適詩」，〔註43〕所強調的特質，是獨處、閒居、
保和、適性。它和園林詩的分野，在意境上具有相同的意趣，而在題
材的擇取上，閒適詩的背景則可涵蓋田園詩、山水詩和園林詩，且「閒
適詩」以人為主，把所有的眼前景都涵入詩人的胸懷中。因此，田園

〔註40〕葛曉音，《山水田園詩派研究》，遼寧大學出版社，1993年。

〔註41〕李栖〈元好問的題畫詩〉，《宋代文學研究叢書》第二期。

〔註42〕鄭騫口述〈題畫詩與畫題詩〉，《中外文學》第八卷第6期，1980年
　　　　11月。

〔註43〕「白居易〈與元九書〉中所下的定義是：或退公獨處，或移病閒居，
　　　　知足保和，吟翫性情者，謂之『閒適詩』。謂之閒適詩，獨善之意也。」
　　　　楊承祖〈閒適詩初論〉，《臺靜農先生八十壽慶論文集》（臺北：聯經
　　　　出版事業公司印行，1981年11月）。

詩、山水詩、園林詩可以歸屬於閒適詩型態中的一種。

第三節　研究方法

在本書中所要探討的時間範圍是限定在北宋時期的詩歌,從宋太祖趙匡胤建國,到宋欽宗亡國,王室南渡,這百年南渡的詩人在北方所建造的園林,是本書討論的範疇。內容以描寫再造山水的「園林」風景爲主,並論述空山幽谷中以自然爲景的寺廟園林。

本書搜取的材料,以《全宋詩》(冊一到冊十五)、《宋詩紀事》、《宋詩紀事補遺》、《宋詩精華錄》,並蒐羅了北宋詩人的詩集作品以及《四庫全書》當朝詩人之別集,以爲補充。

文獻資料的蒐集,用歷史研究法,將前人研究的成果,作進一步的探索。其次,本書也採用科學方法的研究,例如歸納法、演繹法,以及比較法的使用,是很普遍地應用現代學術研究法,再加以美學的運用,使本論題能深入切中箇中的題旨,以瞭解北宋園林詩的成就。

研究的徑路,是以詩歌作品爲分析核心。先論及詩歌外緣的背景介紹、園林形態,再由此導入主題。共分八章。

首章緒論,鋪敘研究動機、研究方法及爲「園林詩」作界定,確定其範圍。

第二章則論述園林興盛的原因、園林概況和園林生活的描寫。

第三章正式進入本書主題,依其內容,分析園林詩所要描寫的主題類型。以下各從思想和美學上,即從「人」和「園林」兩個本體對園林詩作探析。

第四章著重在園林的主體——「人」,在園林詩中所佔的地位,由「哲理觀」、「空間觀」、「生命觀」、「審美觀」四個方向來思考。

第五章則偏重於園林詩的「園林」,在詩畫融合下所造成的美學意境,透過畫論及造園技巧,論述其境界。

第六章針對詩歌寫作技巧,分別從「意象烘托」、「時空設計」、「氣

韻展現」上說明之。

　　第七章寫北宋園林詩傳承前代寫作技巧及超越而自成一家特色之處。

　　第八章為結論，回顧並綜合各章論點。

第二章　北宋園林的概說

北宋（西元960～1127）時期，由於皇帝的和親政策，採取委曲求全的低姿態，以致能維持幾百年的和平相處。北宋的版圖比唐代小，於開封建都一百六十七年，但江南地區亦得到充分的發展。因此北宋的版圖跨越了長江流域以及富庶的江南地區，兼有了南方與北方園林的類型。

第一節　園林興盛的原因

一、政治背景

宋代是貴族社會崩潰，平民社會取而代之的重要時期。在政治上，貴族不再是壟斷權利地位的優勢者，平民百姓可以藉著科舉考試晉升上層社會。在經濟上，自唐末五代混亂的局面以來，均田制的破壞，土地私下買賣頻繁，兼併之風也為之盛行。在政治上，可由個人賞賜、捐獻和仕途不如意，來說明園林興盛的時代契機。

（一）賞賜捐獻

1. 君王賞賜

君主對臣下賞賜，是最有利於獲得宅園的一種方法。

熙寧賜芳林園宅。〔註1〕

四年九月二日，詔賜濮王子通州防禦使宗隱芳林園宅一區。

六年十月二十五日，賜彰武留後承選芳林園宅。

徽宗予當時宰相王黼在閶闔門外的賜第，是「周圍數里」，宅之後院「聚花石爲山，中爲列肆巷陌，與民家倡家相類」。另一在城西竹竿巷的一處賜第「窮極華侈，參奇石爲山，高十餘丈，便坐〔註2〕二十餘處，種種不同，如螺鈿閣子，即梁柱門窗什器皆螺鈿也。」「第之西號西村，以巧石作山徑，詰屈往返，數百步間以竹籬茅舍爲村落之狀。」〔註3〕北宋君主大量賞賜的記載在《宋會要輯搞——方域》四之二十二中，有頗爲詳細的記錄。

2. 捨宅爲寺

「捨宅爲寺」爲寺觀擁有土地所特有的方式，這是其他官僚、權貴所無法享有的待遇。文彥博〈化成寺作唐裴相之山墅捨爲寺〉：「昔覽傳心法，知工素學禪。今遊化成寺，使我復思賢。」（《全宋詩》卷二七六》）文彥博詩中就提到唐人裴度的山墅捐獻爲寺。據《舊唐書·裴度傳》卷一七〇所記：

> ……不復以出處爲意。東都立於集賢里，築山穿池，竹林叢萃，有風亭水榭，梯橋架閣，島嶼迴環，極都城之勝概。又於午橋創別墅，花木萬株，中起涼臺暑館，名曰綠野堂。引甘水貫其中，釃引脈分，映帶左右。

此處所記載裴度的園至少有兩處，它們都是位在長安郊區，風景優美，應是以極富於山水風光的人造山水園。將之捐捨爲化成寺，由此可想見文人捐地爲寺廟園林山水之情況。「捨宅爲寺」之風氣，早在魏晉南北朝就極爲興盛，在典籍中都可查考到。又「吳人多儒學喜施

〔註1〕以下三條均見《四庫全書》第九四七冊。

〔註2〕《漢書·張禹傳》：「禹見之於便坐。」注「便坐，謂非正寢，在於旁側可以延賓者也。」便坐，應該是一種廂房，可以招待賓客的地方，是不同於主屋，較靠近園林所在的建築物。

〔註3〕《三朝北盟會編》卷三一，靖康元年正月二十四日記事。

捨」，一方面則是儒教的教化，一方面是佛教傳入的影響。在江南之地，人文薈萃，物產富饒，加上佛寺的聚集，故時人深受佛教的影響。《吳郡圖經續記》就記載了幾則：

> 孤園寺在洞庭。梁散騎常侍吳猛之宅，施爲精舍。

> 興福寺在常熟縣破山，爲海虞之勝。齊郴州刺史倪德光，捨宅爲寺。

> 雲巖寺在長州縣西北九里虎丘山，即晉東亭獻穆公王珣及其弟王民之宅。咸和二年，捨建精舍於劍池。

宋代延續六朝傳統，有不少以還願或許願獻出園宅，來祈福消災的例子。宋人，王安石的兒子王雱，爲人性險惡喜殺，因病疽而死，年方三十三歲。安石哀悼，不能爲懷，嘗恍惚見雱身擔鐵枷，向安石道：父親做歹事，誤我受此重罪。安石大驚，遂以所居園屋捨做僧宅，賜額爲報寧院。〔註4〕

> 報恩寺在長洲縣西北二里半，古時爲通玄寺。吳赤烏中先主母吳夫人捨宅以建。〔註5〕

以上資料處處可知寺廟園林多在江南之地，而且盛行由私人捐獻，或是以還願方式獻出土地和園宅，作爲寺廟；私人宅園中精巧的園林佈置，自然也就被寺廟園林移轉保留下來。

（二）仕途的不如意

貶官與歸隱，是政治背景下園林興盛的兩大主因。士人仕途不順，屢屢被貶，在宦遊居地留有園林，他們則以園林作爲精神生命的依歸和安頓之處。另一方面，士大夫辭官歸隱，隱居山林，便在居處旁邊種上一些植物，堆疊土石，佈置一番，形成取自天然或人造的山水園。

> 余既以罪謫監筠州鹽酒稅。……闢聽室堂之東爲軒，種杉二本，竹百箇，以爲宴休之所。（蘇轍〈東軒記〉）〔註6〕

<hr>

〔註4〕《宣和遺事》前集，頁7，見《叢書集成初編》冊三八八九。
〔註5〕《吳郡圖經續記》卷中，見《四庫全書》冊四八四。
〔註6〕《欒城集》卷二十四。

> 予以罪廢無所歸，扁舟南遊，旅於吳中，始傚舍以處。……
> 予既廢而獲斯境，安於沖曠，不與眾驅，因之復能見乎內
> 外失得之原。(蘇舜欽〈滄浪亭記〉)

蘇轍在〈東軒記〉裡，說明他因罪被貶至筠州，在室堂之東闢地植
木，作爲園林之所。可以說，文人對於園林的喜好，可以反映在他
們的居處上，處處不忘自然山林的樂趣。每到風景優美的地方，文
人總會蓋小亭爲攬景之用，形成公共園林，也有自己買地佈置，建
造自己理想的山水園林。蘇舜欽的際遇和蘇轍相同，也是獲罪被
廢，於是便在江蘇買地設計建造了「滄浪亭」，是北宋相當有名的
一處私家園。

　　不論是辭官退隱或告老歸隱，士人大都會選擇久居在景色宜人之
處，終日面對山水，也不會厭倦。

> 太子洗馬陳翔，棲遲下位，而聲聞自高；便蕃寵任，而祗
> 畏日積。於是詠〈遂初〉之賦，決高謝之懷。京口之西，
> 先有別墅，……誅茅築室，素欲終焉。(徐鉉〈送贊善大夫陳
> 翔致仕還鄉詩序〉) 〔註7〕

士大夫陳翔早爲他還鄉預作準備，選定山水之處，搭建別墅，養性全
身，安養天年。如此一來，人人皆如此，就蔚爲風氣，「園林」自然
就多起來了。

二、經濟背景

（一）土地兼併

　　唐德宗建中元年，宰相楊炎實施兩稅法。〔註8〕實行兩稅法，就
是正式承認土地私有制的合法性，從此土地制度進入了一個新的階
段。許多做官的人紛紛購置田產，一些地主、佃戶都自有土地。宋代
佔有大量土地的地主大部份是官戶和形勢戶。〔註9〕官戶指的是在封

〔註7〕《全宋文》卷一九。
〔註8〕趙岡、陳鍾毅《中國土地制度史》(臺北：聯經，1982年)。
〔註9〕加藤繁〈宋代的人口統計〉，《中國經濟史考證》(臺北：華世出版)。

建政治體制下的官僚。形勢戶則是新興的中小地主階級，[註10] 這些人不但在政治上漸握有掌控權，而且極力擴張下左右了經濟的發展。

「公用錢之外，又有『職田制』，兩京大藩府四十頃，次藩三十五頃，防團以下，各按品級為差。」[註11] 宋代當朝十分優待官吏，使他們能夠有豐厚的收入，而擴張土地的欲望也隨之而來。「故今官大者往往交賄遺，營貲產，以負貪污之毀；官小者，販鬻乞丐，無所不為。」[註12]

除此之外，連寺院也擁有大量的土地。「私荒地田法典賣與觀寺，多以膏腴田土作荒廢，官司不察，而民水旱歲一不登，人力不繼，及至荒廢，觀寺得之，無復更入民間。」[註13]

北宋土地政策的情形，在《中國食貨典》中有詳細的記載：

（仁宗）賦役未均，田制不立，因詔限田，公卿以下無過三十頃，……過是者論如違制律，……又禁進臣置別業京師及寺觀毋得市田。[註14]

（仁宗）詔市民田給僧寺，非舊制，詔還民田，收其直入宮。後承平寖久，勢官富姓佔田無限，兼并冒偽，習以成俗，重禁莫能止焉。[註15]

另外，北宋一代皇室對寺觀賞賜莊田的實例不少，[註16] 也因當時崇

參看《宋代土地私有制及租佃制之探討》，金仁淑，臺大歷史碩士論文，1986 年 6 月。

〔註10〕參看《宋代土地私有制及租佃制之探討》，金仁淑，臺大歷史碩士論文，1986 年 6 月。

〔註11〕《廿二史劄記》卷二十五。

〔註12〕《臨川先生文集》卷三九，〈上仁宗皇帝言事書〉，頁9。

〔註13〕《宋會要輯稿》，食貨一之三一。

〔註14〕〈中國歷代食貨典〉第四十四卷，田制部，頁234，臺灣中華書局。

〔註15〕《中國歷代食貨典》第四十四卷，田制部，頁234，臺灣中華書局。

〔註16〕參看黃敏枝〈宋代寺觀與寺觀莊園之研究〉中所舉實例，《大陸雜誌》第四十六卷第四期（62 年 4 月）。

| 建隆元年十二月（太祖） | 建隆寺 | 賜田四頃 |
| 祥符四年六月（真宗） | 崇真資聖禪院 | 賜蔬圃 |

教風氣之盛，大肆賞賜下，因而引起土地私有的大泛濫。

> （徽宗）詔內外宮觀捨置田，在京不得過五十頃，在外不
> 得過三十頃。〔註17〕

由北宋初年到末年，土地的兼併是愈來愈烈，連篤信道教的宋徽宗也不得不對寺觀提出約束，限制他們擁有的土地數目。「宋代不同於前代的授田制，而實行一種私有程度較高的土地私有制，土地自由轉讓、買賣都十分頻繁。」〔註18〕可見北宋個人私有土地和土地的佔有，是很普遍的。

（二）造園活動的興盛

> 曉出都門外，名園連翠屏。融怡春物動，瀟灑塵慮醒。〔註19〕

> 洛下名園比比開，幾何能得主人來。〔註20〕

這是詩人對北宋都城汴京和西京洛陽，園林之多，景物宜人的詠讚。

汴京（河南開封）是北宋首都。汴京商賈雲集，繁榮熱鬧，熙熙攘攘的都市生活，生動而具體的呈現在「清明上河圖」的畫面上。在孟元老所著的《東京夢華錄》也記錄了當時北宋京城繁華的盛況。開封強大的文化活力，打開前所未有的活力之門。經濟活動的旺盛，人民有更多的餘力來從事造園。

「園」、「宅」的分屬，使得「園」能獨立出附屬於「宅」的地位，

天禧三年（真宗）	元真觀（臨安）	賜田五百畝
天聖三年（仁宗）	靈隱寺（臨安）	收買杭州錢塘縣山林田土五頃，鹽官縣水田十頃，秀州水田十頃。
仁　宗	靈泉觀（臨潼）	賜秦帝陵旁并諸莊地土
		計一百五十頃，及山林湯泉水磨
重和元年冬（徽宗）	拱極觀	撥賜泰嶽廟舊田五頃，免二稅

〔註17〕《中國歷代食貨典》第四十四卷，田制部，頁238（臺北：臺灣中華書局，1970年）。

〔註18〕朱瑞熙〈宋代的土地佔有制〉，《宋代社會研究》。

〔註19〕蔡襄〈城西金明池小飲二首〉，《全宋詩》卷三八八。

〔註20〕韓琦〈寄題致政李太傅園亭〉，《全宋詩》卷三三六。

當作一個重要的建築來看待。「富弼宅：在府城南十里，宅西有園，弼自汝州得請歸洛陽時所築。」又「邵雍宅：在天津橋南，王拱辰尹洛中置此宅，對宅有園。」〔註21〕在住宅的地區再另外闢一塊區域作爲園，已成爲當時的習慣。如蘇轍在〈洛陽李氏園池詩記〉一文中所論述的：「洛陽古帝都，其人習於漢唐衣冠之遺俗，居家治園池、築臺榭、植草木，以爲歲時遊觀之好。」汴京城內，更盡是園圃。

宋代的房屋建築有其規定：「凡民庶家，不得施重栱、藻井及五色文采爲飾，仍不得四鋪飛簷。庶人舍屋，許五架，門一間兩廈而已。」（《宋史》卷一五四，〈輿服志〉六）雖然宋代政府規定嚴格，然對富豪大家仍然不能起些威嚇作用。大官僚的府第對住宅環境的要求和品味，反映在其園林和建築的相配合。

北宋時，李用和、李濤父子在東京的宅第「隙地百餘畝，悉疏爲池，力求異石爲名木參列左右，號靜淵莊。」徽宗時將其地收歸，改爲擷芳園。「木皆合抱」、「園池尤勝」。（《避暑錄話》卷下）〔註22〕

不僅文人園如此，已擁有廣大園圃的帝王，更是極盡奢華之本事，建造園林，遍植花草林木、堆土疊石，供一己遊樂休憩。

三、社會背景

（一）觀賞園林成為普遍的風尚

觀賞園林、遊宴是當時的風尚。「雖聖人示儉，宮室孔卑，……而能開一園、構二亭，竹樹花木少而且備，游賞譙息近而不勞。」〔註23〕儘管先人示人勤儉，然爲遊賞之便，也以「即時行樂」爲要了。

「園記」出現於唐代，如白居易的〈草堂記〉、李德裕的〈平泉莊草木記〉，到了宋代湧現大量觀賞園林及建造園林自述的「園記」。有蘇舜欽的〈滄浪亭記〉、司馬光〈獨樂園記〉、朱長文〈樂圃記〉、沈括

〔註21〕《古今圖書集成》經濟彙編考，工典第七十五卷〈第宅部〉。
〔註22〕見《叢書集成新編》冊二七八七。
〔註23〕王禹偁〈李氏園亭記〉，《全宋文》卷一五二，頁 464。

〈夢溪自記〉、趙佶的〈艮嶽記〉、祖秀〈華陽宮記〉、歐陽修〈眞州東園記〉、〈海陵許氏南園記〉、〈李秀才東盟亭記〉;和描述洛陽全體園林李格非的〈洛陽名園記〉。這些「園記」記述了當時一些園林景物的佈局,可看出北宋文人遊園和賞園風氣的普遍。另外,從文人對花卉的喜愛以及花譜的著作,也可證明「園林」成爲時人閒暇遊樂的好去處。

> 洛陽之俗,大抵好花,春時城中無貴賤,皆插花,雖負擔者亦然。花開時,士庶競爲遨遊,往往於古寺廟宅有池台處,爲市井張握帝,笙歌之聲相聞。(歐陽修〈洛陽牡丹記〉)

又《聞見前錄》載:

> 歲正月梅巳花,二月桃李雜花盛,三月牡丹開,於花盛處作園囿,四方伎藝舉集,都人士女載酒爭出遊園亭勝地上下池台間。

足見當時人對花木的熱愛程度,梅、桃、牡丹等植栽,成了最受歡迎的種類。除此之外,周敘在〈洛陽花木記〉還記載了「得芍藥四十餘品,雜花二百六十餘品。」洛陽花卉繁盛妍麗,自然吸引許多人前來欣賞。

據《宋史·禮志》所記:「雍熙二年四月二日詔輔臣三司使翰林樞密直學士等宴於後苑,賞花釣魚,張樂賜飲,命群臣賦詩,習射賞花,曲宴自此始。」

當時人們喜賞花卉,又有所謂的「看花局」:

> 釋仲珠花品序,每歲禁煙前後,置酒饌以待來賓,賞花者,不問親疏,謂之看花局。故俚語云:彈琴種花,陪酒陪歌。

〔註24〕

賞花成了時人的雅好。《楓窗小牘》載:「淳化三十年十月,太平興國寺牡丹紅紫盛開,不踰春月,冠蓋雲擁,僧社塡騈。」宮中的飲宴,還有特爲各種花卉開的宴席。元氏〈掖庭記〉:「宮中飲宴不常,名色亦異。桃碧盛開,舉杯相賞,名曰愛嬌之宴;紅梅初發,攜尊對酌,

---

〔註24〕見《叢書集成新編》第十二冊,頁521。宋·龔熙正《續釋常談》,〈陪酒陪歌〉條。

名曰澆紅之宴；海棠謂之暖妝，瑞香謂之撥寒，牡丹謂之惜春，至於落花之飲，名爲戀花春，催花之設，名爲奪秀。」

　　文人對花卉的偏愛，從《三柳軒雜識》文中可以見出對花的喜愛和欣賞。作者對姚伯聲《西溪叢話》名花三十客，〔註25〕增列爲五十客。梅爲清客，菊爲雋客，海棠爲蜀客，芍藥爲嬌客，杜鵑爲仙客，蘭爲幽客。然其中缺少唐人最喜愛的牡丹花。「牡丹」花大豔麗，顯得雍容華貴，爲花中之王。而宋人賞花的特殊品味，在此又可見其獨到之處。〔註26〕

　　中國花卉藝術的欣賞自古即有，花果樹木的栽植亦是歷代重要的工作之一。自唐宋以來，經濟的高度發展，種植方法、嫁接技術的進步，人們有更多的心思放在欣賞花木的趣味上，園林裡種植各種花草樹木，由此便出現了許多有關描寫花卉園藝的著作文獻。〔註27〕

（1）歐陽脩的《洛陽牡丹記》、宋·張邦基《陳州牡丹記》、《洛陽花木記》、周師厚《洛陽牡丹記》。

（2）劉攽《芍藥譜》、王觀《揚州芍藥譜》、孔武仲《芍藥譜》。

（3）劉蒙《劉氏菊譜》、趙時庚《金漳蘭譜》、王貴學《王氏蘭譜》。

（4）張鎡《玉照堂梅品》、張翊《花經》。

（5）沈立《海棠記》、陳恩《海棠譜》。

（6）王方慶《園林草木疏》、陳翥《桐譜》、陳仁玉編《菌譜》。

（7）陳達叟編《蔬食譜》、林洪編《筍草紀事》。

（8）宋太宗時編《太平御覽》果木草花之部，從卷九五三至九八○；九九四至第一千卷記載的是一百一十種花卉。

〔註25〕《筆記大觀》第二十九冊，頁236，《西溪叢語》卷上（臺北：新興書局出版，1979年）。

〔註26〕參見《中華園藝史》，頁286～287，第四篇「花卉」，程兆熊（臺北：臺灣商務印書館，1985年4月）。

〔註27〕參見《四庫全書》冊八四五「草木禽魚之屬」，岡　大路《中國宮苑園林史考》（臺北：地景，1990年），頁99，〈宋代的花卉園藝〉。

（二）崇尚隱逸的風氣

魏晉南北朝仕人對現實環境否定，以放浪形骸、遁世隱逸，作爲逃避當時政治與對抗儒教的消極抗議。在唐朝視隱逸爲入朝爲仕的捷徑。《新唐書・隱逸列傳》序已提到：「放利之徒，假隱自名，以詭入仕，肩相摩於道，至號終南、嵩、少爲仕途捷徑，高尙之節喪焉。」寒窗十年苦讀，爲的是晉身仕途，然以退爲進的仕進態度，顯現了官僚體制下的仕隱之道。

唐宋五代干戈日尋，士人爲明哲保身，紛紛走避，或以僧爲隱，或以道爲隱。宋初立國，得到不少五代隱逸隱士，如戚同文、陳摶等人（《宋史》）。歷代隱逸傳的人數，以宋代最多，共有四十三人，〔註 28〕其中《隱逸傳》中北宋就有三十餘人之多。

北宋以「隱士」之名著稱者有陳摶、种放、魏野、林逋四人。〔註 29〕宋代君王十分優待時逸之士。樊知古舉薦夏乾錫，太祖召見他，並爲之制寇服。〔註 30〕陳摶在五代已有高名，太宗詔賜號希夷先生，賜紫衣一襲，又增建陳摶居住的雲台觀，與之詩賦相和（《宋史・隱逸》）。

宋眞宗對隱士亦非常禮遇。他經常召見隱士，還把种放和魏野二人畫成圖像。昔日唐明皇爲李白親手調羹，而眞宗對种放有握手登樓之眷（《澠水燕談錄》卷五〈高逸〉），以帝主之尊，如此厚賢，不得不讓人由衷羨慕了。种放以「隱」官拜侍中、工部侍郎，晚年「侈飾過度，營產豐滿鄗間，門人戚屬，以他勢強併，歲入益厚」，〔註 31〕

〔註 28〕根據林天蔚《宋史試析》臺灣商務，頁 27 及頁 116〜117 所列。《後漢書・逸民傳》十七人，《晉書・隱逸傳》三十八人，《宋書・隱逸傳》十七人，《南史・隱逸傳》三十一人，《北史・隱逸傳》六人，《隋書・隱逸傳》四人，新舊《唐書・隱逸傳》均是二十人，《金史・隱逸傳》十二人，《元史・隱逸傳》六人，《明史・隱逸傳》十一人。

〔註 29〕清・王夫之《宋論》67 頁，三人行出版社，63 年 3 月 25 日。

〔註 30〕劉文剛《宋代的隱士與文學》，頁 3（四川大學出版社，1992 年 8 月）。

〔註 31〕釋文瑩《玉壺清話》卷八。

失去「隱士」清名。另外魏野多次謝絕眞宗的徵召，林逋亦受眞宗敬重「詔長吏歲時勞問」(《宋詩紀事》卷十)。

宋代以科舉取士，打破世家貴族壟斷政治的專權，寒門子弟只要有才學能力，便有機會中第做官。這不啻是讓封建制度下不能翻身的平民，有出頭的一天。然政治多譎，權位上的爭奪，名利的追逐，不是人人都想得到的。

《宋史・文苑三》卷四百四十一〈李建中〉:「建中性簡誨，風神雅秀，恬於榮利，……尤愛洛中風土，就構園池，號曰『靜居』。」

《宋史・列傳六十李虛己・父寅》:「寅至豫章，樂其山水，曰『此可以終吾身也』。遂臨之東湖，築第宇以居。」

《宋史・列傳二百一十六・隱逸上》:「魏野，嗜吟詠，不求聞達，居州之東郊。手植竹樹，清泉遶逸，旁對雲山，景趣幽絕，鑿土袤丈，曰樂天洞。前爲草堂，彈琴其中，好事者多載酒肴從之遊，嘯詠終日。」

因環境之不遇，被動式的隱居到自覺性的隱逸，「隱逸」之風變成一種人人嚮往的風尚。這股「知性」的力量潛藏在大宋一代知識份子的心中，涵醞他們的心靈，故倡理學的儒家士子能直指本心，講心性修養、道德意識，涵泳內在生命，安置與「道」同在的道德本體，海闊天空而淵飛魚躍，無入而不自得。

四、思潮背景

宋代是儒、釋、道共容的一個時代。宋初太祖居位，一方面獎勵儒學，一方面又鼓吹佛教，仁宗好禪，北宋宋徽宗、欽宗喜好道教，宋代又是繼承儒家的理學興起的時代。自漢末以來，始終頡頏不已的儒釋道三教，互相滲化，互相影響，終在理學家手中完成整合，再建於中國文化的結構內。

道教是中國本土發展出來傳統的宗教。宋太宗時，寵信道士張守眞，修建富麗堂皇的道觀——上清太平宮，還命令參官主事，道士焚

修，軍士百人守衛。可見重視之程度。道教的發展到宋眞宗時形成第一次的高峰。「一國君臣如狂病然」〔註32〕正是當時上下爲逢迎主上，對道教瘋狂癡迷最佳的寫照。第二個鼎盛時期，便是北宋末代皇帝的徽宗，「道教之行莫盛於此時」，〔註33〕當時他建蓋「艮嶽」花費龐大，需索無度，又貪圖道教重現生的成仙享樂，終至敗亡失國。

士人喜歡道教的部份不是符錄、丹藥、祭祀祈禳和修道成仙，長期受理性思考的士大夫們歡迎的是對內心修養、精神昇華的老莊之學。而當時道教與禪互相爲用，〔註34〕他們把老莊義理滲入他們的思想之中，作爲吸引知識份子的地方。唐五代士人與禪僧的交往是屬於個別式的，到了宋朝，士大夫喜歡禪悅之風，接受禪的形式思想，和禪僧交往頻繁，也直接的參與《燈錄》與《語錄》的編撰工作，對禪的推崇，放入了生活和文學作品的風格當中。如當代文人蘇軾、歐陽脩、楊億、文彥博、王安石、黃庭堅等人，對禪的義理都有深入的瞭解。

五、文風背景

宋代文風鼎盛，教育普及，繪畫藝術地位的提高，繪畫觀念的改變、畫院的設立，文人與畫家的來往，〔註35〕都促成了題畫詩的勃興，也間接對園林的造作有深遠的影響。郭若虛《圖畫見聞誌》云：「竊觀自古奇跡，多是軒冕才學，巖穴之士，依仁游藝，探賾鉤深，高雅之情，一寄於畫。」

〔註32〕 《宋史》本紀第八「宋眞宗」，頁172。

〔註33〕 《宣和遺事‧前集》。

〔註34〕 北宋道人張伯端在《悟眞篇》下「我如來法門，悟性爲先，然非上乘之妙義。金丹之道，得藥爲上，然必明心見性爲先。」「明心見性」爲禪宗的上乘教義，在道教經典《悟眞篇》多處提出佛家思想，可見當時佛道的融合及互相爲用的情形。佛教是外來宗教，然經過數百年的深化轉變，已經在中國生根發芽，變成適合中國文化的形式生存。

〔註35〕 參看衣若芬〈也談宋代題畫詩興盛的幾個原因〉，《宋代文學研究叢刊》第二期，麗文文化事業公司，1996年9月。

當時有許多文人，身兼政治家、哲學家、文學家，既是詩人也是畫家，蘇軾、文同、米芾等人，他們具有深厚的人格修養和豐富的學養。宋代有獨特的人文意趣，對美的感受有自己的看法，園林之美，正是發之筆端，抒之情懷的絕佳對象。

第二節　北宋重要園林

此節所介紹之園，以北宋園林詩中常見的園為主。

汴京為河南開封，是北宋的政治經濟中心。汴京本為五代周之舊都，宋太祖趙匡胤即位後建都於此，改名東京。開封地勢平坦，無險可守，但因位水運交通的樞紐，地理位置重要故讓後代皇帝打消遷都洛陽的念頭。據估計，北宋東京大約有一百三十六萬人口，人口密度每平方公里約三萬八千人左右。〔註36〕

汴京城共分「宮城」、「裏城」、「外城」三部份。

東京宮城（舊城）周迴二十里一百五十五步，即汴州城。唐建中二年，節度使李勉築城。國初號曰闕城，亦曰裏城。新城乃周世宗顯德二年四月，詔別築新城，號曰外坡，又曰羅城。〔註37〕新城周迴五十里六十五步。

東京街道的規畫延承唐代，但整個城市的型態已是商業繁華的大街。「宣和間盡植蓮荷。近岸植桃李梨杏，雜花相間。」（《東京夢華錄──御街》）

> 都城左近，皆是園圃。百里之內，並無閒地。次第春容滿野，暖律暄晴，萬花爭出。〔註38〕

〔註36〕《中華文化史》中，頁 967，桂冠圖書公司。

〔註37〕宋・孟元老撰，鄧之誠注《東京夢華錄注》，頁 23，「周世宗顯德二年四月，詔別築新城。周迴四十八里二百二十三步」（漢京文化事業有限公司）。《宋史・地理志》：「新城周迴五十里百六十五步。」小註（真宗）大中祥符九年增築，（神宗）元豐元年重修。

〔註38〕引自《東京夢華錄》卷之六，〈收燈都人出城採（應作探）春〉，並無闌地（應作閒）。

汴京河渠有四條：蔡河、汴河、五丈河和金水河。〔註39〕四條河圍繞著城內外三十四座橋。〔註40〕在宋代畫家張擇端畫的長卷〈清明上河圖〉中，描繪了北宋時在汴京的繁盛景況。我們可以見到汴河是城內運輸的大動脈，貫串了城內的橋樑。沿河兩岸，夾雜有酒肆、人家的小園，「籬旁湖石，奇形怪狀，院中長廊，曲折迂迴」，〔註41〕全圖末端描寫了金明池和宮苑園林建築的金碧輝煌，從私家園到寺廟園林，可以想見滿城「粉牆細柳斜籠，綺陌香輪暖暖」、「香花如繡，鶯啼芳樹，燕舞晴空」的美麗景色。（《東京夢華錄》卷之六）

汴城八景〔註42〕中多以自然的景色，其中有「金池過雨」、「沖水秋風」、「艮嶽春雲」都是和園林有關之自然的再造。

一、東京名園（汴京）

> 汴中園囿亦以名勝當時。……其他不以名著約百十，不能
> 悉記也。（《楓窗小牘》卷下）

宋都汴京園林之多宮苑、私家園、寺廟園林的興盛，可以想像當時東京像個公園化大都市的情景。

在宋·孟元老《東京夢華錄》卷之六〈收燈都人出城探春〉中，曾對當時北宋首都汴京園林作了很詳細的記錄，是今人研究宋代開封園林的好材料。

「州南則玉津園外，學方池亭樹。玉仙觀轉個龍彎往西去，有一丈佛園子、王太尉園、奉聖寺前孟景初園。寺里橋望牛岡、劍客廟。自轉龍彎東去，陳州門外，園館尤多。」「州東宋門外：快活林、勃臍陂、獨樂岡、硯臺、蜘蛛樓、麥家園、虹橋、王家園、曹宋門之間東御苑、

〔註39〕《楓窗小牘》卷上，見《四庫全書》冊一〇三八。
〔註40〕《歷代宅京記》卷之十六開封，頁238：「穿梭河道有四：南壁曰蔡河，……河上有橋十三；中曰汴河，河上有橋十三，東北曰五丈河，河上有橋五；北曰金水河，河上有橋三。」
〔註41〕參看那志良《清明上河圖》，頁112，國立故宮博物印行，1995年4月。
〔註42〕明·李濂《汴京遺跡志》卷十三（臺北：新興，1983年）。

乾明崇夏尼寺、州北駙馬原。」「州西新鄭門大路，直過金明池西。道者院，院前皆妓館。以西宴賓樓，有亭榭、曲折池塘、鞦韆畫舫，酒客稅小舟帳設游賞，相對洋祺觀。直至板橋，有集賢樓、蓮花樓，乃之官河東陝西五路之別館，尋常餞送置酒於此。過板橋有下松園、王太宰園、杏花岡。金明池角南去水虎翼巷，水磨下蔡太師園；南洗馬橋西巷內，華嚴尼寺、王小姑酒店、北金水河兩浙尼寺、巴婁寺。養種園，四時花木，繁盛可觀。南去藥梁園、童太師園，南去鐵佛寺、鴻福寺，東西山栢榆村。州北模天坡角橋，至倉王廟、十八壽聖尼寺、孟四翁酒店。」「州西北元有庶人園，有創臺流盃亭榭數處，放人春賞。」

《汴京遺跡志》卷八詳細的記載當時的園林名稱。分類如下：

（一）皇家園林

中國園林的類型依其型態可分為：皇家園林、文人園林、寺廟園林和公共園林。《宋會要》、《玉海》把瓊林苑、玉津園、宣春苑和瑞聖園稱為北宋四園苑。《石林燕語》則將：「瓊林苑、金明池、宣春苑、玉津園謂之四園。」

《宋史・志一百一十八・職官五》：「園苑四：玉津、瑞聖、宣春、瓊林苑，掌種植蔬蒔以待供進，修飭亭宇以備游幸宴設。」

東京的皇家園林獨占鰲頭的首推「艮嶽」「延福宮」，另外還有四園，即東邊的「宣春苑」、南邊的「玉津園」、西邊的「瓊林苑」「金明池」和北邊的「瑞聖園」。

1. 艮嶽和延福宮

宋徽宗〈艮嶽記〉：〔註43〕「於是按圖度地，庀徒僝工，累土積石。」徽宗是個藝術天分極高的皇帝，他善於書法，工於繪畫，因此這座龐大的皇家園林就由他親手參與，一手策畫。於政和七年，在汴故城東北隅上清寶籙宮之東築山，曰萬歲山，既成，更名艮嶽。

艮嶽是大內御院的一部份，位於舊城「皇城」的東北隅，艮嶽落

〔註43〕《汴京遺跡志》卷四。

成，嶽之正門名曰華陽，故亦號「華陽宮」。其壯觀宏偉的園林建築，《汴京遺跡志》中留下「萬歲山，運四方花竹奇石，積累二十餘年。山林高深，千岩萬壑，麋鹿成群，樓觀臺殿不可勝記」之語，令人不難想見當日之景，此一人工建築的大型園林，所擁有傲人的藝術成就及影響。

（1）掇　山

疊石掇山的技巧是艮嶽偉大的成就之一。「周迴十餘里，最高一峰九十步」。據中國古制，「唐一步，小尺六尺，公制一、五一四米」，〔註44〕九十步大約是一百四十公尺左右。以今日房屋樓高約二、三公尺，相當於四、五十層樓的高度。此以人造山的技術來看，真不得不對此感到驚訝！

「設洞庭、湖口、絲谿、仇池之深淵，與泗濱、林慮、靈壁、芙蓉之諸山，最瓌奇特異瑤琨之石。」（《汴京遺跡志》卷四）艮嶽是一座土石堆疊起來的高山，園林山體整個的造型依著主要石材太湖石〔註45〕「瘦、漏、透、皺、醜」的特性加以變化，在堆疊的山勢中、堅硬的石頭上，開出小徑和磴道。僧人祖秀〈陽華宮記〉所述：「石皆激怒觚觸，若踶若齧，牙角口鼻，首尾爪距，千態萬狀。」「鑿池為溪澗，疊石為隄捍，任其石之怪，不加斧鑿。因其餘土，積而為山。」

「輔以磻木瘦藤，雜以黃楊對青，竹蔭其上，又隨其幹旋之勢，斬石開境，憑險則設磴道，飛空則架棧閣。」

又有紫石岩、樓真磴（徽宗〈艮嶽記〉作祈真之磴）、羅漢岩等景點。

當時為了迎合徽宗，朱勔於太湖取石，高廣數丈，載以大舟，挽以千夫，鑿城斷橋，毀堰拆牐，數月乃至。搬運花石綱的過程：「先以膠泥實填，眾竅其外，復以麻筋，雜泥固濟之日，曬極堅實，使用

〔註44〕岡大路著《中國宮苑園林史考》，引用其頁70中摘錄的對照表來計算。
〔註45〕周密《癸辛雜識》，引自《汴京遺跡志》卷四。

大木爲車，致於舟中，直俟抵京，然後浸之水中，旋去泥土。」(《汴京遺跡志》)爲了運送花石綱特於平江置應奉局，至京師一趟動輒要數千緡，一石花費則數萬緡。〔註46〕其擾民之甚，不可謂不大。

挾運石之利，官吏鼠輩共濟其惡，江南地方的居民飽受侵擾之苦，常有一石一木可玩味者，即領健卒直入其家，用封條霸佔，顧人看管，或撤屋決牆以利搬運。庶民爲求自保，行賄走訪者川流不息。

（2）理　水

> 高方欲就亭台，低凹可開池沼。(《園冶‧相地篇》)

《汴京遺跡志》卷四提到「關下有平地，鑿大方沼。沼中作兩洲，東爲蘆渚、浮陽亭，因爲梅渚、雪浪亭，西流爲鳳池，東出爲鴈池。」

西爲鳳池，東爲鴈池，這是在兩山凹間所挖鑿的人工池。經過人爲的引注，水流依著事先設定好的方向及趣味，加以佈置。除了人工化的水景，傍著地形所形成的自然景色，另外也是一大重點。

> 半山北俯景龍江，引江之上流注山澗。西行爲漱瓊軒，又行石間爲煉丹凝眞觀、圓山亭。下視江際見高陽酒肆及清斯閣。

徽宗御製〈艮嶽記〉說：「北俯景龍江，長波遠岸，彌十餘里。」景龍江環繞著艮嶽的北半部，從園的西北引入，其中館舍精巧，入園後擴爲小型水池名爲曲江，池中有「蓬壺堂」。然後轉折南向名「回溪」。經壽山與萬松嶺之間，峽谷相望，綿互數里，「水出石口，噴薄飛注如獸面」(〈艮嶽記〉)名叫白龍沜、濯龍峽。這裡利用了水道的夾擠，讓大量的水在阻塞後迸出石口，形成水簾般的畫面，因水流力道的不同，自然有不同視覺效果。出峽谷後有平地「大方沼」，沼中做兩洲，東爲蘆渚，西爲梅渚，沼水西流爲鳳池，東出爲鴈池。鴈池是園內最大的一個水池，「池水清泚，漣漪鳧鴈，浮泳水面，樓息石間，不可勝記。」(〈艮嶽記〉)。到此，整個水系從鴈池流出。

整個皇家園林，其中有江、湖、沜、峽、沼、洲、池、瀑等，構

〔註46〕　參看《汴京遺跡志》卷四〈宋史筆斷論花石綱之害〉。

成了一個完整的理水系統。因此，邊遊賞，邊攀登，還可以邊欣賞水色，符合遊山玩水的山水樂趣。

（3）栽　植

艮嶽可說是北宋最大的植物園。它搜羅了來自全國各地的花卉植物，「移枇杷、橙、柚、橘、柑、椰、栝、荔枝之木，金蛾、玉羞、虎耳、鳳尾、素馨、渠那、茉莉、含笑之草」。〔註47〕包括了草本、木本、攀藤、果樹、花卉、農作物和藥用植物等，以及改良移植的植物。

其中有兩檜，「一夭矯者，名做朝日升龍之檜；一偃蹇者，名做臥雲伏龍之檜，皆玉牌填金字書之。」

園內依景點分配分為許多景區。〔註48〕有青松蔽密，布於前後的「萬松嶺」、山岡種滿丹杏鴨腳的「杏岫」、利用土石隙間所形成之小山栽植的「黃楊巘」、山岡險處的「丁香嶂」、賴石堆盤雜植椒蘭的「椒崖」、鸞鶴蛟龍之狀，動以萬數的「龍柏坡」、壽山西側青竹斑斑的「斑竹麓」、滿是海棠的「海棠川」、參、朮、杞、菊、黃精、芎藭，被山彌塢中的藥寮、又禾、麻、菽、麥、黍、豆、秔、稅，築室若農家的「西莊」。

到處鬱鬱青青，花繁林茂，其中又雜有藥圃，和仿農家生活的西莊。前者反映出中國人服食藥材的久遠，重「養生」的觀念；在繁忙單調的皇家生活外，建築的「西莊」——苑囿白屋不施五釆，皇帝也想品味不同的鄉居野店之情。除了萬種植物，艮嶽亦是一座大動物園。「山禽水鳥十餘萬」、「大鹿數百千頭」，奇花美木珍禽異獸無不畢集。

（4）建　築

萼綠華堂、龍吟堂、三秀堂。

書館、八僊館、消閒館、流碧館、環山館

覽秀軒、漱瓊軒，

巢鳳閣、清斯閣、

〔註47〕宋徽宗〈艮嶽記〉，《汴京遺跡志》卷四。
〔註48〕依徽宗〈艮嶽記〉和僧祖秀〈陽華宮記〉所載。

囉亭、巢雲亭、蟠秀亭、練光亭、跨雲亭、圓山亭、飛岑亭。浮陽亭、雪浪亭、揮雪亭，介亭，極目亭、蕭森亭，麗雪亭。

倚翠樓、絳霄樓：「金碧間勢極高峻，在雲表，盡工藝之巧，無以出此。」〔註49〕

煉丹凝眞觀、勝筠庵、躡雲臺、及高陽酒肆〔註50〕

中國園林建築，除了供遊賞以外，兼具居住之需要。所以在山池花木之中，有休憩用的亭樓，還要建造館閣堂作爲居住之用。

另一個大型園林爲「延福宮」，建於政和三年春。此本爲帝后遊樂之所，後欲廣其地，將城外的內酒坊、裁造院、油醋、柴炭、鞍轡等庫，以及兩僧院、兩軍營移往他處，委蔡京命童貫、楊戩、賈詳、藍從熙、何訢等人造新宮。閣有蕙馥、報瓊、蟠桃、春錦、疊瓊、芬芳、麗玉、寒香、拂雲、偃蓋、翠葆、鉛英、雲錦、蘭薰、摘金、繁英、雪香、批芳、鉛華、瓊華、文綺、絳萼，穠華、綠綺、瑤碧、清陰、邱香、叢玉、扶玉、絳雲等。其中點綴有高三百一十尺的「明春閣」、廣十有二丈的「宴春閣」、亦有橫度之四百尺，縱數二百六十有七尺的「飛華亭」。「疏泉爲湖，湖中作隄以接亭，隄中作梁以通湖，梁之上又爲茅亭、鶴莊、鹿砦、孔翠諸柵、蹄尾動數千，嘉花名木，類聚區別，幽勝宛若生成」。〔註51〕

而宋徽宗於政和年間大興土木建造宮苑，豪奢無度，勞民傷財，造成斷送大送江山的惡因。「徽宗晚歲，患苑囿之眾，國力不能支。……及金人圍城日久，欽宗命取山禽水鳥十餘萬，盡投之汴河，聽其所之，折屋爲薪，鑿石爲炮，伐竹爲笢籬，又取大鹿數百千頭殺之，以略戰士云。」(《歷代宅京記》)

園林的野意，追求自然，是宋代園林一致的目標。就其藝術價值

〔註49〕《宣和遺事・前集・宣和七年》。

〔註50〕以上見徽宗御製〈艮嶽記〉、僧人祖秀〈陽華宮記〉以及李濂〈艮嶽壽山〉，引自《汴京遺跡志》卷四。

〔註51〕《歷代宅京記》卷之十六「開封」，頁231。

來看，這眞是「雖由人作，宛若天開」。但另一方面，只顧自己享樂，窮奢極侈，園林的建造就不單是美的欣賞，而是金粉浮華的罪惡象徵了。

2. 玉津園

位於南薰門外，夾道爲兩園，中間引閔河水，流貫其中。「仲夏駕幸觀穫麥」、「玉津半以種麥」。〔註52〕夏天天子到此觀看農作物的收成情況，順便在此飲宴慰勞從臣。蘇軾有〈遊玉津園〉一詩：

> 承平苑圃雜耕桑，六聖臨民計慮長。碧水東連還舊派，紫檀南峙表連岡。不逢遲日鶯花乳，空想疏林雪月光。於畝何時窺帝籍，斜陽寂歷鎖雲莊。(《汴京遺跡志》卷二十三)

玉津園保留「園」的可耕性外，它亦是東京很大的一個動物園。楊侃〈皇畿賦〉：

> 景象仙島，園名玉津。珍果獻夏，奇花進春。百亭千榭，林間水濱。眞禽貢兮何方？怪獸來兮何鄉？郊藪既樂，山林是忘。則有麒麟含仁，(碼虞) 虞知義，神羊一角之祥，靈犀三蹄之瑞，狻猊來于天竺，馴象貢于交趾。孔雀翡翠，白鵰素雉，懷籠暮歸，呼侶曉去，何毛羽之多奇，磬竹素而莫記也。……介族千狀，沙禽萬類。……

玉津園的可耕、可游，有芳草綠樹，又是大型的動物聚集處，反映出皇家園林形成的園苑與耕植結合的特點。

3. 瓊林苑和金明池

瓊林苑位於城西鄭門外，俗稱西青城。宋朝時代建此園，作爲飲宴進士「聞喜宴」〔註53〕的處所。它的位置與金明池南北相對，其中松柏森列，百花芬郁。

> (太宗) 四月幸金明池習水戰，……後遂登瓊林苑樓，陳百戲，擲金錢，令樂人爭之，極歡而罷。(《宋史·志第六十六·禮十六》)

〔註52〕《玉海》卷一百七十一，《四庫全書》冊九四七。
〔註53〕《玉海》卷一七一，《四庫全書》冊九四七、《古今圖書集成》考工典第五十六卷「苑圃部」，第七八五冊。

> 天子歲時游豫，……首夏幸金明池觀水嬉，瓊林苑宴射。(《宋
> 史‧志第六十六、禮十六——游觀》)

徽宗時在瓊林苑的東南隅，創築華觜岡。高數丈，上有橫觀層樓，金
碧相射，下有錦石纏道。後來在金明池中興建殿宇，柳鎖虹橋，花縈
鳳舸，〔註54〕成為當時汴京人民假日遊賞的好地方。

4. 宜春苑

宜春苑又名東御園，本秦悼王（趙廷美）園。趙廷美原封秦王，
後來被廢為庶人，東京人習慣稱之為庶人園。〔註55〕「每歲內苑賞花，
則諸苑進牡丹及種枝雜花。七夕、中元進奉巧樓花殿，雜果寶蓮菊花木
及四時進時花入內。」〔註56〕諸苑進花，以宜春苑最好，種類又多，
可說是皇家自家後園的「花園」。王安石有一詩描寫宜春苑的景色。

> 宜春舊臺沼，日暮一登臨。解帶行蒼鮮，宜鞍坐綠陰。樹
> 疏啼鳥遠，水靜落花深。無復增修事，君王惜費金。(《汴京
> 遺跡志》卷二十三)

「君王惜費金」的表面之詞，瞭解「庶人園」背後真正的主因，那秦
悼王過往陳跡，在北宋中期以後，宜春苑雖未廢掉，但這座園林已不
如早昔的風光，面對此景，詩人也只有留下一詩聊以慰藉。

5. 瑞聖園

初為北園，太平興國二年詔名含芳，大中祥符三年，泰山天書奉
安於此，又改名為瑞聖。〔註57〕曾鞏有詩：

> 北上郊園一據鞍，華林清集綴儒冠。方塘浄浄春光漾，密
> 竹娟娟午更寒。流渚酒浮金鑿落，照庭花并玉闌干。君恩
> 倍覺丘山重，長日從容笑語歡。(〈上巳日瑞聖園錫燕呈諸同舍
> 詩〉,《南豐文集》卷八)

〔註54〕《汴京遺跡志》卷八。
〔註55〕范成大《攬轡錄》，周寶珠《宋代東京研究》，頁496（河南大學出版
　　　　社，1992年4月）。《箋注王荊文公詩》上，頁580，〈宜春苑〉（臺
　　　　北：廣文書局）。
〔註56〕《玉海》卷一七一，《四庫全書》冊九四七。
〔註57〕同上48註。

瑞聖園景致幽雅，廣植竹林，綠意青蔥，除園林之外，「舊有隙地，異時主者墾爲公田，歲藉其收，以備常用。」〔註58〕大量空地的使用，園苑內仍保有種植區，說明中國古代以農業爲本的重要。

　　北宋宮城和明、清時代北京宮城有著顯著的不同，因爲後者除後門御花園外，基於安全理由是不准栽種植物，而北宋京城的綠化卻是全面的，不但宮苑空地有樹木，宮城道路兩旁、御街也種了不少槐樹〔註59〕和柳樹。東都外城、護城河也大量種樹。因此除了皇家、私家、寺廟遍佈的園林外，到處可見的花草樹木，使得東京如同一座綠色之城。〔註60〕

（二）私家園林

　　《楓窗小牘》卷下：「州南則玉津園，西去一丈佛子園、王太尉園、景初園。陳州門外園館最多，著稱者奉靈園、靈嬉園，州東宋門外麥家園、虹橋王家園，州北李駙馬園，西鄭門外下松園、王太宰園、蔡太師園、西水門外養種園。州西北有庶人園，城內有芳林園、同樂園、馬季良園，其他不以名著約百十，不能悉記也。」

1. 王太宰園

　　王太宰指的是王黼。他在城西閶闔門外的家宅，其園「窮極華侈，疊奇石爲山，高十餘丈，便坐二十餘處，種種不同。……地之西號西村，以巧石作山徑，詰曲往返，數百步間以竹籬茅舍爲村落之狀。……」（《秀水閑居錄》）

2. 蔡太師園

　　就是蔡京的宅園。宅地之東園，「嘉木繁陰，望之如雲」、「周圍

〔註58〕《元憲集》卷三十一〈乞于御苑空地內種植奉祠祭孔子〉。
〔註59〕《文昌雜錄》：「唐朝殿亦種花柳。今殿前爲對植槐楸，鬱鬱然有嚴毅之氣。」《叢書集成新編》第八四冊。
〔註60〕參看周寶珠著《宋代東京研究》第十四章〈園林與綠化〉（河南大學出版社）。宋·龐元英《文昌雜錄》宮城遍種槐樹。《東京夢華錄》卷一〈東都外城〉：「城裏牙道，各植榆柳成陰。」同一書卷二〈御街〉：「宣和間盡植蓮荷，近岸植桃李梨杏，雜花相間，春夏之間，望之如繡。」

數十（？）里。」(《清波雜志》卷六)

3. 王直方宅園

王直方，字立之，爲宋朝的駙馬爺，〔註61〕喜結四方之士，出手慷慨。「棄官後十五年處（汴京）城隅小園，笑傲自適，名其園之堂曰賦歸，亭曰頓有，一時文士多爲賦詩。」〔註62〕

4. 曲水園

在許州北有修竹二十餘歇，澳水貫其中，以入西湖爲最佳處。文彥博爲太守時買之。(《古今圖書集成·考工典》卷一一八「園林部」)

5. 靈壁張氏園亭

靈壁張氏之園位於汴之陽，其外修竹森然，以高喬木翳然。因受到汴京造園的影響，陂池取山之怪石，以爲岩阜；蒲葦蓮芡有江湖之思；椅桐檜柏有山林之氣，奇花美草有京洛之態。……可以養果蔬，可以飽鄰里，魚鱉筍茹可以饋四方之賓客。〔註63〕

二、洛陽名園

北宋定都汴京，洛陽屬京西北路，稱西京，置留守，爲陪都。洛陽自唐朝以來，就是人文薈萃的城市，學術活動的中心。當時有許多文人學士、名臣遺老，都聚集於此。

蘇轍〈洛陽李氏園池詩記〉形容了洛陽園囿之盛。

（洛陽）……其山川風氣清明盛麗，居之可樂。平川廣衍，東西數百步，嵩高少室，天壇王屋，岡巒靡迤，四顧可挹，伊洛瀍澗，流出平地，故其山林之勝，泉流之潔，雖其閭閻之人，與其公侯共之一畝之宮，上（目矚）青山，下聽流水，奇花修竹，布列左右，而其貴家巨室園囿亭觀之盛，

〔註61〕《宋代文化研究》，〈王直方生平探微〉（成都：四川大學出版社）。

〔註62〕《後山詩話箋注》，〈寄答王直方〉詩下箋注，宋·陳師道著，任淵、冒廣生箋注，學海出版社。

〔註63〕《古今圖書集成·考工典》卷一一九「園林部」，蘇軾〈靈壁張氏園亭記〉）。

實甲天下。(《欒城集》卷二四) 〔註64〕

李格非〈洛陽名園記序〉也說:

> 瀍澗鍾山水之秀,名公大人爲冠冕之望,天匠地孕爲花卉
> 之奇,以富貴利達優游閒暇之士,配造物而相嫵媚,爭妍
> 競巧於鼎新革故之際,館榭池臺風俗之習,歲時嬉遊聲詩
> 之播揚,圖畫之傳寫。

可見洛陽一都於北宋,造園溼地園林之盛冠絕天下,許多名士貴族都
在此擁有園林,洛陽園林在園林史上是佔有重要的地位。

(一)私家園林

《邵氏聞見後錄》卷二四說「洛陽名公卿園林,爲天下第一。」
李格非《洛陽名園記》裡共記錄了十九座園。洛陽園池多因隋唐之舊,
〔註65〕留下了不少文人雅士的生活寫景。各是:

(1)富鄭公園;(2)董氏西園;(3)董氏東園;(4)環溪;(5)
劉氏園;(6)叢春園;(7)天王院花園子;(8)歸仁園;(9)苗帥園;
(10)趙韓王園;(11)李氏仁豐園;(12)松島;(13)東園;(14)
紫金臺張氏園;(15)水北胡氏園;(16)大字寺園;(17)獨樂園;(18)
湖園;(19)呂文穆園

洛陽園林的型態大致可分爲:文人園、富豪園和花圃三類。

1. 文人園

(1)獨樂園

是當地最有名的名園之一。司馬溫公(司馬光)自號迂叟,稱其
園爲獨樂園。「園卑小不可與他園班。……所以爲人欣慕者,不在於
園耳。」

司馬光在自記的〈獨樂園記〉〔註66〕中說:「若夫鷦鷯巢林不過一
枝,偃鼠飲河不過滿腹,各盡其份而安之,此乃迂叟之所樂也。熙寧

〔註64〕見《蘇轍集》冊一(北京:中華書局,1999年,7月)。
〔註65〕註《洛陽名園記》富鄭公園之語。
〔註66〕《古今圖書集成》經濟彙編,考工典第一百十九卷〈園林部〉。

四年迁叟始家洛，六年買田二十畝於尊賢坊北闕，以爲園。其中爲堂聚書五千卷，命之曰：讀書堂。堂南有屋一區，引水北流貫宇下中央爲沼，方深各三尺，流水爲五派注沼中。……渠繞庭四隅會於西北而出，命之曰：弄水軒。……堂北爲沼，中央有島，島上植竹，……如漁人之廬，命之曰：釣魚庵。沼北橫屋六楹厚，……前後多植美竹，爲清暑之所，命之曰：種竹齋。……沼東治地爲百有二十畦，植竹於其（屋）前，夾道如步廊，皆以蔓藥覆之，四周植木藥爲藩，援命之曰：採藥圃。圃南爲六欄，芍藥牡丹雜花各居其二，……欄北爲亭，命之曰：澆花亭。……洛城距山不遠而林薄茂密，常若不得見，乃於園中築臺作屋其上，以望萬安轘轅轉至於大室，命之曰：見山臺。」

《嬾眞子》卷五〔註67〕曰：「溫公私第，在縣隅之西北數十里。質樸而嚴潔，去市不遠，如在山林中。……園圃在宅之東。」

獨樂園是在司馬光住屋前的一塊地，雖自稱是個小園，然其中有堂、軒、庵、齋、圃、臺等建築，不可不謂「麻雀雖小，五臟具全。」如此規模也稱小，可見當時園林之大，佈置之華美。

（2）邵雍「安樂窩」

《嬾眞子》卷三記述「洛中邵康節先生，術數既高，而心術亦自過人。所居有圭竇甕牖。圭竇者，墙上鑿門上銳下方，如圭之狀。甕牖者，以敗甕口安於室之東西，用赤白紙糊之，象日月也。所居謂之安樂窩。」「邵雍宅：在天津橋南，王拱辰尹洛中置此宅，對宅有園。」（《古今圖書集成・考工典・第宅部》）

理學家邵雍的園「安樂窩」，則是兼指園與居處。對邵雍來說，園的功用主要是休息之用，故而並不需要太繁複的佈置。

（3）大字寺園

這是唐朝白居易的園子。「五畝之宅，十畝之園。有水一池，有千竿是也。今張氏得其半，爲會隱園，水竹尚甲洛陽。」

〔註67〕《筆記小説大觀》冊二十九。

（4）呂文穆園

呂蒙正，宋太宗朝兩次爲相。「呂文穆園在伊川上流，木茂而竹盛，有亭三，一在池中，二在池外，橋跨池上相屬也。」

（5）張齊賢宅園

「歸洛，得裴度午橋莊，有池榭松竹之盛，日與親就觴詠其中。」（《宋史》卷二六五・張齊賢）

裴度的綠野堂是極富詩意，清新幽雅的文人園林。而到了宋代張齊賢手中，在當朝剛削之士王濟口中，竟是這般景況。「張齊賢形體魁肥，飲食兼數人。……其後齊賢罷相歸洛陽，買得午喬裴晉公綠野堂，營爲別墅。一日濟自洛陽至京師，公卿間有問及齊賢午橋別墅者，濟忿然曰：昔爲綠野堂，今作屠兒墓園矣。聞者皆笑。」〔註68〕不知道是否只是王濟一番偏激之詞，或是於張氏手中已淪落到此下場。

文人園的特色就是沒有太過繁複鋪張的佈置，重視生活樂趣以及雅致。園林中建築名稱多經過一番設計，使其題名與其生命情調相契合。

2. 富豪園

這一類是以繁複的佈局和大型的人工造景，做爲代表。

（1）董氏西園

「亭臺花木不爲行列，曲處周旋，景物歲增，月葺所成。自南門入，有堂相望者三，稍西一堂在大地間，逾小橋，有高臺一，又西一堂竹環之中，有石芙蓉，水自其花間湧出，開軒窗四面甚蔽，盛夏燠暑不見畏日，清風忽來，留而不去，幽禽靜鳴，各誇得意，此山林之景，而洛陽城中遂得之於此。小路抵池，……而屈曲甚邃。」

（2）環溪及水北胡氏二園

「環溪王開府宅園甚潔華，亭者南臨池，池左右翼而北過涼榭。

〔註68〕《古今圖書集成・考工典》卷一二三「園林部」引《試筆》。

復匯爲大池，周圍如環，故云然也。榭南有多景樓，以南望則嵩高少室，龍門大谷，層風翠巘，畢效奇於前，榭北有風月臺，以北望則隋唐宮闕樓殿，千門萬戶，岧嶢璀璨，延亙十餘里。」

「水北胡氏二園相距十許步，在邙山之麓，瀍水經其旁，因岸穿二土室，深百餘尺，堅完如埏埴，開軒窗其前以臨水上，水清淺則鳴漱，湍瀑則奔駛。……四望盡百餘里而縈伊繚洛乎其間，林木薈蔚，煙雲掩映，高樓曲榭，時隱時見。有庵在松檜藤葛之中。」

園內有堂、池、小僑、榭、樓、軒、臺、庵等建築，這是多數園所有的形式。然其空間視線寬闊綿延，可窺見園林面積之廣，位置之佳，視野之好，非其他文人小園所能及。

面積大、建築物多、講究園林內部景觀的佈置，是富豪園的主要特點。

3. 花　圃

園林以種植花木爲主的「園」有：

（1）天王院花園子

「凡園皆植牡丹而獨名，此曰花園子。蓋無他池亭，獨有牡丹數十萬本。」「至花時，張幕幄列，市肆管絃其中。城中士女絕煙火游之。」

（2）李氏仁豐園

「李衛公有平泉花木記百餘種耳。今洛陽良工巧匠批紅判白，接以他木，與造化爭妙，故歲時益奇且廣，桃李梅杏蓮菊各數十種，牡丹芍藥至百餘種，而又遠方奇卉如紫蘭、茉莉、瓊花、山茶之儔，號爲難植，獨植之洛陽。……中有四井迎翠、濯纓、觀德、超然五亭。」

（3）松　島

「洛陽獨愛栝而敬松，松島數百年松也，其東南隅雙松尤奇。頗葺亭榭池沼，植竹木其旁，南築臺，北構堂，東北曰道院。又東有池，池前後爲亭，臨之自東大渠引水注園中。」

洛陽以牡丹聞名於世。唐代有武則天貶牡丹，從長安解往洛陽的

故事。〔註69〕桃李梅杏蓮菊各數十種，牡丹芍藥至百餘種，而又遠方
奇卉如紫蘭、茉莉、瓊花、山茶之儔，加之竹、松等，洛陽園裡眞是
花木扶疏，百花爛漫，猶如一個接一個的花圃。

洛陽園林景色就如同李格非形容「湖園」所說的：「百花酣而白
晝炫，青蘋動而林陰合，水靜而跳魚，鳴木落而群峰出，雖四時不同，
而景物皆好。」一年四季，園林景緻都讓人有不同的視覺享受。

三、江南地區的園林

南方私家文人園：北宋時，除了汴京和洛陽兩地有名的園之外；
江南風景秀麗，蘇州、鎮江一帶，極盛一時。《夢溪筆談》提到：「鎮
陽池苑之盛，冠於諸鎮。」

（一）江　蘇

1. 江　寧

《江寧府志》（江蘇江寧）記載：

（1）東　園

此園位在儀徵縣東的翼城之內。這是宋朝皇祐年間侍御許元建造
的。

宋朝的歐陽脩寫過一篇〈眞州東園記〉。描述了施正臣、許子春、
馬沖塗三人在江淮之地，以監軍廢營，所改建的「東園」景色。

「眞爲州（今江蘇淮定）當東南之水會，故爲江淮兩浙荊湖發運
使之治所。……三子樂其相得之懽，而因其暇日得其監軍廢營，以作
東園，而日往遊焉。……園之廣百畝，而流水橫其前，清池浸其右，
高臺起其北。臺，吾望以拂雲之亭；池，吾俯以澄虛之閣；水，吾泛
以畫舫之舟，敞其中以爲清讌之堂，闢其後以爲射賓之圃。芙渠芰荷
之的歷，幽蘭白芷之芬芳，與夫佳花美木列植而交陰。」

〔註69〕見《全唐詩話》，參《叢書集成初編》冊二五五六（北京：中華，1985
　　　年）。

2. 蘇州（平江）

「然誇豪好侈，自昔有之。〈吳都賦〉云：競其區宇，則并疆兼巷，矜其宴居，則珠服玉饌，亦非虛語也。」（《吳郡圖經續記》卷上，「風俗」）

江南風景秀麗，物產豐富，蘇州園林的精緻淡雅，一如蘇州美女，呈現儒雅淡雅的氣息。

（1）南　園

位於吳縣城內府學的旁邊，「老木皆合抱，流水奇石參錯其間。」宋・王禹偁任長洲令之職務時，常會同賓客在此地飲酒至醉。

《吳郡圖經續記》卷上「南園」條記載：「南園之興，自廣陵王元僚帥中吳，好治林圃。於是釃流以爲沼，積土以爲山，島嶼峰巒，出於巧思，求致異木名品甚多。比及積歲，皆爲合抱。亭宇臺榭，值景而造，所謂三閣八亭、二臺龜首、旋螺之類，名載圖經，蓋舊物也。」（《四庫全書》冊四八四）

歐陽脩〈海陵許氏南園記〉：「高陽許君子春，治其海陵郊居之南爲小園，作某亭某堂於其間。……夫以制置七十六州之有餘，治數畝之地爲園。」

這是一座經過設計的園林，其中可見江南之地擅長的積土掇石，堆疊山石，又有異木名品，數畝之地，亭宇臺榭配置其間，是典型的私家園林。

（2）樂　圃

《宋史・文苑六》卷四百四十四云：「朱長文……舉進士乙科，以病足不肯試吏，築室『樂圃坊』，著書閱古。」朱長文所居，在雍熙寺之西。「高岡清池，喬松壽檜，粗有勝致。」（《吳郡圖經續記》卷下，「園第」）

朱長文自著的〈樂圃記〉〔註69〕形容自己的園爲「敝屋無華，

〔註69〕《古今圖書集成》經濟彙編，考工典第一百十九卷〈園林部〉。

荒庭不甃，而景趣質野，若在巖谷。」圃中有堂三楹，堂旁有廡，是招待親朋住的地方。堂之南又有堂三楹，是講論六經之地，名叫「**邃經**」。邃經的東邊有貯藏米糧的「**米廩**」，有養鶴的「**鶴室**」，還有教孩童的「**蒙齋**」。邃經的西北隅有高岡，叫「**見山**」。岡上有「**琴臺**」，臺西有撫琴的「**詠齋**」。見山岡下有池水，跨流爲門，水縈紆曲引至岡側。東邊爲溪水，其中有墨池亭，池岸有筆溪亭，溪旁有釣渚。釣渚與邃經堂相對，有三橋：度溪而南出者，謂之「**招隱橋**」，絕池至墨池亭者「**幽興橋**」；循岡北走，渡水至於西圃，謂之「**西磵**」。西圃有草堂，草堂後面是華嚴庵，西南是「西丘」。

其中雜有各類花木樹種。松、檜、梧、柏、黃楊、冬青、椅桐、檉、柳等柯葉相蟠，與風飄颻。「高或參雲，大或合抱，或直如繩，或曲如鉤，或蔓如附，或偃如傲，或參如鼎足，或並如釵股，或圓如蓋，或深如幄，或如蛻虬臥，或如驚蛇走。」其花卉是「春繁秋孤，冬曄夏蒨，蘭菊猗猗，蒹葭蒼蒼。」

樂圃的園主是北宋進士朱長文，他把題名的意趣，圍繞著文人園獨特的儒雅、書卷氣質，雖然形容自己的因爲「敝屋無華」，然而實際上精神的享受是豐盈充實的。對於花卉植木的栽種與選擇，四時不同的花香、各具姿態的樹木，都是園主平日賞心悅目的絕佳風景。

（3）**滄浪亭**

「予以罪廢無所歸，扁舟南遊，旅於吳中，始僦舍以處。……有棄地，縱廣合五六十尋，三向皆水也。杠之南，其地益闊，旁無民居，左右皆林水相虧蔽。……予愛而徘徊，遂以錢四萬得之，構亭北碕，號滄浪焉。」（蘇舜欽〈滄浪亭記〉）

「滄浪亭在郡學之南，積水彌數十畝。傍有小山，高下曲折，與水相縈帶。」「歐陽文忠公詩曰：清風明月本無價，可惜只賣四萬錢。滄浪之名始著」。

蘇舜欽寫給友人韓維曰：「……有幸則泛小舟出盤、閶二門，吟嘯覽古於江山之間。渚茶、野釀足以銷憂，蓴鱸、稻蟹足以適口，又

多高僧隱君子，佛廟勝絕。家有園林，珍花奇石，曲池高臺，魚鳥留連，不覺日暮。」〔註70〕可見「滄浪亭」雖以「亭」命名，然而給韓維的信中卻寫「家有園林」，有小山、池水、珍花奇石、曲池高臺，可見實際上是一個山水園林。

3. 鎮　江

（1）夢溪園

「夢溪園」爲宋・沈括所有。

沈括擁有夢溪園，起因是他常夢見一處小山，在夢中徜徉於園裡的花草山水之中。「常夢至一處小山，花如覆錦，喬木覆其上，山之下有水。夢中樂之，將謀居焉。」後來守宣城，有道人說鎮江是個山川勝地，且郡人有地求售，於是沈括以錢三十萬買下。「又六年因邊議坐謫官，乃廬於潯陽。元祐初，登道人所買之地即夢中所遊處。存中嘆曰：吾緣在是矣。遂築室焉，因名曰夢溪。」〔註71〕夢溪園佈置簡單，建築物不多，爲雅致的小園。

四、其他地區的園林

園林融入於仕宦文人生活中，所居之處均可見大小之園，遷徙在外的不遇之士，也到處在風景優美的地方建築園林，滿足現實的缺憾及不如意。典型的文人園佈置雅致，重意境，少繁複。在古典詩集中所列舉的園不可勝數。

蘇軾被貶至岐州寄給其弟子由詩中，寫了一篇序，描寫自己的庭園：「予既至岐下逾月，於其廨宇之北隙地爲亭。亭前爲橫池，長三丈。池上爲短橋，屬之堂。分堂之北廈爲軒窗曲檻，俯瞰池上。出堂而南，爲過廊，以屬之廳。廊之兩旁，各爲一小池。三池皆引汧水（源出陝西省隴縣汧山），種蓮養魚於其中。池邊有桃、李、杏、梨、棗、櫻桃、

〔註70〕《宋史・文苑四》卷四百四十二，蘇舜欽。
〔註71〕宋・祝穆編，祝洙補訂《宋本方輿勝覽》，頁74（上海古籍出版社，1991年12月）。

石榴、樗、槐、松、檜、柳三十餘株。又以斗酒易牡丹一叢於亭之北。」

另外，在利州東路洋州（今陝西）有文與可園池（《宋本方輿勝覽》卷六八）。蘇軾在〈和文與可洋川園池三十首〉，介紹文人兼畫家的文與可在洋州的園，一首詩一個景，包括「湖橋」、「橫湖」、「書軒」、「冰池」、「竹塢」、「荻蒲」、「蓼嶼」、「望雲樓」、「天漢臺」、「待月臺」、「二樂榭」、「灙泉亭」、「吏隱亭」、「霜筠亭」、「無言亭」、「露香亭」、「涵虛亭」、「溪光亭」、「過溪亭」、「披錦亭」、「禊亭」、「蒳莒亭」、「荼蘼洞」、「篔簹谷」、「寒蘆港」、「野人廬」、「此君菴」、「金橙徑」、「南園」、「北園」，儼然如王維輞川別墅般的大型園林。

馮山〈閬中蒲氏園亭十詠〉，也記錄了四川省閬中縣的私人園，園內建築有「方湖」、「清蟾橋」、「芙蓉溪」、「蓮池」、「朝眞臺」、「白蓮堂」、「涵碧亭」、「魚池」、「稻畦」、「草菴」十景。（《全宋詩》卷七四一）

許將的〈成都運司西園亭詩〉是另一私人園的佈置。有「西園」、「玉溪堂」、「雪峰樓」、「海棠軒」、「月臺」、「翠錦亭」、「潺玉亭」、「茅庵」、「水閣」、「小亭」。（《全宋詩》卷七三）

這些文人園造景雅緻，重意趣，園中每一個角落都懷抱詩人的閒逸情懷和儒士精神。

而我國佛教和道教興盛發展的結果，僧、道在各地建立了不少寺院廟觀，把自然靈秀的山水之氣，契入排空紛擾的澄明心境，構築了一個良好的修道氛圍。在環境優美的名山勝境，更是廟院聚集之處。載著李白的尋仙修道，道教「五岳」的泰山、衡山、華山、恒山、嵩山，瀰漫著仙話色彩。「名山僧占多」，普陀山、五台山、九華山、峨嵋山等四大佛山的秀麗，更是墨人騷客尋幽訪勝的去處。

另外江南西湖風光明媚，「美如西子般的西湖」，蘇軾曾有詩曰：「西湖天下景，遊者無賢愚。淺深隨所得，誰能識其全。三百六十寺，幽尋遂窮年。所至得其好，心知口難言」。〔註72〕又《佛祖統記》有

<hr>

〔註72〕《錦繡萬花谷》後集卷之二八，頁1929，「寺院」條下。

蘇軾詩曰：「錢唐僧佛之盛，蓋甲天下。」《吳郡圖經續記》中寫道：
「郡之內外，勝刹相望。」「寺院凡百三十九，……至於湖山郊野之間
所不知者，蓋闕如也。」可見北宋當時道佛兩教的受到重視的盛況，
以及寺院妙觀的林立，堪爲盛景。

第三節　北宋園林生活

　　園林有居住的性質且兼有觀覽好山好水相伴的特定區域。當時文
人直接參與了造園的工作，也將理想的生活帶入園林中。園林除了提
供文人往來的聚集處之外，私人的文人園林更是讀書人隱密的空間，
可以隨心所欲依著自己的性情，疏狂的縱情一番。陶淵明躬耕南山，
「俯仰天地，不樂何如？」的胸襟和氣魄，深深影響後代的文人，於
是園居生活帶著多釆多姿的面貌前來。

> 世俗紛紛事總虛，詩翁今做逸人居。勤川東地緣栽竹，喜
> 占明窗爲著書。近市好賒春肆酒，就淮仍買晚罾魚，忽撐
> 小艇來西郭，不問皆知訪仲車。(徐積〈和路朝奉新居〉，《全宋
> 詩》卷六五○)

隱士魏野在友人俞太中隱士的房屋牆壁上，描寫了友人脫俗超逸的隱
居生活和閒適的生活態度，同時也是魏野自己對生活的要求和心境的
寫照。

> 羨君還似我，居處傍林泉。洗硯魚吞墨，烹茶鶴避烟。閒
> 惟歌聖代，老不恨流年。每到論詩外，慵多對榻眠。(〈書逸
> 人俞太中屋壁〉，《全宋詩》卷八三)。

不好名利的隱士，平日烹茶賦詩，友鶴群魚燕，遠離塵囂的羈絆，清
心寡慾，享受閒散自由的生活，詩末的「慵」字，魏野以己代友，說
出自己「不慕榮利」的心聲。而另一隱士林逋〈湖上隱居〉詩，「湖
水入籬山遶舍，隱居應與世相違。閒門自掩蒼苔色，過客時驚白鳥飛。」
也透露著超塵絕俗的心志。

　　園林活動包括以下形式：

1. 遊　賞

遊賞，是園林的主要功能，也是建築皇家園林的主要目的。都城內金明池在上巳供民間遊玩，州園也會在節日定期開放，而私家園只要主人不閉門，是隨時開放可供參觀的。請看蔡襄〈開州園縱民遊樂〉（《全宋詩》卷三九一）二首：

> 風日朝來好，園林雨後清。遊魚知水樂，戲蝶見春晴。草軟迷行跡，花深隱笑聲。觀民聊自適，不用管絃迎。
>
> 節候近清明，遊人已踏青。插花穿戟戶，沽酒向旗亭。日迴林光潤，風迴海氣腥。未知何處樂，歸路已嚴扃。

州園相當是一種開放的公共園林，地處城市郊區風景優美的地方。詩人蔡襄則補捉了當時遊樂的情景。魚游戲水、蜂蝶飛舞，綠草隨風搖曳，花叢隱約傳來笑語，大自然的呼喚，吸引著民眾前來遊賞。節候正近清明，遊人紛紛出門踏青，插花的戟戶，賣酒的小肆，都成了應景的點綴。《東京夢華錄》卷七記載著汴京都城的人們在清明節這一天出外掃墓，宴樂於園亭。「清明節，凡新墳皆用此日拜掃，都城人出郊。……四野如市，往往就芳樹之下，或園囿之間，羅列杯盤，互相勸酬，都城之歌兒舞女，遍滿園亭，抵暮而歸。」

洛陽之地因滿遍園林，時人互相遊賞花園之風盛極一時，園林之間可以自由進出。以下詩中可見一番。如：

> 洛下園池不閉門，洞天休用別尋春。（邵雍〈洛下園池〉）
>
> 託載東城隅，選勝名園地。不問主人來，聊適尋春意。（刁約〈春集東園賦得翠字〉，《全宋詩》卷一七七）

園林遊賞的功能，是遊山玩水的一種延續，也是社會文化達到成熟發展所呈現的現象，反映出時人不只在物質生活上的追求，更重要的是重視精神層次上的享受和生活品質的提高。

2. 休　閒

園林的休閒活動大致包括了奕棋、飲酒、品茗、賞花和垂釣等內容，如：

蘇軾〈司馬君實獨樂園〉:「樽酒樂餘春,棋局消長夏。」

呂陶〈過羅氏園亭〉:「將閒付酒盃。」

又〈思道同晦甫春日過李氏園亭次思道韻〉:「閒情寓文酒」、「笑語留長日,園林訪幾家。」

蘇軾〈汲江煎茶〉:「雪乳以翻煎處腳,松風忽作瀉時聲。」

舒亶〈羅漢閣煎茶供應〉:「薦盡春園曉焙寒,靈蹤留待使君看。寒泉冷結花紋細,玉椀香收雪點乾。」(《全宋詩》卷八九〇)

范祖禹〈春日有懷僕射相公洛陽園〉:「公歸臥林壑,好做釣璜溪。」(《全宋詩》卷八八七)

下棋是文人休閑的活動之一。「一般士子喜歡奕棋。棋有圍棋和象棋。宋宮中有圍棋供奉。象棋局縱橫十一路,棋子三十二。」〔註73〕

「茶之尚,蓋自唐人始,至本朝為盛。」〔註74〕宋人飲茶風氣之盛,遍至各階層,文人士大夫會自家種茶,〔註75〕文人之間有茶宴的招待,又有鬥茶茗戰的品茶較量,發展形成一種「文人茶」文化。〔註76〕「古人煮茶,先在鍑內把水燒開,加上些鹽,再放入破碎的茶末,進行烹煮。鍑是沒蓋的,人們根據水的沸騰程度,即魚目、連珠、鼓浪去辨別煮茶的程度。」〔註77〕文人對茶的要求是很高的,不論水、

〔註73〕引自陳致平《中國通史》,頁398(臺北:黎明事業,1977)。

〔註74〕蔡絛《鐵圍山叢談》卷六。

〔註75〕宋·黃儒《品茶要錄》:「自國初以來,士大夫沐浴膏澤,詠歌昇平之日久矣,夫體勢灑落神沖淡,惟茗飲為可喜。園林亦相與摘英誇異,製捲鬻新而趨時之好。」

〔註76〕張宏庸〈中國的文人茶〉一文:「所謂的文人茶,就是文人雅士的品茗藝術。文人們得山川毓秀靈氣,把茶、花、香、棋、書、畫,甚至詩、詞、歌賦等文人雅尚,融於一體。」廖秀寶〈品茶藝術與情趣〉:「宋代出現了所謂的文人四藝──琴棋書畫,及生活四藝──焚香、點茶、掛畫、插花。」《國文天地》第六卷八期「文人與茶」專輯頁16、48(1991年1月)。

〔註77〕《中國茶文化》姚國坤、王存禮、程啟坤著(臺北:洪葉文化事業有限公司,1995年1月)。陸羽在《茶經·五之煮》中指出「其沸,如魚目,微有聲,為一沸;緣邊如湧泉連珠,為二沸;騰波鼓浪,

火、泡法、溫度，都極爲講究。

「酒的精神文化內涵，主要是指向逍遙人生，快樂人生，遊戲人生。」〔註78〕飲酒作樂，就成爲文人雅興不可缺少的一環。

宋徽宗趙佶的〈文會圖〉，地點就在園林中，在畫的左下角有茶、酒的分侍，宴桌上擺放了珍果及瓶花，再遠一點的石桌置有古琴和香爐，畫面的後方是一塊山水立石，可見出宋人生活藝術中茶、酒、花、琴、石等是不可缺少的品味要求。園林正是提供以上休閒活動的最佳場所。

3. 耕　讀

小園烟草接鄰家，桑柘陰陰一徑斜。臥讀陶詩未終卷，又
乘微雨去鋤瓜。（〈宋庠〈小園〉四首之一，《全宋詩》卷二〇一）

園林的自給自足是農耕生活的一部份。文人要養活自我，供給日常生活所需，必須要下田耕種，下田之餘，不忘讀書，充分展現讀書士子的自食其力，自得之樂。陶淵明是歷代讀書人學習的對象，他是中國田園詩人的代表，躬耕南山，飲酒讀書，不向世俗勢力低頭，也不向貧窮困頓屈服。退隱園居的文人士大夫便操持著這種氣節，形成園林文化的一種普遍現象。

司馬光〈獨樂園記〉：「迂叟平日多處堂中，讀書上師聖人，下友群賢，窺仁義之原，探禮樂之緒。……忘倦體疲則投竿取魚，執袵採藥，決渠灌花，操斧剖竹，灌熱盥手，臨高縱目，逍遙徜徉，睢意所適。」

司馬光雖爲當朝大官，退隱之後，仍然是決渠灌花，操斧剖竹，視耕種勞動爲樂事，一邊讀書一邊耕種，由此可知耕讀是園林生活中的一種生活態度。

4. 雅　集

園林除了提供遊宴賞樂的功能，亦常爲文人雅士聚會雅集的場所。

爲三沸。已上水老，不可食也。」
〔註78〕丁捷《中國文化與人生》，頁269（遼寧教育出版社，1993年8月）。

伏日當飲酒，南城會群賢。開樽陰碧樹，移席臨清泉。(文同〈玉峰園避暑〉，《全宋詩》卷四三七)

……自慚東閣延才地，得會西豪聚里賢。益友至言皆有味，禪宗高論邈無邊。……(韓琦〈次韻答崔公孺國博西亭燕飲〉，《全宋詩》卷三二七)

又

春意陰陰百五天，小池蕭索會僚賢。(韓琦〈永興寒食後池〉，《全宋詩》卷三二八)。

九曲池邊第一開，艤舟同賞盡高才。(韓琦〈上巳晚遊九曲池〉，《全宋詩》卷三二八)

會群賢、聚里賢、會僚賢、同賞盡高才等語，傳達出園林常是文人集團聚集之處的意涵。園林兼有開放性的空間以及私人的隱密性，適合聚集交談。宋代有怡老詩社，按時間順序，文彥博主持的有：「文彥博洛陽五老會」、「文彥博洛陽菁英會」、「文彥博洛陽同甲會」。

四個老兒三百歲，當時此會已難倫。如今白髮游河叟，半是清朝解綬人。喜向園林同燕集，更緣樽酒長精神。歡言預有伊川約，好作元豐第四春。(文彥博〈五老會詩〉，《全宋詩》卷二七七)

九老唐賢形繪事，元豐今勝會昌春。垂肩素髮皆時彥，揮塵清談盡席珍。染翰不停詩思健，飛觴無算酒行頻。蘭亭雅集誇脩禊，洛社英游貴序賓。自愧空疏陪几杖，更容款密奉簪紳。當筵尚齒尤多幸，十二人中第二人。(文彥博〈耆老會詩〉，《全宋詩》卷二七七)

四人三百十二歲，況是同生丙午年。招得梁園同賦客，合成商嶺採芝仙。(文彥博〈奉陪伯溫中散程伯康朝議司馬君從大夫席於所居小園作同甲會〉，《全宋詩》卷二七七)。詩下註元豐三年九月，范鎮內翰、張宗益工部、張問諫議、史炤大卿等人。

以梅堯臣、歐陽脩為首的文人集團〔註79〕引領整個北宋社會風氣，成

〔註79〕北宋洛陽文人集團，指以錢惟演、謝絳為首的西京留守府僚佐群體，

為當時人模仿的對象。《宋史・文彥博傳》中，文彥博在洛陽，和當時名重一方的洛人邵雍、程頤兄弟皆以道自重，相待以布衣交之禮。與富弼、司馬光等十三人，用白居易在洛陽與高年者八人共成九老會的故事，置酒賦詩相樂，遵循著「序齒不序官」，按照年齡大小而不以官位高低排順位，為堂繪像其中，謂之洛陽耆英會，令好事者莫不慕之。〔註80〕

園林成為文人、退休官員他們日常生活交誼重要的一部份。士人的園林生活，不外乎彼此的交遊邀宴，當時名重一時的邵雍、司馬君實等人的學問氣度，都是四方士子爭相拜訪學習的對象，藉著文人間園林活動的相互往來，促進了園的遊宴風尚。

作為詩社的一個特殊類型，怡老詩社的大量出現，一方面是因為宋代優待士人，退休之後，仍然可以領取一些俸祿，他們退居園林，悠游山林，結社唱和，消磨一些時間；〔註81〕之外，這些士大夫養老之餘，他們的才華，也必須透過正當管道宣洩，詩社的成立，不啻帶給他們另一種寄託。

> 後房深出會親賓，樂按新聲妙入神。紅燭盛時翻翠袖，畫橈亭處占青蘋。早年金殿舊遊客，此日鳳池將去人。宅冠名都號蝸隱，邵堯夫敢作西鄰。（呂公著〈王安之同赴王宣徽洛社秋會〉，《宋詩紀事補遺》三）

有宋一代，各種類型的文人集團結社唱和，十分活絡。怡老詩社活動，

它以尹洙、梅堯臣、歐陽脩為主要成員，包括張汝士、尹洙、張先、楊愈、張太素、富弼、次公、張谷、張至、張亢、孫德祖、王頤等人。還有王復、王尚恭等河南府學的生徒。見王水照〈洛陽文人集團與地域環境的關係〉，《文學遺產》，1994年第3期。

〔註80〕《傳家集》〈洛陽耆英會序〉司馬光序：「富弼年七十九，文彥博年七十七，席汝言年七十七，王尚宮年七十六，劉凡年七十五，樊建終年七十三，王謹年七十五，張問年七十一，張燾年七十。」古人有云：人生七十古來稀，這些耆老集於韓公之地（富弼），志趣高逸，置酒相樂，令人欽慕。見《四庫全書》冊一〇九四，《聞見錄》卷十亦有記載。

〔註81〕歐陽光《宋元詩社研究叢稿》（廣東高等教育出版社，1996年）。

內容不外宴遊之樂，他們的成員，不乏是政治上一些退休的朝廷高官，對當時社會產生大的影響。他們集會的地方，正是於園林中進行，因此「園林」在北宋當時，確實佔有重要地位。

第三章　北宋園林詩的主題類型

　　園林詩爲寫景詠物之作，然其內容還包含議論說理、抒情感懷等內容，此節以之歸納出幾個主要的主題形式作爲分析。

　　　主題學是對不同時代作家如何利用同一主題或母題來抒發
　　　積愫以及反映時代，做深入的探討。〔註1〕

「主題類型」一詞所著眼的，是指某一類作品中較爲集中的情感線索、思想意旨及相關的表現形式，〔註2〕透過對於討論的題材找出作者主要意念陳述的重心，所能掌握的組成要素和多維的意識。「主題」指「作品的中心題目，欲採用並點醒的問題」。〔註3〕北宋園林詩呈現的主題依著詩歌語意信息傳達的差異，有不同的表現類型。北宋園林大致可分做：皇家園林、文人園林、寺廟園林和公共園林，它們四者可以概括園的種類，而其中的趣味又是可以彼此互相摻雜、滲透。此章我所依循的，是在於作者創作詩歌中，所要呈現的一種形質表現，並尋繹這種材料的精神和本質。

〔註1〕陳鵬祥〈主題學研究與中國文學〉，《主題學研究論文集》（臺北：東
　　　　大圖書，1983 年 11 月）。
〔註2〕參看王立〈緒論〉，《中國古代文學十大主題》，頁 6～8（臺北：文史
　　　　哲出版社，1994 年 7 月）。
〔註3〕丸山學著，郭中盧譯《文學研究法》（臺北：商務印書館，1981 年），
　　　　頁 145。

第一節　享樂游宴的趣味

　　「遊樂」是「園林」存在的最大功用。從最早「上林苑」的畋獵遊樂，「襲朝服，乘法駕，建華旗，鳴玉鸞，游於六藝之囿。」（司馬相如〈上林賦〉）；到李白〈春夜宴桃李園序〉中所述：「會桃李之芳園，序天倫之樂事，……開瓊筵以坐花，飛羽觴而醉月。」不論皇家園林豪華壯麗的氣勢和排場，與文人園雅緻清幽的情調，儘管形式不同，但「樂」的內容確是一致追求的目標。嚴格劃分來說，兩者的遊樂趣味，是有些許分別的。前者是宴樂，後者是逸樂。

　　宋代建築技術發達，間接促進造園建築的進步，當時在全國各地建造了不少的園林。北宋正當爲中國古典園林藝術成熟的開端，園林設計之精巧和園林生活的重要，反映了北宋人一定程度上的生活面貌。園林中常見的聚會、饗宴，在人們生活衣食無虞的情況之下，地位開始明顯上升。宋人奢靡的生活態度，[註4]紙醉金迷，需索揮霍，上有君王，下有權臣，風行草偃，社會風氣敗壞，加速國家的衰亡。一些豪貴以爲天下太平，無有爭端，而以享樂侈華之風爲能事。作爲東京行宮御苑的瓊林苑和金明池，在北宋初年建成，代表著皇家園林的特徵和風格。

　　宋人孟元老的筆記《東京夢華錄・三月一日開金明池瓊林苑》裡詳述了宋朝皇家的園林建築，以及全城君民在上巳節同樂的盛況。

　　「（池）周圍約九里三十步，池西直徑七里許。池南岸正中央有高臺，上建寶津樓。面北有臨水殿，車駕臨幸觀爭標，錫宴於此。……寶津樓下駕"仙橋"連接池中央的水心殿，南北約數百步。橋面三虹，朱漆闌楯（橫的欄杆），下排鴈柱，中央隆起，謂之駱駝虹。橋的盡頭，五座宮殿正在池的中心。四岸石甃向背，大殿中坐，各設御

〔註4〕　參看王啓屏《北宋士人生活》，頁21～32。臺大歷史研究所碩士論文，1995年6月。王夫之《宋論》卷一亦言：「一時人士，相率以成風尚者，章醮也，花鳥也，竹石也，鐘鼎也，圖畫也，清歌妙舞，狹邪冶遊，終日疲役而不知倦。」反映出當時生活奢靡之態。

幄，朱漆明金龍床，河間雲水戲龍屏風，不禁遊人。」

瓊林院與金明池相對，「大門牙道皆古松怪柏，兩旁有石榴園、櫻桃園之類。各有亭樹，多是酒家所占。……苑之東南隅，正和間，創築華觜岡。高數十丈，上有橫觀層樓。下有錦石纏道，寶砌池塘，柳鎖虹橋，花縈鳳舸。」(〈駕幸瓊林苑〉) 每逢大比之年，皇帝就在此召見新科進士，謂之「瓊林宴」。

韓琦於宋仁宗之朝，位至宰相，名重一時，朝廷倚以為重，他當時寫了不少宮殿園林遊宴的詩歌，直接表達園林氣派雄偉的一面。韓琦詩直抒胸臆，不尚雕琢，詳盡的捕捉了宴會遊樂的情景以及透露出生動的歡樂氣氛。

> 春光濃簇寶津樓，樓下新波漲鴨頭。嘉節難逢真上巳，賜筵榮入小瀛洲。仙園雨過花遺靨，御陌風長絮走球。禊飲不須辭巨白，清明來日尚歸休。(〈丙午上巳瓊林苑賜筵〉，《全宋詩》卷三二七)

每逢大比之年，殿試發榜後，皇帝必在瓊林苑賜宴新科進士，謂之瓊林宴。上巳之日，習俗上祓除不潔，皇帝賜筵於瓊林苑，春光爛漫，金明池中龍船爭競。身在「小瀛洲」、「僊園」裡宴樂，可看出詩人以皇家園林比擬瑤池仙境，眾仙群集、觥籌交錯之景。

> 帳殿深沈壓水開，幾時宸輦一遊來。春留苑樹陰成幄，雨漲池波色染苔。空外常橋橫蟒蛛，城邊真境鬪蓬萊。匪朝侍宴臨雕檻，共看龍艘奪錦回。(〈從駕過金明池〉，《全宋詩》卷三二七)

> 西池風景出塵寰，春豫方乘禁坐閒。庶俗一令趨壽域，從官齊許宴蓬山。樓臺金碧芳菲外，舟楫笙歌浩淼間。與眾盡歡宮漏促，萬花香裏屬車還。(〈駕幸金明池〉，《全宋詩》卷三二七)

> 霓旌遠遠拂樓船，滿地春風錦繡筵。三島路深遊閬苑，九霞觴滿奏鈞天。仗歸金闕浮雲外，人望池臺落日邊。最引平生江海趣，波瀾一段草如烟。(王安國〈金明池〉，《全宋詩》卷六三一)

園林詩中有一部份是描寫歡愉的園林宴會場面，尤其是宮廷賜宴之作，臣子爲感恩寵，極力鋪寫皇家園林之美、筵席之樂。用詞典麗、華美，內容不外乎是笙歌歡飲、遊園賞景，其中對皇家園林如西山瑤池宴會般的歌詠「三島路深遊閬苑」、「宴蓬山」、「關蓬萊」，投入強烈的神仙思想，一定是不能缺少的。這也反映出詩人對遊宴所持的態度，是一種以仙人自居，游於化外的想望。眾人坐在帳殿裡，望著湖面碧波，龍船競賽，笙歌四起，春風徐來，涼風沁人，好比仙山樂園，引人遐思，不禁令人陶醉。

　　金明池原本是宋太宗檢閱水戰演習的地方，後來自水軍操演變成龍舟競賽的爭競節目。瓊林苑和金明池臨逢三月水嬉之日，便同時開放。「（池中之）殿上下迴廊，皆關撲錢物、飲食、勾肆羅列」，一時百戲雜陳，遊人還往，荷蓋相望，十分熱鬧。「寶津樓」位於池的中心點，參與宴會之人，一邊飲宴一邊欣賞各種餘興表演。「殿前出水棚立儀衛，近殿水中橫列四彩舟，上有諸軍百戲。」水戲結束後，百戲樂船互相並靠，鳴鑼擊鼓，動樂舞旗。「由小船牽引大龍船出水殿，大龍船約長三四十丈，頭尾鱗鬣，皆雕金飾。……水殿前至仙橋，預以紅旗標示遠近。小龍船列於水殿前以紅旗招之，龍船各鳴鼓出陣，划棹旋轉」，通過「旋羅」、「交頭」、「標竿」等比賽過程，捷者得標，以三次爲原則。觀看者莫不以此盛會爲樂。

　　笙歌浩渺的湖面上，架起虹一般的彩橋，跨過水面，直奔向天際的一邊。此時皇帝和群臣坐在金碧交輝的樓閣中飲酒作樂，俯瞰這一片煙波杳淼，就像身在海上仙山般的快樂逍遙。面對著金明池邊熱鬧的百戲雜技，「瀛洲」、「偓園」的描寫，標榜出皇家園林特有的風貌和景觀，在湖心的殿閣，不就是天上和凡塵的對照嗎？

　　作爲皇家的大型園林，金明池和瓊林苑，在固定的節日中，上巳和清明是開放供給大眾免費遊賞，與民同樂，呈現昇平和樂的氣象和王朝氣度。上巳禊飲，祓除不潔，到清明時節，何不盡興而遊！詩人蔡襄在〈城西金明池小飲〉一詩中寫出：「容怡春物動，瀟灑塵慮醒。

清風送花信，遠水涵空清。」春季飴蕩人心，萬物萌發，一年的開始，處處顯得生氣勃勃。面對一年好景，詩人的金明池小飲帶著含蓄和溫婉的心情，以「清風」、「遠水」來描寫這份清閒悠遊的清趣，則非位享高官的韓琦所能體會的。

飲宴是私家園最常見的活動。從以下詩句的例子可看出：

> 笑語從容酒慢巡，笙歌隨賞北池春。波間鏤檻花迷眼，沙際朱橋柳拂人。金縷暗移泉溜急，銀簧相合鳥聲新。幸時無事須行樂，物外乾坤一點塵。（曾鞏〈北池小會〉，《曾南豐詩集》卷四）

詩人捕捉當時賓客容貌、飲酒作樂的形態，一字不苟，寫景烘托。首聯點題，寫飲宴之樂，下面兩個對句寫景，措意清新，意脈貫通，結尾「行樂」再次呼應詩題，下句轉折超然塵外之思，直上象外句，詩境擴大。文人的宴樂，總還要再加上一點超脫的意趣，超然物外，不拘於眼前物的豁達和超越，與皇家園林的金碧輝煌，神仙虛迷的幻境是不同的。

再看歐陽脩〈暮春同劉伯壽史誠之飲宋叔達園〉一首：

> 絮狂飛作團，梅小不多酸。共惜春餘好，更窮今日歡。清流入花底，翠嶺出林端。嫩筍玉縈箸，新櫻珠照盤。邀迎嘉客易，會合故人難。寄語門前僕，驊騮任解鞍。（《宋詩精華錄》卷一）

狂亂充滿動感的飛絮揭開飲宴的序曲。接著四句「實」字描景，「流」、「花」、「嶺」、「林」、「筍」、「箸」細膩的觀察，先以遊宴的熱鬧和多采暗示，跟著切入意旨，「邀迎嘉客易，會合故人難」，表達詩人對人情聚散的泰然，以及對老友的懷念之情，不帶聲色而內心真摯溢於言表。文人雅集宴會是一件普遍的事，詩中以悠閒自在的心情寫思念，語言流暢，筆意自然。

園林中自樂的生活情調，是宜人的；而與人「眾樂」思想也影響著一般的私人園：

> 溪頭凍水晴初漲，竹下名園晝不關。旋得歌辭教妓唱，遠

　　尋梅豔喚人攀。（韓維〈和朱主簿遊園〉，《全宋詩》卷四二五）

在魏晉，園林是個人私有財產，一般人沒有經過允許，是不能隨意進入。到了宋代，如同韓維詩中所寫「竹下名園晝不關」，人們喜歡園池，賞花遊宴是生活的一部份，園林成為共享的資源。「縱遊只卻輸閑客，遍入何嘗問主人。」〔註5〕私人園林任由遊客自由出入欣賞，不必經過園主的同意，不但成了普遍的風尚了，也代表園林外向型開放的積極意義。

　　……竹亭臨水美可愛，嗌嘔草木皆吐芭。遊人春服靚粧出，
　　笑踏俚歌相與嘲。（梅堯臣〈潮州寒食陪太守南園宴〉，《全宋詩》
　　卷二四五）

　　清明池館足遊人，祓禊風光共此辰。（韓琦〈清明同上巳〉，《全
　　宋詩》卷三三六）

　　名園民喜及時開，聊慰群心共一杯。（韓琦〈寒食開園〉，《全
　　宋詩》卷三三六）

以上三首詩人寫園林的開放供人自由參觀。開放的官署園，提供遊人假日遊賞的好去處，還不時傳來相與戲謔的歌謠；皇家的園林在難得的節日中開放，總是擠滿前來欣賞的遊人，共享美好的景色。園林觀賞成了普遍的風氣，也反映百姓於節慶到園林賞玩的生活型態。詩人細部描寫人們遊園的舉止容貌，這些人言態得天真，氣質不俗。只要適意自在，熙熙攘攘的人群又有何關係？「園」在形式上展現的封閉性，在宋人人文雅致的生活中，得到型態和精神的抒解，從而促進吸納涵容的待物態度，進而在文化氣度上，展現物我二元之相容相和。所以韓琦描寫的〈眾春園〉，寫眾人之樂，欣賞爛熳風光，而得「真樂」者，實為己也。「三春爛熳時，為民開宴席。觀者如堵牆，士女雜城陌。野態得天真，靚粧非俗格。惟意任所如，去來何絡繹……。」有如堵牆的圍觀者，和雜城陌的男女老少，這些人把握住春天，享受著園林中無邊的春景。

〔註 5〕邵雍〈洛下園池〉，《全宋詩》卷三六七。

「與民同樂」的思想走出狹小的私人藩籬，園林也不再是貴族富豪的專利，而是共有的情感聯繫。美的感受普遍影響市井小民的生活內涵，書畫詩文的合流，將園林藝術帶領到更精緻的地步。

第二節　神仙境界的追求

希企長生不死，永保青春，是每一個帝王甚至平民百姓，都祈求達到的境地。逍遙自在的天界世界，沒有凡塵的擁擾，縹緲雲間，飛昇自如。園林另一個主題是象徵著對仙境、極樂世界的嚮往。道家仙境有蓬壺三山的縹緲之境，而極樂世界的樣子是：

> 極樂國土有七寶池、八功德水充滿其中，……四邊階道，金銀、瑠璃玻瓈合成，上有樓閣，亦以金瑠璃玻瓈、磚、碟赤珠瑪瑙而嚴飾之，……池中蓮華，大如車輪，……舍利弗極樂園土。〔註6〕

《後漢書‧方術傳》：「費長房者，汝南人也，為市掾。有老翁賣藥懸壺於肆頭。即市罷，輒跳入壺中，世人莫視。為長房于樓上睹之。異焉，因往再拜，乃與具入壺中，唯見玉堂嚴麗，旨酒甘肴，盈衍其中。」「壺中」本是神仙方術裡假託之完足世界，在其中一切具足，而園林正是此宇宙模型的具化。在小之中，別有天地，是人間仙境、世外桃源。早在北周庾信〈小園賦〉就有：「若夫一枝之上，巢父得安巢之所。一壺之中，壺公有容身之地。」由於人們對神仙的嚮往，因此在園林詩中屢屢可以找到對「壺中境地」的渴望之語。

> 文彥博〈送昌黎先生歸秦亭〉：「獨駕輕鴻返故園，冠霞曾醉錦江煙。……椒庭他日重相見，應許壺中看列仙。」

> 邵雍〈小圃逢春〉：「壺中日月長多少，爛占風光十二年。」

> 又〈後園即事〉：「不聞世上風波險，但見壺中日月長。一局閑棋留野客，數盃醇酒面脩篁。」

〔註6〕鳩摩羅什譯，徐珂輯《佛說阿彌陀經詮釋會要》（臺北：新文豐出版公司，1987年6月）。

又〈留題水北楊郎中園亭〉:「後園花奇同閬苑,前軒峰好
類蓬壺。人生能向此中老,亦是世間豪丈夫。」

文人園林對仙境的神遊之情,以「壺中」、「蓬壺」一詞,來形容自己
的園居之地。悠遊自在,一局棋,一盅酒,把世上那些奸險爭奪、權
位名利通通拋開,讓一己心靈沈澱,在自我的天地中得到最大的滿
足。司馬君實的「獨樂園」、邵雍的「安樂窩」、沈括的「夢溪園」、
蘇舜欽的「滄浪亭」,堪爲代表。來看下面一首詩:

東林沈郎眞隱居,山環水遠開方壺。何年濯足脫塵網,坐
臥七言哦藥珠。……自稱山人號回客,爲君猛飲留斯須。
蚊蠅驅盡燭還滅,清風掃地銀蟾鋪。梨花蕉葉鍾與鼎,倒
卷錦浪吞鯨魚。雙瞳湛湛剪秋碧,三山不動喬松孤。……
世人尋仙不可得,仙人寓世情何如。桃源歸路杳難問,落
花流水空踟躕。後來禍福固已驗,死生往復猶坦途。……(郭
祥正〈寄題湖州東林沈氏東老庵〉,《全宋詩》卷七五○)

詩人以「壺中」來代稱沈氏隱居之處,是山水環繞自足的一方天地,
何時能擺脫生活羈束引起詩人自己的感懷。接寫園主以山人自名,飲
酒好客之情。下面以三個對句,從微小的蚊蠅起興,鋪寫園居生活的
意趣。下半段以世人尋仙出世的的不可得,反寫仙人入世情如何?由
虛邈寫到人世間桃花源的歸處,可惜路杳難問,徒勞無功。不如徜徉
在自己建構的樂園,如神仙般快樂,跳出生死,了去煩惱。

　　神仙境界的嚮往是「園林」的追求之一。除了美學風格上的欣賞
要求,透過「仙境思想」,所呈顯的是一種編織及時行樂的消極和對
應的生死問題,所建構的生活樣式。從心理上的精神自由進入,神仙
的模式帶領人超脫實體的束縛,把握住短暫有限性的存在,神仙境地
想像的噴湧,沿著人深層的出處桎梏,化被動爲主動的出擊,讓園林
再造的藝術情感,以「比日常生活更高的實在,更眞質的客觀存在」,
〔註7〕在滿足愉悅之餘,獲得補償現實的缺憾。

〔註7〕黑格爾《美學》第一卷(北京:商務印書館,1979年)。

　　基於傳統文化籠罩下對現實不如意所表現的逃避心理,體現在這「仙境」主題下,幻化的生與死,正是轉變遞進的契機。這影響不是直線、淺露的形式所能涵蓋,而是交織著士人生命情態的內在肌理。天人合一的內蘊基型和想藉相對人世的神仙超越困境,以不甘於向現實妥協的執著,在崑崙、蓬山神話系統中,以「形而上」的蟄伏、掙脫、蛻變而獲得重生。〔註8〕

　　　　聞君買宅洞庭旁,白水千畦插稻秧。生事已能支伏臘,歲
　　　　華全得屬文章。騫飛靈鳳知何暮,蟠蟄蛟龍未可量。莫以
　　　　江山足清尚,便收才業傲虞唐。(韓維〈寄題蘇子美滄浪亭〉,《全
　　　　宋詩》卷四二四)

首句詩人以散文手法為起頭,從蘇子美園居之地,園居景色的描寫,到他個人才華的披露。下句始用側筆對舉「騫飛」、「靈鳳」和「蟠蟄」、「蛟龍」之不同,實寫蘇子美若能如潛伏的蟠龍好好發揮,將一飛沖天,無可限量。末尾以警句收束全詩,涵蘊士子生命的種種可能。

　　　　蓬島靈仙宅,星河帝女家。波光泛金翠,樓影動雲霞。清
　　　　淺遊魚過,參差垂柳斜。移舟更尋勝,遠見小桃花。(張方
　　　　平〈初春遊李太尉宅東池〉,《全宋詩》卷三〇七)〔註9〕

張衡〈西京賦〉曰:「昆明靈沼,黑水元址,牽牛立其右,織女居其左。」昆明池中的流水,猶如天河,隔斷織女牛郎相會。詩人將李太尉宅邊的東池想像成靈沼神池。〔註10〕四句寫景,一上一下,波光、雲霞、遊魚、垂柳烘襯池邊風景綺旎,金碧參差,煙雲舒卷。末尾「移舟更尋勝,遠見小桃花。」《山海經》故事中夸父與日競走,「入日,

〔註8〕王立在《中國古代文學十大主題‧中國古代遊仙主題》談到:「儒家精神裡『天人合一』與遊仙的追索一個相對於人世的彼岸世界,這在本質上仍不無相通之處。」從中得到啟發。因此,仙境可說是人的另一個現世的開始。

〔註9〕此詩也出現在蘇轍詩中,見〈初春遊李太尉宅東池〉,《全宋詩》卷八七三。

〔註10〕《三輔黃圖‧苑囿》:「池沼」:「周文王靈沼在長安西三十里。詩曰:王在靈沼,於牣魚躍。」

渴欲得飲。飲於河渭,河渭不足,北飲大澤。未至,道渴而死。棄其
杖,化爲鄧林。」(《海外北經》) 夸父軀體雖然死去,但是他的精神
化爲一片血紅的桃樹林,以另一種生命姿態存在。

> 人從鎖闥中間出,宅在蓬萊向上居。言念玉符分鎮日,思
> 卻瓊苑拜恩初。……(趙抃〈次韻前人寓越廨宇有懷〉,《全宋詩》
> 卷三四二)

從羈鎖的生命束縛當中掙脫出來,欲以蓬萊仙境作爲安頓之地,卻又
忘不了瓊苑拜恩的功名利祿。於是遁入生命另一個開始,以改造的理
想世界來居住。

　　隱居的「仙境」是另一個現世的開始,士人紛紛造一個屬於自己
的園林,與「儒家」內在生命意識聯繫;皇帝建造「一池三山」從外
部表面上去改造,儒家士子從生命中,遁入道家生命追求「永遠的不
死」。

> 余靖〈記題田待制廣州西園〉:「與民同雉兔,邀客醉蓬瀛。」
> 劉攽〈陳通議園亭〉:「五福何妨兼第宅,一壺元自有神仙。」
> 范純仁〈效宮詞體上文太師十絕〉:「蓬瀛聞說有仙居,甲
> 地園林想亦如。」(《全宋詩》卷六二四)
> 劉摯〈次韻定國約過李氏園池〉:「……何日華鑣向金谷,
> 擬追仙翼到瑤池。」

皇家園林的氣派,除了宏大,亦常以神仙境界做爲建築的方向。用「蓬
瀛仙居」、「瑤池」、「蓬島仙宅」、「一壺天地」比擬私家園林的景色,
在宋詩例子中已是屢見不鮮:

> 省閣名郎國羽儀,瀛州仙客眾著龜。山蹊向日花開早,海
> 聚經寒酒熟遲。下榻笑談紅旆偃,引觴醒醉玉釵隨。唯慚
> 別乘疎頑甚,滿面塵埃更有詩。(曾鞏〈西園席上〉,《全宋詩》
> 卷四五九)

曾鞏此詩中就明顯的將宴會上眾人引作「瀛州仙客」,飲酒、賞花、談
笑、賦詩等雅致的文人活動,有海上仙山、崑崙帝居這種神仙思想,助
長了封閉性園林景色,想像性的精神遨遊以及對長生不老的原始企望。

第三節　今昔憂思的感懷

時間是一條長河，永不停息的接續著，猶如一條鎖鍊把每個環節都緊緊的扣在一起，無法割裂。「卡西勒曾說：『語言最初是憑藉空間的考慮來陳述時間的界定和關係』。」〔註11〕時間是個無形的黑洞，它以不可抗拒的力量，消融任何人、事、物。空間之於時間，面對著相同的景色，此時此地，景物已非全然相同，人事變化，在時間的洪流裡，空間是歷史舞臺的轉換，也可說是對無常之時間的創造、遷移和變形，所形成的最深刻的語言。

「今昔」的分別，容易觸發人們對過往的迷戀和追憶，在咀嚼這滋味的同時，個人斑斑行跡，也如影隨形。立足在時間的中點，往後望是一些無法改變的事實，再向前看是尚待創造的內容。

「今昔憂思」環繞著自我反思和懷古主題，以一種有延展性的關連，重組記憶裡的人物和歷史，反映在園林詩的另一個主題之中。

　　……最宜靈運登山屐，不負淵明漉酒巾。老去飄零心未折，

　　暫須同醉海邊春。（曾鞏〈遊天章寺〉，《全宋詩》卷四五九）

曾鞏，字子固，為唐宋古文八大家之一，中年後離鄉宦遊。曾鞏游天章寺時，想到同樣的山水景色，也曾經有過登臨山水、懷抱同樣心情的人物。詩人例舉前代詩人謝靈運和陶淵明面對山水的心態，反襯他自己雖是年老而心未老。謝靈運仕途失意而放逸山水，陶淵明寄情山林以明志，曾鞏反觀自己，不論是失意或隱退，都暫時把煩惱拋開在一旁，把握住眼前景吧！孔武仲也身有同感，他說「風景只隨人意好，昔賢何事厭湘沅。」（〈西園獨步〉）風景各異，隨人變化，對於風景的喜好，跟隨著個人心態上的想法而作改變。

然而這樣的心情用來形容王安石人生前後期的重大轉變，也許最為恰當。王安石變法失敗後，舊黨執政，自無他可以容身之處：

　　感此歲云晚，欲歎念誰邀。……幽菊尚可泛，取魚繫榆條。

〔註11〕卡西勒《符號形式哲學》，引自《中國文化新論——意向的流變》，
　　楊宿珍〈素樸與激情的——詩經與楚辭〉一文，1993 年 6 月。

> 毋爲百年憂，一日以逍遙。（王安石〈招同官遊東園〉，《全宋詩》
> 卷五四九）

北宋神宗提拔王安石執行新法，新法的施行，得罪不少朝中舊派大臣。
神宗死後，舊黨司馬光再起，一切政權在握，馬上廢止了新法，王安石
過去的風光不再，最後辭職，終老南京，在失意中結束他的後半生。「感
此歲云晚，欲歡念誰邀」，看那幽菊綻放，榆條輕搖，面對東園迷人景
色，卻找不到知心好友相伴，共賞好景，不禁令人感嘆萬千。

> 十年歷遍人間事，卻遶新花認故叢。南北此身知幾日，山
> 川長在淚痕中。（王安石〈真州東園作〉，《臨川先生文集》）

政治上的現實，牽繫個人政治生涯的起落，權力的爭奪，讓人嘗盡箇
中冷暖，失權的一方，又有誰在意？面對美景無人同遊，此時真是情
何以堪？暫拋下惱人的煩憂吧，把握這景色，何處無入而不逍遙呢？
今日已非昨日，想起當年意氣風發與現時的落寞寂寥，猶如一眨眼，
孑然一身，園林彷彿也沾染孤獨的哭泣，也許此時只有園林可以完全
的接納自己。「園林再到身猶健，官職全拋夢乍醒。唯有南山與君眼，
相逢不改舊時青。」（范鎭〈次張寺丞園〉），范鎭的詩或許詮釋了王
安石的遭遇，也道出許多官場上冷暖的寫照。

感懷的主題核心除了側重士人自身的際遇，宋人關懷社會的角度
也是多元的。許廣淵遊園看到今日陳氏園淹沒在荒煙蔓草中，殘丘、破
瓦，處處殘敗的景象，還有村人進入園中放牧，想起當年園景的富麗堂
皇，不禁感懷應有後代子孫力圖恢復先祖舊制，重新整建園林吧！

> 今日青蕪滿，當年碧瓦稠。軒楹無寸木，池沼有殘丘。過
> 客嗟啼鳥，居人竟牧牛。子孫誰秀穎，念祖力重修。（許廣
> 淵〈陳氏園〉，《全宋詩》卷六二六）

「軒楹無寸木，池沼有殘丘」，眼前破敗的殘跡，實在難以想像當年
極盛一時的景況，如今家道中落，詩人此時此地的心情，充滿著無限
的感觸，這何嘗不是一個仕進的讀書人對光耀門楣的感懷？人事的多
變相對應於作爲接受主體的人的身上，總會留給人們一些對過去的懷

想，思古感懷的心情也就呼之欲出。

　　……平野見南山，荒臺起寒霧。歌舞昔云誰，今人但懷古。
　　（歐陽脩〈西園〉，《歐陽脩全集》卷二《居士外集》）

　　……躡屐路通林北寺，落帆門繫海東船。閩王舊事今何在，
　　惟有前村供佛田。（曾鞏〈聖泉寺〉，《曾南豐詩集》卷五）

　　崔園高絕五門西，塵外風光是處宜。唐室舊池因地得，漢宮
　　遺址上樓知。……（韓琦〈會故集賢崔侍郎園池〉，《全宋詩》三二
　　八）

詩歌中，詩人們廣泛的應用了「時間」與「人事」的對比和對應關係，
以敏銳的觸角伸向那流動不居的過程裡，追索時間消逝和空間改變的
歷史軌跡。人生的虛幻，總會帶來一些悵望和悲傷。歐陽脩在〈西園〉
裡看到前代留下的陳跡，遙想、那些湮沒在歷史的洪流中，平曠的田
野遠望南山，寒霧中平臺依稀可見。昔日的歌吹弦管，麗袖舞影，不
禁使人心有所感。相同的，曾鞏〈聖泉寺〉詩寫「閩王舊事」；韓琦
〈會故集賢崔侍郎園池〉詩，描述在舊園林中，此地曾經是唐室舊池，
曾經爲漢宮遺址，悠悠千古，物換星移，人事已非，這些都令人對時
間歷史的奔流消逝感到無力。

　　面對著群體生命和個體意志，過往的歷史已無法改變，人們無能
爲力的於時間中掙扎喟歎。幾千年來，今昔、過往的思索，爲歷史作
了見證，在人類和時空的拔河賽裡，生命情志的悲喜，鮮明突出的深
深烙印在每個人的心中。

　　落帆楊柳渚，步屧松竹園。叢石千巖秀，涼風萬葉翻。主
　　人昔傲吏，燕翼此衡門。略看題詩客，空令悲九原。（劉攽
　　〈靈壁張氏園亭〉，《全宋詩》卷六〇九）

時代的悲劇性，總是一直不斷的上演，身爲時代先軀的仁人志士莫不
執起捍衛的任務，藉物述理，發出呼喊的聲音。靈壁張氏園曾經是個
汴京有名的園亭。劉攽強調了「主人昔傲吏」，叱吒風光一時，但終
究敵不過時間的消逝，人生終究有定數，念昔在茲，騷人墨客的題詩

作賦，徒讓人惆悵罷了。下一首詩中傳達出詩人的心情，也逃不過時空更移帶來的苦痛傷懷。

> 夾淮青城幾百尺，城上高亭望無極。南還北去千萬艘，人生何苦戀驚濤。百年易得變塵土，後世視今今視古。此間風月最爲多，莫辭把酒呈高歌。前朝宮苑荒烟在，樂極悲來亦奈何。（郭祥正〈金陵賞心亭〉，《全宋詩》卷七五○）

登高望遠，極目四望，「百年易得變塵土，後世視今今視古」，以「興」筆引出人類對往事的追念。李白有詩「今人不見古時月，今月曾經照古人。」（〈把酒問月〉）時空的轉變，人事更移，今昔之感，對於詩人來說詩中所表達的理性與感性是兼而有得的。

> 寥寥湖上亭，不見野王居。平林豈舊物，歲晚空扶疏。自古聖賢人，邑國皆丘墟。不朽在名德，千秋想其餘。（王安石〈顧林亭〉，《臨川先生文集》卷十三）

除了在感嘆、憑弔遺跡之外，「不朽在名德，千秋想其餘」，聖賢德行馨香，前人的嘉言懿行，足爲後代樹立良好的學習典範。詩人能從負面的的情緒走出，以正向積極面去對歷史作思考，是值得學習的。

「懷古」易流於牢騷滿腹，囿於過往種種，而不能自拔。文字符碼的轉譯再現提供一個新的思考，這是宋詩所要傳達的理念，也是園林詩一個主題的展現。哀嘆的心情仍在，新加入的是以事論事的層面。以古鑑今不就是歷史的意義嗎？

第四節　藉題興發的說理

「興發」以「興」體產生聯想，「由神以象通，情變所孕」〔註12〕的感發，藉以諷喻論說，是詩體早已就有的形式之一。「議論」而起的「詠懷」，是建立在周漢傳統諷喻比興與「詩言志」的詩歌傳統上。〔註13〕

〔註12〕劉勰《文心雕龍‧神思篇》。
〔註13〕王文進〈詠懷的本質與形似之言〉，《流變的意象》（臺北：聯經事業出版公司，1993 年 6 月）。

　　「園」的主人通常是具有身份地位的文人或豪貴人家。藉著園的建築內容來興發一些議論，是園林詩的一大特點。

（一）以　事

　　先看一首論述時事的諷刺詩：

　　　　名園雖是屬侯家，任客閒游到日斜。富貴位高無暇出，生人空看折來花。（穆脩〈貴侯園〉，《全宋詩》卷一四五）

穆脩著眼於「空看折花」的果，探求「空看折來花」的原因，在於貴侯「位高無暇出」，縱有名園生氣勃勃的坐擁無限生機，自由開放供人遊賞到日以西斜，可是這些權貴自己卻只能欣賞毫無生命力的折花。北宋汴京，繁榮富庶，人文薈萃，還有數以百計的名園。那些私家園的存在，無異諷刺那些侯貴主人只汲汲的追求身外的名利，無暇體察人生，對他們感到悲哀。《宋詩精華錄》曰：「善戲噱兮，不爲虐兮」。此詩善於戲謔，卻又不流於批評、狎謔，反而能在自然中透出對人生的觀察和體悟。

　　開放的公共園林是眾人聚集之所，對於觀風俗美善、體察民情，園林正是一個好地方。看呂陶〈北園〉所寫：

　　　　可愛北園景，春來游者多。欲知民樂否，處處是笙歌。（《全宋詩》卷六七〇）

在《詩經》已意識到「上以風化下，下以風刺上，主文而譎諫，言之者無罪，聞之者足以戒」的政治作用。「風」，諷刺諷喻的比興功能，由里巷歌謠延伸到園林笙歌，主政者無時無地無不從詩歌中體察民之所欲，民之所趨。這當爲主政者所應關心注意的。

　　　　上相此忘榮，怡然物外情。池光開小幌，山翠入重城。野鳥窺華袞，春壺勞耦耕。枕前雙鴈沒，雨外一川晴。解組金龜重，調琴赤鯉驚。雖懷安石趣，豈不爲蒼生？（歐陽脩〈逸老亭〉，《歐陽脩全集》卷一）

「雖懷安石趣，豈不爲蒼生？」我雖然和安石有同樣關懷民生的志向，我所做一切哪不是爲了天下百姓著想呢？此處的安石指的是晉朝

謝安。「（謝安）寓居會稽，與王羲之及高陽許詢、桑門支遁遊處，出則魚山水，入則言詠屬文。」〔註14〕謝安的山水之樂，讓歐陽脩十分羨慕，也懷抱著相同的意趣，來欣賞眼前風景。

　　歐陽脩爲官遭三次貶絀，〔註15〕他在治理滁州期間，在豐山所蓋的一個亭子。〔註16〕當時所任是個閑官，在這段時間，雖然官閑事少，但是關懷人間疾苦的心情，並沒有改變。全詩寫景入理，安閒中透出儒家士子的道德使命感，讀之不著說教講錄之感，卻能叫人銘記在心，印象深刻：

> 造化無情不擇物，春色亦到深山中。山桃溪杏少意思，自趁時節開春風。看花遊女不知醜，古桩野態爭花紅。人生行樂在勉彊，有酒莫負琉璃鍾。主人勿笑花與女，嗟爾自是花前翁。（歐陽脩〈豐樂亭小飲〉，《全宋詩》卷二八四）

首句以反語「無情」起頭，實是以「情」字來總述全詩，寄託了對環境的從容看待和齊物之心。「造化無情不擇物」，乃造物有情遍及萬物。「有情」包容萬物，弭平大小差等、外表美醜，令人想起莊子寓言中那些「德全形不全」的人物。〔註17〕人外表下的物累都不需太過在意，應該把握住人生，追求人的「眞君」、「精神」，絕對的自我實現。不論「花」的美豔，「女子」的醜顏，我這個老翁，都能相應這有情的大地。寫景是手段，說理是目的。自然又不失趣味的筆調，直進作家的生命情境。再看王安石詠園的五言小詩：

〔註14〕《晉書》卷七十九列傳第四十九「謝安」：「安雖放情丘壑，然每游賞，必以妓女從。」（臺北：鼎文書局印行）。

〔註15〕歐陽脩，遭第一次貶謫夷陵，第二次貶謫到滁州，第三次流放到亳州。參見洪本健《醉翁的世界》（中州古籍出版社，1990 年 6 月）。

〔註16〕《歐陽脩全集》卷二〈豐樂亭記〉：「脩既治滁之明年夏，始飲滁水而甘。問諸滁人，得於州南百步之近，其上豐山聳然而特立，下則幽谷窈然而深藏。……於是疏泉鑿石，闢地以爲亭。……日與滁人仰而望山，俯而聽泉。」

〔註17〕《莊子》一書中〈人間世〉的支離疏、〈德充符〉的兀者王駘、申徒嘉、叔山，惡人哀駘它等皆是形體不全的人，卻是「才全」之人。以此來對比那些虛有其表的人。

荷葉參差卷，榴花次第開。但令心有賞，歲月任渠催。（〈題
何氏宅園亭〉，《臨川先生文集》卷二六）

　　順著時序的更替，園亭裡荷葉、榴花依次開放。有心的賞花人面
對著花開花落，只要及時，任他歲月的催逝。詩人強調「有」的觀想
執著，把握住現在即是掌握一切。因此碌碌於物累的世俗，又不免成
為詩人筆下嘲弄的目標。

汴水溶溶帶雨流，黃花豔豔亦迎秋。看花引水園林主，應
笑行人易白頭。（曾鞏〈過靈壁張氏園〉三首之一，《曾南豐詩集》
卷三）

曾鞏以兩句寫景起興，詩的後半段集中在「園林主」和「行人」的對
應，兩者正如牆內牆外兩個不同的世界。「看花引水」是一件閒逸的
工作，而園林外來往的行人，卻是行色匆匆，內外之間的對舉，除了
精神生活的差異，並且包含著對樂園的滿足和時空凝居不動的嚮往。

昨日折花者，又隨蜂蝶來。思量妳底事，紅蕊續還開。（楊
蟠〈眾樂園〉，《全宋詩》卷四〇九）

　　貪愛春色的人，隨著蜂蝶而來。全詩描述了折花者和紅蕊之間的
微妙關係。「思量妳底事，紅蕊續還開」，詩人窺入物象，替滿園的花
叢說話，以一副事不關己的意趣，來說生命自在得意之態。

（二）以　人

　　把人作為詩歌論述的主要對象，是園林詩中興發說理不可缺少的
題材。人的行跡帶有主觀色彩以及意志的表現，藉由個別事件的行事
作為，來論述詩人一己之思想見解，常常可收到省約精簡的效果，少
掉繁複的描述和形容。

滄浪之歌因屈平，子美為立滄浪亭。亭中學士逐日醉，澤
畔大夫千古醒。醉醒今古彼自異，蘇詩不愧離騷經。（楊傑
〈滄浪亭〉，《全宋詩》卷六七二）

屈原忠誠被讒，終至流放，行吟澤畔，忠貞不阿的形象早已深刻的烙
印在讀書人的心目中。蘇子美仕途受到挫折，以屈子最後唱出的「滄

浪吟」，爲他自己安身立命的園亭寄託。詩人一面登覽，一面想著「衆人皆醉我獨醒」的愁苦，一種孤寂的心情油然而生。戰國時的屈原和當代蘇舜欽，雖是兩個時空的人，遭遇卻是如此相同。詩人由寫事、寫時、寄意，即便是寫蘇子美，滄浪亭主之人格。

　　杖策窺園日數巡，攀花弄草興常新。董生只被公羊惑，肯
　　信捐書一語眞。(王安石〈窺園〉，《王荊文公詩集》卷三九)

董仲舒爲漢代大儒，提倡「公羊學說」，以陰陽五行理論，影響了當代風氣。「董仲舒少治春秋，三年不窺園，其精如此。」〔註18〕王安石以「窺」字爲題，寫己之「杖策窺園日數巡」相對的是「三年不窺園」的漢儒，相較之下，呈現有趣的對比。詩人使用典故，使事以相發明，完全是借事發揮。〔註19〕

　　園僻青春深，衣寒積雨闕。中宵酒力散，臥對滿窗月。旁觀
　　萬象寂，遠聽群動絕。只疑玉壺冰，未足比明潔。(司馬光〈南
　　園飮罷留宿詰朝呈鮮于子駿范堯夫轟叟兄弟〉，《全宋詩》卷五○一)

全詩八句，詩人用了六句旁寫南園景色，和雅集飮罷後心理的變化，而這些都無關人物。爲了凝聚一種說服力量，全部集中在「只疑玉壺冰」的以反爲正，用「疑」字加強語氣，持論人格高潔如冰。司馬光用六朝詩人鮑照名句「淸如玉壺冰」(〈代白頭吟〉)翻轉新意，推崇光明磊落、表裡如一的品格操守。論述「只疑玉壺冰，未足比明潔」，結論出從玉壺中捧出的晶亮純潔的「冰心」，恐怕還比不上范氏兄弟兩人高格無瑕的形象。可說是對人物極高的評價和敬意。再看一首歐陽脩〈絳守居園池〉詩：

　　嘗聞紹述絳守居，偶來覽登周四隅。異哉樊子怪可吁，心
　　欲獨出無古初。窮荒搜幽入有無，一語詰曲百盤紆，孰云
　　己出不剽襲，句斷欲學盤庚書。荒煙古木蔚遺墟，我來嗟

〔註18〕《箋註王荊文公詩》卷三十九(臺北：廣文書局)。
〔註19〕《蔡寬夫詩話》：「荊公嘗言詩家病使事太多，蓋皆取其與題合者類
　　　　之，如此乃是編事，雖工何益，若能自出己意，借事以相發明，變
　　　　態錯出，則明事雖多，亦何所妨。」

　　祇得其餘。柏槐端莊偉丈夫，蒼顏鬱鬱老不枯。靚容新麗
　　一何妹，清池翠蓋詠紅蕖。胡鬋虎搏豈足道，記錄細碎何
　　區區。虙氏八卦畫河圖，禹湯皋咷暨唐虞。豈不古奧萬世
　　模，嫉世姣巧習卑汙，以奇矯薄駭群愚，用此猶得追韓徒。
　　我思其人爲躊躇，作詩聊謔爲坐娛。(《全宋詩》卷二八三)

「絳守居園池」因樊宗師〈絳守居園池記〉一文而得名。歐陽脩對
樊宗師爲文險怪奇澀是反對的。〔註20〕首句詩人寫登臨園池的原因
並與紹述（樊宗師）文章所記相比較，由園而興議論之實。以下六
句間接說紹述苦求高古，不過學《尚書·盤庚》的詰屈聱牙。下面
八句，直接寫廢園的景色，並譏評〈絳守居園池記〉細瑣，不足稱
道。接著六句，寫〈八卦〉、〈河圖〉出於《尚書》的〈堯典〉、〈舜
典〉，雖古奧卻是經典之作。由於紹述痛恨當時卑靡的文風，欲以
奇澀矯正淺薄之俗來驚世駭俗，雖獲得韓愈「不煩繩削而自合」的
稱讚，然歐陽脩卻不以爲然。末尾詩人〔註21〕以半諷的口吻指出寫
作的動機不過是博君一笑。歐陽脩爲古文運動的領導者，欲以高秀
清新之風，力矯西崑浮靡之詞，題名雖爲園池，全詩卻是藉「園」
作文學批評。

第五節　傷時不遇的寄託

　　劉勰曾獨具慧眼的說「山林皋壤，實文思之奧府」，也是屈原之
所以能洞鑑風騷之情。江山風物，文思貽盪，往往指事成詩，輒立議
論。宋士子文人精神裡常與匡時濟世的理想糾葛不清。然「出」或

〔註20〕唐·李肇《國史補》。「元和（唐憲宗年號）之後文章則奇于韓愈，
　　　　學澀于樊宗師。」參見陳新、杜維沫選注《歐陽脩選集》（上海古籍
　　　　出版社，1986 年 4 月）。
〔註21〕註解參上。韓愈在樊墓志中稱「不煩繩削而自合」，且在銘中說：
　　　　「惟古于詞必己出，降而不能乃剽竊，後皆指前公相襲，從漢迄
　　　　今用一律。寥寥久哉莫覺屬，神祖聖伏道絕塞。既極乃通發紹述，
　　　　文從字順各識職，有欲求之此其躅。」可能是欲矯當時之弊而發。

「處」，不論是出仕或是隱退，命運的「回歸」是在此過程伴隨而來的情感是自我主體外射的色彩。園林山水的悅目暢神，可以寄憂、寄狂、寄樂、寄曠。

蘇舜欽是個傷時不遇而寄託於園林類型裡典型的例子。

> 花枝低敧草色齊，不可騎入步是宜。時時攜酒祇獨往，醉
> 倒唯有春風知。(〈獨步遊滄浪亭〉,《蘇舜欽集》卷八)

宋・胡仔《苕溪漁隱叢話》前集卷三十二說此詩「真能道幽獨閑放之趣也。」詩人以極平淡的心情來描述自己在園林中獨步的情形。花兒低敧，草色平齊，並沒有什麼特別之處。而詩人正是從此平凡之處著眼，攜酒獨往，冥於一片蒼茫之中，春風拂人，最是可人。以他物寄寓，不黏皮著骨，不拘故常，反得其意。

蘇轍一生受到王安石變法的影響，受到排擠，仕途不如意，看到滿園的秋色，落葉紛紛，一片蕭颯的氣象，遊友人園也不禁要發出感嘆了。

> 秋色豈相負，小園仍有花。繞欄吟落日，拾徑得殘葩。菊
> 細初藏蝶，桐疏不庇鴉。遊觀須作意，霜雪僅留槎。(〈次韻
> 李簡夫秋園〉,《全宋詩》卷八五一)

首句不從正面起興，而從背面點題。下面兩句「落日」、「殘葩」殘缺的意象，更襯顯詩人心中的落寞。以景入情，發出感嘆，蕭瑟的園中，稀稀落落的花木，凋零的秋景，花叢不蔽蝶，疏桐不護鴉，無情的霜雪猶如政治的殘酷。最後以「警句」作結，感時寄憂。

> 宿雨晴來春已晚，眾花飄盡野猶香。舞雩便可同沂上，飲
> 禊何妨似洛陽。新圃近聞穿沼闊，漲將初喜放舟長。年來
> 簿領縈人甚，何計相隨入醉鄉。(蘇轍〈次韻王適遊陳氏園〉,《全
> 宋詩》卷八六○)

首二句遠寫園外景色，第三、四句使事用意，孔子與弟子「浴乎沂，風乎舞雩」，〔註22〕連綴洛陽飲禊，託以寄寓。第五、六句近寫園內

〔註22〕《論語・先進》:「(點)曰：暮春者，春服既成，冠者五六人，童子六七人，浴乎沂，風乎舞雩，詠而歸。」夫子喟然歎曰:「吾與點也」。

之景，末尾轉筆抒寫情懷，何不「入醉鄉」，以「酒」寄託。

　　有的士人在積極的尋求用世之道後，受挫之餘，便消極的寄託於「酒」，藉酒麻痺自己。楊傑不愧是箇中豪傑，他覺得所謂的避世的「山隱」，身在江海的「朝隱」都不算真正的「隱」。「屈原不能隱」因為獨醒的痛苦，而「揚雄雖願隱」，又豈真正安於獨醉？對於自己的選擇，楊傑認為這是不得不的結果。

> 小隱隱山林，大隱隱城郭。城郭多紛囂，山林苦淡漠。不
> 如隱於酒，適意自斟酌。屈原不能隱，獨醒較清濁。揚雄
> 雖願隱，載醪無適莫。吏部甕下臥，其隱可愧怍。翰林市
> 上眠，其隱太落拓。孰若畸翁園，醺酣得天樂。風暖鳳凰
> 集，霜重梧桐落。長嘯待明月，明月出林薄。倚杖傲浮雲，
> 浮雲度寥廓。雖近市朝路，不為名利縛。知我尚幽勝，賦
> 詩豫期約。願言醉鄉遊，一駕東飛鶴。上池沃瑤漿，沖氣
> 溢金杓。當知隱君子，志不在糟粕。（楊傑〈酒隱園〉，《全宋
> 詩》卷六七三）

現實與理想，山林與城郭之間，一直存在相互依存的矛盾關係。人世間轟轟烈烈功績的建立，「功成身退」的道家任俠思想，雜揉著士人仕進的企求和阿諛自飾的隱符。主、客觀的影響，士人是很難自己去掌控出處的問題。全詩環繞著「隱」字打轉。「棲遁山林是形而下的行為，隱身士朝是形而上身神超然無累。」〔註23〕詩人從隱的兩大形式上論述，但是都不如「隱於酒」。從屈原、揚雄、吏部、翰林，批判比較隱的型態和內容，最後歸結自己「醺酣得天樂」所構築的樂園。接著以六個句子，由景寫意，後面接著以論述方式進行，寫詩人自己目前的困境和期許。

　　仕途的困頓，對崇尚隱逸風氣，無不起了催化的作用。而詩人是否真能安於「隱」？他的「酒隱園」也許能說是想麻醉自己，在狂傲

〔註23〕劉翔飛〈論唐代的隱逸風氣〉，《書目季刊》第十二卷第四期，1980年3月。其中引了王康琚〈反招隱〉（《昭明文選》卷二二）詩云：「小隱隱陵藪，大隱隱朝市。伯夷竄首陽，老聃伏柱史。」

中寄憂，憂己如鳳凰，卻不能見遇於世。何時希望會出現，撥雲見月，
獲得皇帝的召見，展翅直上瑤池。

> 竊祿都無簿領迷，得錢邀客手頻攜。春來佳景迴三徑，雪
> 後晴波滿一溪。歲月易凋青鬢色，塵埃難上白雲梯。煩君
> 枉駕慚荒索，空種梧桐待鳳棲。（朱長文〈次韻朱牧樂圃宴有
> 感〉，《全宋詩》卷八四六）

此詩正面寫宴，反面寄託。尾聯用反語「枉駕」、「空種」，凸顯徒勞
無功，白費力氣的努力，爲的是要以此加深寫詩人困頓的心情和無奈
的掙扎。年歲的老去，離理想是愈來愈遠了。

不管是憤懣不平的寄憂、桀傲不馴的寄狂，都不如面對現實的寄
樂。王安禮的「從此與君攜酒後，夢魂應不隔滄浪。」（〈題靈壁蘭皋
張氏園亭〉，《全宋詩》卷七四六）馮山的「頻來已免山移誚，久坐翻
爲水樂迷。」（〈和劉明復再遊劍州東園〉二首，《全宋詩》卷七四四）
坦然的面對未來，這才是士大夫人格超然坦蕩的積極表現。

無可規避的終極命運，「頹廢」也許是悲觀的基調，然不向運命
妥協的靈魂，傷時不遇轉進迸湧的火花，像是歌詠生命高貴的情操，
訴說不遇的宦海浮沈。蘇軾正如吉川幸次郎說的，對生命永遠充滿希
望，他是個「時代的中堅」、「揚棄悲哀」的詩人。

新舊黨爭的因素，造就蘇軾一生坎坷的政治生涯。經歷兩次「在
朝一外任──貶居」〔註24〕的過程。一次一次的遠離京城，就是一次
一次的打擊。曾在杭、密、徐、湖、穎、揚、定等地做官，兩次被貶
黃、惠、儋州。

在惠州爲自己創造了恬靜的小天地，「若我無邪齋，思我無所思」
（〈和陶移居〉），在蠻荒的儋州的園宅是「結茅在茲地，翳翳村巷永」
（〈新居〉），寄樂而寄曠，由出處轉移爲山林之樂，這是人格的超越
和再出發，也奠定蘇軾在歷史上士大夫表率的不朽盛名。

〔註24〕王水照〈前言〉，《蘇軾選集》，頁 2（臺北：群玉堂出版事業有限公
司，1991 年 10 月）。

園林詩中「傷時不遇的寄託」是士人展現自我人格的心理靈藥。

第六節　遁世隱逸的逃避

北宋帝王對隱士的厚愛與優待，引領當時百姓對「隱逸」的崇尚風氣。宋人難忘仕進之路，「隱」背後所意醞的暫退雖已迥異於魏晉時期的避世「隱遁」，但士子對人世浮沈的不安，隱士絕棄名利掙脫束縛的意圖來說，選擇「逃避」現世是一條必經之路。「隱逸」灰色、頹廢、消極的色彩其中也加上一些脫離塵俗的表達。

尋求隱逸概略可分幾種身份：隱士、棄官的士大夫和僧道。

我國古代土地廣大，人口稀少，在荒僻的山林、湖澤，都爲隱士提供了適當的隱居環境。他們欲望不大，自給自足，安於現世。隱士的名聲和自身的才德互相輝映，成爲園林中最美麗的風景。

林逋隱居杭州孤山，孤山旁的一處林地就是他棲身的地方，「橋邊野水通漁路，籬外青山見寺鄰。」他德高有才名，一生不做官，「林逋身後之名爲宋代隱士之冠」〔註25〕「懶爲恭耕詠梁甫，吾生已是太平民」，平淡的隱居生活是林逋最想做的事。

> 湖水入籬山繞舍，隱居應與世相違。閑門自掩蒼苔色，過客時驚白鳥飛。賣藥比嘗嫌有價，灌園終亦愛無機。如何天竺林間路，猶到深秋夢翠微。(〈湖上隱居〉)

> 竹樹繞吾廬，清深越有餘。鶴閑臨水久，風懶得花疎。久病妨開卷，春陰入荷鋤。常憐古圖畫，多半寫樵漁。(〈小隱自題〉)

除了林逋之外，宋代有名的隱士還有魏野和种放。

> 閑脫蕉衫挂樹椏，竹冠芒屩自耘瓜。心形散傲如園吏，榑樢縱橫似酒家。古檜婆娑張碧蓋，流泉詰屈動青蛇。(魏野〈小園即事〉，《東觀集》)

「魏野號草堂居士，眞宗聞其名，不出，天禧三年卒，贈秘書省著作

〔註25〕劉文剛《宋代的隱士與文學》，頁88，四川大學出版社。

郎」。〔註26〕魏野與林逋雖是同一個時代，但是魏野身後之名不及林
逋來得高。

> 田中三畝宅，水上一軒開。爲有漁樵樂，非無仕進媒。槎
> 頭收晚釣，荷葉卷新醅。坐說魚腴美，功名挽不來。（王安
> 石〈題友人郊居水軒〉，《臨川先生文集》卷十五）

王安石在這首詩中充分表現棄官之士大夫的心境。在古代政治舞臺
上，「功名」的背後有太多不可抗力的因素。與其汲汲爭奪功名，不
如看破功名，不是沒有做官的機會，而是悠遊的「漁樵」之樂更能讓
人從中得到眞正的快樂。與吟詠〈滄浪之歌〉的漁父一樣，「滄浪之
水，可以濯吾纓，可以濯吾足」般自適了。

隱居山林的僧道，是園林中離群索居的一群，他們避居塵俗，隱
遁自適。

> 晚庭一霎過暑雨，高林相應山蟬鳴。南窗夢斷意索寞，床
> 頭書卷空縱橫。蔬畦日涉以成趣，起來扶杖園中行。葵英
> 豆莢小堪摘，矮榆高柳陰初成。野禽啄果時落地，池塘蓋
> 水新荷平。歸來西屋斜陽在，園舍尚聞舂簸聲。（釋惠洪〈夏
> 日西園〉，《石門文字禪》）

僧人的無爭無欲，是閑居生活走向瑣碎描寫的主因。由園內至園外，
由遠而近，由高而低，場景的變換，呈現一種靜態的畫意。尾句遠借
「聲音」，打破靜謐沈悶的夏日，更顯幽靜。

> 山家無外營，超然避幽室。蒲團北窗下，默做永終日。炎
> 景忽差池，涼飆動蕭瑟。中林多橘柚，粲粲垂華實。憑高
> 試徘回，幽興遠超逸。雲霞散平岡，太白空際出。禽歸杳
> 莫辨，積翠鎖深蔚。吁哉宇宙間，護落竟一物。胡爲市朝
> 客，終歲浪汩沒。羨吾樂餘生，勝事良可詰。放懷在眞眞，
> 身世兩俱失。（釋道潛〈秋日西園〉，《參寥子詩集》）

「山家無外營，超然避幽室」是詩人對自己園居的寫照。生活的索漠，
其實就是平淡，平淡中有蕭散閒逸和冷靜的觀照，透出一股超人的智

慧。景物的描摹，淡出物象，委曲其意，句中有問答之詞，自爲答辯。「身世兩俱失」去其成心，無意於物，剝落生命的執著障礙，遁入無爲清靜的境界。

　　宋代初年有九個名氣很大的僧人，〔註27〕能詩能文，他們都是遁隱山林的高僧。

> 郡亭傳吏隱，閑自使君心。卷簾知來客，懸燈見宿禽。茶
> 煙逢石斷，棋響入花深。會逐南帆便，乘秋寄此吟。(希畫
> 〈記題武當郡守吏隱亭〉，《宋詩紀事》八)

隱居山中，無事自閑，偶與來客閒話，靜看山禽活動，高僧汲泉水煮茶、品茗、奕棋，生活自在逍遙。在佛教，尤其是禪宗常講「無心合道」，把人生情趣與園林聯繫起來，心造其境，隨遇而安。再看九僧之一文兆〈宿西山精舍〉詩：

> 西山乘興宿，靜興寂寥心。一徑松杉老，三更雨雪深。草
> 堂僧語息，雲閣磬聲沈。未逐長棲此，雙峰曉待尋。(《宋詩
> 紀事》八)

上一首以「閑」，這一首以「靜」，均爲避居塵囂，對內在精神結構的寫照。百年的松衫，在積雪深尺的此時，大地一片寂寥。草堂裡僧人的「語息」，雲閣傳出的「磬聲」，都隱隱約約的溶在天籟中。詩人明天一早還要乘興去探尋雲嵐中的山峰。這種靜謐與世無爭的詩境，在另一禪僧的身上仍清楚可見。

> 堁苔人跡外，漸老喜深藏。路僻閑行遠，春晴晝睡長。餘
> 花留暮蜨，幽草戀殘陽。盡日空林下，孤禪念石霜。(宇昭
> 〈幽居即事〉，《宋詩紀事》八)

詩人寫隱居生活，透過對園中景物實字鋪寫，點染出幽居。「閑行遠」、「晝睡長」，客觀事實冷靜的敘述，下句「留暮蜨」、「戀殘陽」，主觀感性，造語實筆交叉使用「冷語」與「熱語」，最後提以虛筆「孤禪

〔註27〕《溫公續詩話》：「所謂九僧者，劍南希畫、金華保暹、南越文兆、天台行肇、沃州簡長、貴城惟鳳、淮南惠崇、江南宇昭、峨眉懷古也。」見清・何文煥輯《歷代詩話》(北京：中華書局，1981年)。

念石霜」總結全詩，留下清峻、冷傲之感。

宋代許多著名的禪僧都能詩善文。釋氏重禪修，離塵絕世，僧人避世隱居的生活，不是清苦、貧寒，而是從詩中體現他們在精神生活裡獲得高度的滿足和充實的自性。

第七節　恬適自得的生活

恬適自得的生活方式是文人士子一致的追求。要「適」要「得」，「適性」、「適意」，才能有所「得」。這先前條件必是主體能超越利害得失的考量，通過「道」的觀照，而達「至美至樂」。

司馬光的「獨樂園」是典型的文人園，從詩中可知司馬光體現了以「恬淡」爲主的生活型態。蘇軾對「獨樂園」是這樣描寫：

> 青山在屋上，流水在屋下。中有五畝園，花竹秀而野。花香襲杖履，竹色侵杯斝。樽酒樂於春，棋局消長夏。（〈司馬君實獨樂園〉，《全宋詩》卷七九八）

蘇軾的弟弟蘇轍也對司馬君實的「獨樂園」情有獨鍾，他寫道：

> 子嗟丘中親藝麻，邵平東陵親種瓜。公今歸去事農圃，亦種洛陽千本花。修篁繞屋韻寒玉，平泉入畦紆臥蛇。錦屏奇種斸巖竇，嵩高靈藥移萌芽。城中三月花事起，肩輿遍入公侯家。淺紅深紫相媚好，重樓多葉爭矜誇。一枝盈尺不論價，十千斗酒那容賒。（〈司馬君實端明獨樂園〉，《全宋詩》卷八五五）

司馬溫公簡單的園居生活，有青山綠水相伴，住屋旁有一塊五畝大的園林，種滿花竹樹木，尤以花的品種不下千種。平日耕種讀書，閒暇時喝酒、下棋、吟詩、賞花，不問政治，也不問俗事。北宋的西京洛陽，適合隱居，很多有名的文人都在此築園。當時的名臣司馬光，因爲北宋熙寧年間反對王安石「新法改革」而辭去官職，在洛陽築園居住。青山流水圍繞著小園，植花栽竹，棋酒消閒，多麼愜意。

邵雍字堯夫，自號安樂先生，終生棲居洛陽，是北宋有名的理學

大家，其居處名「安樂窩」。

> 安樂窩前小曲江，新蒲細柳年年綠。（〈安樂窩前蒲柳吟〉）

> 花木四時分景致，經書千卷好生涯。有人若問閒居處，道德坊中第一家。（〈閒居述事〉）

> 老年軀體素溫存，安樂窩中別有春。萬事去新閒偃仰，四肢由我任舒伸。（〈林下五吟〉）

> 直恐心通雲外月，又疑身是洞中仙。（〈安樂窩中詩一篇〉）

> 詩揚心造化，筆發性園林。（〈無苦吟〉）

這是邵雍園林生活的最佳寫照。在洛陽期間他寫了許多歌吟，詩中的「閒」字，每每都透露出怡然自得的生活情趣。安樂窩前有小曲江，蒲柳年年抽綠芽。園居內花木扶疏，四時各有景致，平日經書千卷、作詩讀書，心中俯仰無愧於天地，身體四肢任由屈伸，雖是老年軀體，但是安樂窩中藏有春意，詩人心中的空間無限廣遠，快樂的園居生活讓他覺得自己猶如神仙一般。真是叫人羨慕。

> 公愛樂天池上篇，買池十畝皆種蓮。……水從太湖根底穿，月出洞庭山上圓。公歸與客相留連，秋風鶴唳春杜鵑。班鱸斫膾紅縷鮮，紫芡煮蒬香味全。……（梅堯臣〈邵郎中姑蘇園亭〉，《全宋詩》卷二五五）

江南風光旖旎，邵郎中的私家園環繞著大型的公共園林，景色十分美麗。遊賞之餘，品嚐美味佳餚，真是人間一大樂事。

　　四季的景色不同，早晚景色更有差異，生活周遭時時都有許多樂趣。只要保有一顆物外趣、敏銳的心，便會有意想不到的驚奇。

> 夜雨殘芳盡，朝暉宿霧收。蘭香繞馥徑，柳暗欲翻溝。夏木繁堪結，春畦翠已稠。披襟楚風快，伏檻更臨流。（歐陽脩〈早夏鄭工部園池〉，《歐陽脩全集》卷二）

> 夏風簷楹寒，冬雪窗戶燠。春樊亂梅柳，秋靜深松菊。壺觴日笑傲，群屐相追逐。此樂已難言，持琴作新曲。（王安石〈蒙亭〉，《臨川先生文集》卷十一）

歐陽脩寫鄭工部園池「夜雨」、「朝暉」一夕之間的變換，帶出「蘭香」、

「柳暗」與「夏木」、「春畦」意象上的跳接，景物的快速流轉，與末尾兩句「披襟楚風快，伏檻更臨流」稱心快意的情緒，互相呼應。次首，王安石的「蒙亭」則以時序的錯落，「夏寒」、「冬燠」、「春梅柳」、「秋松菊」將生活的平淡翻攪，以「樂」字歸結。

　　人間的歌聲應與天上的仙樂相呼應。馬雲訪友人湖山山人仇君隱居之處，就描述了一段恬淡有味的逍遙生活，「雞犬眠雲白日空，暮春花木滿川紅。茶甌香沸松林火，藥杵聲清石澗風。玉帛未聞招處士，神仙今喜識臺翁，夕陽半局殘棋在，醉倚岸邊紫桂叢。」（〈訪踞湖山人仇君隱居〉，《全宋詩》卷六一七）

　　詩人以四句寫景烘托整個園居生活的靜默和恬適。側面顏色上紅、白的對立，茶香的嗅覺，風動的觸覺，杵聲的聽覺，花木、白雲、火沸的視覺等意象，動靜相寫，為的是凸顯仇君如過著神仙般的生活，不受世俗干擾，優遊自在於棋酒之中。歸隱的心情是恬適的。

> 人仰公才世吏師，更甘歸老舊林池。門闌清似當官處，心力強於少壯時。物理自冥非寄酒，兵謀猶在卻因棋。濠邊風月如招隱，願拂塵裾從所之。（蔡襄〈寄題張景山大卿園池〉，《全宋詩》卷三九〇）
>
> ……歸來解朝紳，放意任衡霍。超然出世紛，安步適沖漠。山蔬充盤筵，村醸滿瓢杓。吾壽此其全，何必不死藥。（韓琦〈遊開化寺〉，《全宋詩》卷三一九）
>
> 官暇無多事，春深偶一來。溪隨芳榭轉，門入翠嵐開。有得供吟筆，將閒付酒卮。暫遊殊草草，空趁夕陽迴。（呂陶〈過羅氏園亭〉，《全宋詩》卷六六四）

第一首提筆讚美張氏為官清廉，守正不阿，即使任職也如隱居般。首聯寫園林主人的性格操守，下聯寫張氏林池園居的清閒，反筆實寫為官的清廉。頸聯以「非寄酒」、「卻因棋」一正一反的論述，更顯園主從容穩重的氣質。尾聯以「招隱」作為詩人對園主生活景仰的愛慕之情。第二首詩從「超然」、「安步」來旁寫詩人自己開適的生活。名山

古剎，自是清幽之地，面對庸庸碌碌的世俗，「山蔬」和「村釀」已能滿足低淺的物質欲望，最後以一個問句來收束全詩，將人格的整全對比仙人求長生的不死藥，更透顯生活無待的逍遙。

　　第三首，首句破題即寫詩人生活的愜意，三四句描寫羅氏園亭的景色，由景寫情，由情生意，「暫遊殊草草，空趁夕陽迴」，忙中偷閒，自得之意寓於言表。

> 檐低檻曲莫嫌隘，地僻草深宜晝眠。代枕暮憑溪上石，當簾
> 時借屋頭煙。倦遊拂壁畫山迤，貪醉解衣還酒錢。一水近通
> 西浦路，客來猶可棹漁船。(李行中〈醉眠亭〉，《全宋詩》卷八三
> 九)

「醉眠亭在松江，李無晦所居。李本湖人，徙居松江，高尚不仕，以詩酒自娛，置園亭號醉眠。」(《吳郡志》卷十四)詩人以部份代全體靜態的敘述，來描摹小園。從園內建築的「檐低」、「檻曲」來形容園的狹小，「地僻」、「草深」來說園的幽僻。以石為枕，以煙當簾，地為席，天為幕，「客來」一句轉筆寫意，頗有「煙波江上一釣叟」的畫趣。

> ……林籟靜更響，山光晚逾鮮。嵒花為誰開，春去夏猶妍。
> 野鳥窺我醉，谿雲留我眠。日暮山風來，吹我還醒然。醉醒
> 各任物，雲鳥徒留連。(歐陽脩〈會峰亭〉，《歐陽脩全集》卷二)

詩人心中一片澄澈，靜觀山色，「我」為整個景色的重心所在。全詩多方面觀照，林籟幽靜而響，山光逾晚而鮮，嵒花猶妍，野鳥窺醉，谿雲留眠，呈顯萬物各適其性，各有其意，是一種恬適自得的園居生活寫照。

第八節　清朗疏曠的節操

　　接受中國傳統儒家思想的讀書人，尤其是宋朝一代理學家把儒學重新量身打造，最重視士子的氣節。在園林中最常見到的花木，如竹、梅、蘭、菊、松，特別是「竹」的中空有節，俊拔勁秀，最得世人的喜愛。以物「比德」的詩歌技巧來象徵個人高超的氣節情操，是園林詩裡

常見的一種類型。宋人酷愛奇花異石，米芾拜石，蘇軾愛石，對石更是
一番癡狂。花木、竹石的意象顯現就是園林詩對人格節操的表彰之意。

> ……盡從塵埃中，來對冰雪顏。瘦骨拔凜凜，蒼根漱潺潺。……（蘇軾〈次韻和劉京兆石林亭之作石本唐苑中物散流民間劉購得之〉，《蘇軾詩集》卷一）

蘇軾以石頭的外型峋削如骨，卻是凜凜生風，看似猶如蒼老的樹根，
卻是如瓊瑤美玉般依著流水潺潺〔註28〕而存在。猶如貌不驚人之人，
卻有著令人刮目相看的內在，「凜凜焉，皭皭焉，其與琨玉秋霜比質，
可也。」〔註29〕用「石」來比擬人的氣質節操，是很恰當的。

以下詩中還利用各種意象來標格清朗疏曠的節操。

> ……折腰五斗羞彭澤，破屋數間如玉川。曉竹冒霜清節苦，夜禽啼月小聲圓。（韋驤〈待令移寓趙氏園亭〉）

> 眼無塵土境殊清，一繞芳蹊病體輕。烟樹疑從古畫見，水軒真在碧天行。君能極巧安山勢，我欲忘歸聽竹聲。……（曾鞏〈陳祁秀才園亭〉，《全宋詩》卷四五九）

> ……徑無凡草唯生竹，盤有嘉蔬不采薇。勝事閬州雖或有，終非吾土豈如歸。（王安石〈段約之園亭〉，《臨川先生文集》卷十七）

第一首詩，詩人自彭澤縣令陶淵明的清高，用「冒霜」突破霜雪來興
發剛冒出的「竹」，由環境上來烘襯竹子的意象。第二首詩則以旁寫
眼前景物，描摹陳秀才園亭之美，猶如一幅圖畫，筆意一轉「忘歸聽
竹」，詩意翻騰，遁入清空之境。《西江詩話》：「子固不能詩」之語，
下得過於武斷。第三首詩不用曲隱，而直接點明段約園亭不種凡草只
種竹，獨標一格。

> ……舊蹊桃李春相續，滿地芝蘭德不孤。故有鼎彝傳盛烈，況聞圖史自爲娛。（劉攽〈題王金吾園亭〉，《全宋詩》卷六一〇）

〔註28〕詩下註《文選·左太沖招隱詩》：「石泉漱瓊瑤。」引自《增補足本施顧註蘇詩》。

〔註29〕詩下註《後漢書·孔融傳》引自《增補足本施顧註蘇詩》。

「滿地芝蘭德不孤」。據《廣芳群譜》載：「蘭，幽香清遠，馥郁襲衣，彌旬不歇。常開於春初，高深自如，故江南以蘭爲香祖」。羅願《爾雅翼》說：蘭，「株穢除兮蘭芷睹，以其生森林之下，似愼獨也，故稱幽蘭。」「以森林幽谷爲家，表現的是隱士的氣質。」〔註30〕蘭的清遠高深像個獨立不群的君子，它的幽深隱晦，是個不食人間煙火的隱士。屈原在〈離騷〉中「朝隱木蘭之墜露兮」且「紉秋蘭以爲佩」。以蘭比德，它的淡淡清香，不夭冶，不濃郁，卻是清新持久如君子一般。

　　「桃李春相續，芝蘭德不孤」，以「桃李」對比「芝蘭」。桃李給人的印象是不佳。「李花」爲俗客，〔註31〕「桃花」被稱爲夭客，〔註32〕常並列稱呼的李花，也淪落爲諂媚、卑微的象徵。「宋代詠花詩更常以貶抑桃李來褒揚其他花卉」。〔註33〕而在此詩中，詩人不以一般價值判斷來看待桃、李；桃李相續一年最好景的「春天」。

　　下首詩，詩人蘇轍也破除對桃李歧視的眼光，全詩單以「桃李」來比德。

　　　　使君美且仁，遍地種桃李。豈獨放春花，行看食秋子。(蘇
　　　　轍〈和張安道讀杜集——北園〉)

「使君美且仁，遍地種桃李」。詩人眼中園主不以高爲高，反以平凡之美爲高，實是難得。以直敘方式直接用桃李比附，正面點明旨趣，人格特色之美躍然紙上。下面轉折的頓挫，彰顯詩人境界的開放。

　　　　君家花幾種，來自洛之濱。惟我曾遊洛，看花若故人。芳
　　　　菲不改色，開落幾經春。陶令來常醉，山公到最頻。曲池
　　　　涵草樹，啼鳥悅松筠。相德今方賴，思歸未有因。(歐陽脩
　　　　〈題光化張氏園亭〉，《歐陽脩全集》卷二)

張氏園亭以「花」爲主。詩人先寫張家園中花的來歷，引起詩人的親

〔註30〕蕭翠霞《南宋四大家詠花詩研究》(臺北：文津出版社，1994年5月)。
〔註31〕周密《三柳軒雜識》引自《中國園藝史》。
〔註32〕姚伯聲「名花三十客」。
〔註33〕引蕭翠霞《南宋四大家詠花詩研究》(臺北：文津出版社，1994年5月)，頁239。「從教變白能爲黑，桃李依然是奴僕」(陳與義〈張規臣水墨梅五絕〉之一)，「桃李真肥婢，松筠共老蒼」(尤遹〈梅〉)。

切感。接著由寫花的容貌,到園亭裡友朋的來賞。下面寫眼前景物之美,由對「德」之仰賴,引起詩人「思歸」的情懷。高曠之「德」湧現出士子的人格之美。景物與人物相寫,在對景的形容中,悠悠籠上一層人文色彩。

> 嘉子治新園,乃在太行谷。山高地苦寒,當樹所宜木。群花媚春陽,開落一何速。凜凜心節奇,惟應松與竹。毋栽當暑槿,寧種深秋菊。菊死抱枯枝,槿豔隨昏旭。黃楊雖可愛,南土氣常燠,未知經雪霜,果自保其綠。顏色苟不衰,始知根性足。此外眾花草,徒能悅耳目。千金賣姚黃,慎勿同流俗。(歐陽脩〈寄題劉著作羲叟家園效聖俞體〉,《歐陽脩全集》卷一)

全詩對花木的特質和特性作了一番的評論,雖是對種植花木選擇上的參考,但是不難看出詩人對植物比德的用心。首先對園中位置的高寒,建議要慎重比較。詩人採兩兩對比方式,一強一弱,一正一反,「群花」對「松竹」、「暑槿」對「秋菊」,來凸顯對植物的偏愛。群花嬌媚需要許多陽光,因此開落十分快速;而相對的如同士子有凜凜節操的,應該種的是松與竹。「槿花」豔麗卻生命短暫,菊花耐寒,死時猶抱枯枝。

之後,以個別論述「黃楊」和「姚黃」。以反語對「黃楊」未知霜雪擔心,下句「果自保其綠」,來引出「始知根性足」的優點,先否定再肯定,以反顯正。另外一個主角是「姚黃」,是「牡丹」品種中絕佳的一種。〔註34〕「千金賣姚黃,慎勿同流俗」,牡丹雖是美麗,但詩人以警句作結,勸君勿與人同流俗,強調重視內在實質而輕虛浮表面的見解。對於清朗疏曠的人格特質更清楚的展現。

> 新茸公居北,虛亭號養真。所期清策慮,不是愛精神。滿目林壑趣,一心忠義身。吏民還解否,吾豈苟安人。(韓琦〈題養真亭〉,《全宋詩》三二三)

〔註34〕歐陽脩〈洛陽牡丹記——花品序第一〉:「牡丹名,凡九十餘種,然余所經見而今人多稱者,纔三十許種。……但取其特著者而次第之,姚黃為第一。」〈花釋名第二〉:「牡丹之名,或以氏或以州,或以地或以色,或旌其所異者而志之。姚黃、牛黃、左花、魏花以姓著。」見《歐陽脩全集》卷三。

以花木比德之外，亭的題名也是人格理想、氣節操守的一種表現方式。以賦爲詩的手法，首聯寫亭「養眞」。頷聯正反虛寫「眞」，頸聯情志對寫「人」，末尾問答，以道家頤養天眞，全其自性作結。

　　園林的景觀佈置，花木種植，無不聯繫著園主的性格和品味，展現個人的氣節操守。

第九節　空靈幽深的禪地

　　佛教自東漢傳入中國後，經過魏晉南北朝政治黑暗的影響，最後和老莊思想結合，終而直接間接的促進了神仙道教的發展，因此林立各地的佛寺道觀也就多了起來。

　　在《宣和遺事・前集》中提到：「道教之行莫盛於此時（宋徽宗）」。北宋末年道教蓬勃發展，帝王、人民全部籠罩在一片宗教的狂熱中。然士人喜歡道教的部份不是符籙、丹藥、祭祀、祈禳和修道成仙，長期受理性思考的士大夫階級們歡迎的是對內心修養、精神昇華的老莊之學。而重心性修養的教義與禪的人本具天眞，追求空寂、清靜的修行，就成了佛道所共通的追求。

　　《宋朝事實》卷七〈道釋〉中曾形容北宋時僧道人數之眾。「天禧（眞宗）三年八月，詔普度天下，道士女冠僧尼，凡度二十六萬二千九百四十八人。天禧末，天下僧三十九萬七千六百一十五人，尼六萬一千二百三十九人。」〔註35〕僧尼的增加，廟觀也相對增多，當時社會流行的「捨宅爲寺」、「捨宮爲寺」，寺院一般都擁有自己的土地、山林，因此可以建造自己的園林。

　　由於當時禪僧他們都擅長書畫、沾染文士氣息，與士大夫的交遊往來頻繁，日愈的文人化；而文人喜禪悅之風，接受禪的形式思想，

〔註35〕根據《錦繡萬花谷》（臺北：新興，1969年）引此書所云：「天禧三年，普度僧道凡六十六萬二千四百九十人」，與此數相差甚多。又據《文昌雜錄》所載，眞宗天禧年間，僧尼人數已達二十四萬人。見《四庫全書》冊二八五。

放入了生活和文學作品的風格當中。宋士大夫歐陽脩、蘇軾、黃庭堅、李遵勖、張商英等人對佛理的浸淫；楊億、文彥博、王安石等人潛心研究佛學，著書立說，壯闊了宋代佛教的影響層面。

　　六朝時期僧侶、道士在遠離塵世紛囂的山水風景之地建造佛寺廟宇，促進山水美感經驗的突破，進入到以知性追求隱逸、安適的自我解脫的宋代，寺廟園林與自然的和諧，是一種文人化的知解。不但透露著對山林嚮往的心情，更有清幽的禪理賞鑑趣味，著重在空靈中找尋自我。

　　寺廟園林的出現，最晚約在東晉太元年間（西元 376～396），僧人慧遠在廬山蓋東林寺。慧皎《高僧傳》中記載：「遠創造精舍，洞盡山美，卻負香爐之峰，傍帶瀑布之壑，仍石壘基，即松栽構。清泉還階，白雲滿室。復於寺內別置禪林，森樹煙凝，石筵苔合。凡在瞻履，皆神清而氣肅焉。」〔註36〕

　　「東林寺」是東晉高僧慧遠在風景奇秀的廬山所建造的禪寺。那時，禪寺建築除了精舍之外，還有園林的出現。茂密的樹林，煙霧裊繞，石叢小徑，青苔遍生；遠處的廬山依傍左右，瀑布奔洩，白雲悠悠，園林所望，皆令人神志清明而意氣肅然，莊嚴肅穆中而又不失寧靜祥和，身在其中不禁使人形超神越，難怪詩人墨客總愛到禪寺去探訪一番。

　　　白髮老僧安住處，青衫司馬愛閒來。（陳舜俞〈東林寺〉，《全宋詩》卷四○三）

　　　江南楊柳春，日暖地無塵。渡口驚新雨，夜來生白蘋。晴沙鳴乳雁，芳草醉遊人。向晚前山路，誰家賽水神？（曾致堯〈東林寺〉，《全宋詩》卷五四）

東林寺適合居住，也適合尋幽訪勝，位在風景優美之處，詩人為「閒」而來。山中風景日夜各有不同，飛雁高鳴，芳草醉人，處處都有令人驚喜之處。寺廟園林的發展，有幾個方面的因素：

　　（1）作為道教的「仙境」和佛家「淨土」、「極樂世界」的歸宿，「園林」能提供身心安頓的需求。（2）第二章論及的「捨宅為寺」之

〔註36〕梁・慧皎《高僧傳》（臺北：廣文書局，1976年）。

風氣，宅園直接變成寺廟園林；另外寺廟可以擁有自己的土地，都是促進園林增加的原因。(3)僧人道士禪修入道必須找清靜的地方。名山勝境遠離塵俗，是最佳修練的地方。一方面它的開放性，園林和賞景的結合，故寺廟園林多在郊外清幽之處，有公共遊覽的功能。

　　寺廟園林主要是依賴自然景貌構圖，擅長把握人工和自然的結合，尤其「借景」的處理，常給予園林在設計上有很大的發揮空間。

> 野水縱橫漱屋除，午窗殘夢鳥相呼。春風日日吹香草，山
> 北山南路欲無。(王安石〈悟真院〉，《臨川先生文集》)

山邊村外野水潺潺，悟真院座落在野水環繞的幽僻山林間，無路往山北山南，只有春風輕輕吹拂著，送來淡淡草香，以及枝頭鳥兒的鳴叫聲，此起彼落。院內是個空放的園林空間，院內院外相通一氣，四周山水都入畫來，這種散佈在自然山林中不知名的小寺是很多的。再看兩首詩。

> 野寺無俗氣，勝遊方此迴。水清巴字近，僧慧錦屏來，秋
> 閣山要起，溪門竹引開。塵蹤不須掃，留恨寄蒼苔。(馮山
> 〈題靈溪寺〉，《全宋詩》卷七四一)

> 峭壁半寒空，叢林甲海東。蕩深無過雁，湫小有游龍。屏
> 石高三面，樓峰更一重。客心留不得，歸聽曉霜鐘。(許將
> 〈能仁禪寺〉，《全宋詩》卷八四〇)

第一首馮山寫〈題靈溪寺〉，從景色開頭，圍著寺院四周的山水，好像是錦屏一般。馮山以樸直、白描手法，寫質的將寺景記錄下來。溪水迤邐的以「巴」字的形狀向山寺流過來，閣樓隱在山嵐中，似乎是從山腰浮起，打開門，一路翠竹排列兩旁，迎接來到的詩人。第二首寫禪寺內怪石的奇絕。「承天能仁禪寺於唐時，加繕葺殿閣崇麗，前列怪石」，「宋初，以寺前有兩土阜，亦名雙峨寺」。〔註37〕首聯工整的對句，襯托出禪寺的幽靜和寺園之美。「屏石高三面，樓峰更一重」，

〔註37〕《姑蘇府志‧寺觀一》卷三十九，頁1156。「承天能仁禪寺在皋橋東，
　　　相傳梁衛尉卿、陸僧瓚故宅，因睹祥雲重重所覆，請捨宅為重雲
　　　寺。……宋初改承天宣和中禁寺。……又改能仁。」盧至云「：有
　　　二異石於亭前，因稱之為雙成。」

園中石山聳立，三面突出。六句寫景，忽然筆鋒一轉，以詩人的離去，
點出羈旅作客的心情。

歐陽脩〈題金山寺〉：

地接龍宮漲浪賒，鷲峰岑絕倚雲斜。嵒披宿霧三竿日，路
引迷人四照花。海國盜牙爭起塔，河童施砵但驚沙。春蘿
攀倚難成去，山谷疏鐘落暮霞。（《歐陽脩全集》卷二）

曾鞏〈題金山寺〉：

塵外岧嶤鷲嶺宮，架虛排險出青紅。林光巧轉滄波上，海
色遙涵白日東。夜靜神龍聽呪寶，邱深蒼鶻起搏風。連荊
控蜀長江水，盡在回廊顧盼中。（《曾南豐詩集》卷五）

王安石〈金山寺〉：

招提憑高岡，四面斷行旅。勝地猶在險，浮梁裏相拄。大
江當我前，颮灩翠綃舞。通流與廚會，甘美勝牛乳。扣欄
出黿鼉，幽姿可時睹。夜深殿突兀，太微凝帝宇。壁立兩
崖對，迢迢隔雲雨。……榮華一朝盡，土梗空俯僂。人事
隨轉燭，蒼茫竟誰主。……我歌爾其聆，幽憤得一吐。誰
言張處士，雄筆映千古。（《臨川先生文集》卷三十六）

蔡襄〈遊金山寺〉：

平日壓塵土，今遊興味長。波濤圍四際，臺殿起中央。魚
聽晨餐鼓，雲和夕炷香。薰風休遞吹，襟袂不勝涼。（《全宋
詩》卷三九一）

金山寺在今江蘇鎮江金山下，〔註38〕金山在宋時為屹立長江中之島，
後與陸地相連。〔註39〕以上四首都是以金山寺為描繪對象。第一首詩
歐陽脩從寺院地勢的奇絕寫起，視覺角度的高低變化，虛實相寫。先
寫遠景，由平面延伸再垂直而上；後近景，寫四周的風景。第五、六
句虛筆寫寺前江水的浩大，第七、八句結尾簡淡，「春蘿」、「疏鐘」

〔註38〕《姑蘇府志・寺觀一》卷三十九，頁1164，「金山寺在金山下，元至
正間萬峰蔚禪僧開山」。
〔註39〕參見王水照《蘇軾選集》，〈遊金山寺〉註1。

幾筆帶過，增添寺院的孤寂和清幽。

　　另一個詩人曾鞏著重在金山寺前滔滔江水的描寫，烘托整個寺廟壯盛的氣勢。起首「塵外」二字起興寫寺院的環境幽雅。第三、四句下面兩個空間跳躍式的視線移動，俯視滄波，仰視白日，而後兩個對句做時間的轉換。時空的相結合，長江水悠悠流逝，面對過往，一切都盡在不言中。

　　王安石則從各角度的側面描摹。先寫金山寺位置的聳峻奇險，次寫長江流水激灩，並化入想像，若稍加烹煮則甘美勝牛乳。另寫水中神物黿鼉出現，姿態優美。之後正面寫寺，從寺的地勢與首聯相呼應。後半部詩人以景寫情，發抒憤恨，以問句寄寓壯心；加深了寺廟的沈重感。

　　蔡襄由「遊興」貫串來寫金山寺的風景，詩人遠離塵囂，踏著輕快的腳步，欣賞位於江濤中的金山寺，移步換景，邊行邊望，晨夕交替，無限快意。

> 緬彼幽虛天，曾是眾仙囿。宮祠宅來儀，紺瓦覆蒼甃。……
> （陳舜俞〈靈祐觀〉，《全宋詩》卷四○二）

> 靈溪流水碧潺湲，溪上清輝弟子園。白叟荷鋤春採藥，黃冠敲磬夜朝元。山中松葉堪爲酒，路口桃花似有源。……（陳舜俞〈靈溪觀〉，《全宋詩》卷四○三）

道觀內的園林，建築佈置都脫離不了一些仙家仙境的指涉、「緬彼幽虛天，曾是眾仙囿」、「路口桃花似有源」，詩人把寺觀比擬成仙人的居處，一個不問世事的桃花源。道廟園林在色彩上呈現較爲鮮豔亮麗的色調，詩中「紺瓦」、「蒼甃」的形容，反映出重視視覺效果的建築特色。而禪寺則偏向以表現自然爲主，故以淡雅爲其風俗。兩者給人有著不一樣的感受。

> 修竹長松十里陰，任教燒藥洞門深。獨閱金版驚人語，能到青霞出世心。難犬亦隨雲外去，蓬瀛何必海中尋？丹樓碧閣唐朝寺，鐘唄香花滿舊林。（曾鞏〈昇山靈岩寺〉，《曾南豐詩集》卷五）

> ……道旁有精舍，聊茲釋鞍韉，殿閣鬱四合，高明絕纖灰。
> 曲池含清波，魚鳥中沿洄。禁園直南望，參差隱樓臺。……
>
> （沈遘〈和江鄰幾送文丞相還游普安院〉，《全宋詩》卷六二九）

寺廟園林是一個自足的世界，它不但提供生活的居處，也是修道養生的地方。所以「蓬瀛何必海中尋？」靜謐的寺廟就是禪修的最佳的地點。然而寺廟園林因世俗化，向私家園林靠攏，園的內部建築，除了自然景觀外，「樓」、「閣」、「殿」、「池」的出現，向鄰近樓臺借景：「丹樓碧閣唐朝寺」，顏色上「丹」、「碧」的描寫，隱然是追求皇家園林金碧輝煌的色調，以及熱鬧的氣氛，這告知了禪寺位居幽山深谷，而遠離城鎮凡俗的隔絕性已消失，漸漸向城市聚攏。除了保留一些佛國、仙山的功能外，寺廟園林已與私家園林的距離拉近。

第四章　北宋園林詩的哲學思考

　　近人周維權曾就漢唐與兩宋在文化思想上做一比較，他說：「與漢唐相比，兩宋士人心目中的宇宙世界縮小了，文化藝術已由面上的外向拓展轉向於縱深的內在開掘。」〔註1〕宋人比前代更細膩的注意到文化藝術的深層思考。

　　中國千年文化精神的兩大主流儒家和道家，他們分別從生命的哲學基礎上出發，對於人文道德和人生修養有其獨特的見解體系，和西方注重探索世界客觀規律的關係不同。儒家對本體世界的認識，影響中國內在思維、人文精神的發揚與超越。

　　當時社會上道教風行流靡，宋太宗、眞宗、徽宗等皇帝對道教的提倡，形成一股風潮，〔註2〕道教吸收道家理論再加以轉化，強調滿足現實社會人們的心理欲求。另一個大勢力是佛教禪宗的影響。自漢代佛教東進，激起一段浪花。有宋一代上至諸帝，下至士大夫都與僧人往來密切，太宗時設置了譯經院，並培養人才學習梵文，並爲流通經典而設立印經院。佛教教外別傳的禪宗重視內心修鍊，至宋代成爲佛教主流。

　　宋朝帝王爲政治目的採取儒、釋、道「三教並舉」的政策，除了儒家道統傳承，對佛教和道教有一定程度的支持外，「三教融合」是

〔註1〕　周維權《中國古典園林史》，頁107（臺北：明文書局，1991年3月）。
〔註2〕　見本書第二章第一節「園林興盛的原因」之第四點「思潮背景」。

發展必然的趨勢。「而其中值得注意的是三教都有一種共同的思想傾向，即將外在的修養轉向內在的修養。」〔註3〕在這個階段中，儒學轉化爲理學，佛教衍生出漢化的禪宗，道教吸收老莊、佛禪，形成拉攏士大夫的道教，整個思潮走向向封閉性的文化內在開掘探究。

「園林」藝術的發展達到成熟是從宋朝開始。「園林詩」的體裁自唐代建立，宋人接續前人對美的感受，以及寄託寓意、體物寫志的詩歌傳承，於宋代理性思考的文化基礎上，開拓出更爲深廣宏闊的內在思索。園林文化是一個「人」的文化，於山水文化之後，興起的另一種文化現象。受到當時思潮影響，北宋園林詩中表現出的思想、意識、生命哲學、空間感受和審美探析，從純意象的直觀向前邁進了一大步。

第一節　哲理觀

宋代之前儒、釋、道三教鼎立，各自突出自己。到了宋代，三教互相融合，開始合流。儒釋道三教合一，宋理學家吸收了佛家和道家思想，建立了一套自然觀、哲學觀、道德觀相結合的思想體系。此時佛、老對「心性」的理解，繼承前代直指本性，直覺頓悟，談空道無，理學家們透過理想、人格的塑造，對「心性」的依據，融合佛老，以道德本體，試圖找出貫通天地人的內在根源。

程顥〈定性書〉提到：

夫天地之常，以其心普萬物而無心；聖人之常，以其情順

萬物而無情。故君子之學，莫若廓然而大公，物來而順應。

如何「無心」、「無情」，道家提出「心齋」、「坐忘」的功夫論。《莊子・大宗師》：「墮肢體，黜聰明，離形去知，同於大通，此謂坐忘。」所強調的就是人只有在澄虛的心境中，才能實現對「道」的觀照，達到「無己」、「無我」的境界，也才可眞正的回歸本我，將外在的規範約

〔註3〕〈唐宋之際「三教合一」的思潮〉，見王志遠《儒佛道與傳統文化》論文集（臺北：中華書局）。

束轉變爲內在自覺的意志。禪宗作爲士大夫的宗教，它一方面在社會倫理道德上要平衡現世精神的桎梏，另一方面有身心解脫的必然需求。理學家以「主靜」、「存養」的功夫，結合釋、道、理學的出現爲困頓的士人引導一條道路，在自我的覺察裡，由外向外衍的思維方式，轉爲「向內反觀」的自我超越，使得對外物象的存在，進而感發一股「與物合一」的追求。影響所及，整個社會文化、士大夫心理都是趨向一種保守內傾之自我要求的心理性格。

在宋代，園林大量出現形成之「園林文化」，其中所強調的「天人關係」便是可以探討的一個重點。

一、天人之際

《周易・說卦傳》云：

> 昔者聖人之作易也，將以順性命之理，是以立天之道，曰
> 陰與陽；立地之道，曰柔與剛；立人之道，曰仁與義，兼
> 三才而兩之。

《周易》以「陰陽」、「剛柔」、「仁義」之道，比附於「天」、「地」、「人」三者，把「人」的位置並列於天地之間，而始有獨立的主體地位，這是人文自覺很重要的一大步。園林詩哲理的發揚就在於「天人合一」〔註4〕的精神上，追求天人關係的和諧境界。先看以下三首園林詩對天人之際所做的描寫。

> 盤曲山前路，流年向此消。(蘇轍〈留題石經院〉，《全宋詩》卷
> 八七三)

> 結茅深林下，開戶流水邊。曉聽松風坐，夜枕雲濤眠。(范

〔註4〕「天」的含義在中國人的觀念裡，包含了宗教、道德、自然（道和自然界）等三種概念。而「天」與「人」的關係可分四種型態：(1)天人感應型 (2)天人合德型 (3)因任自然型 (4)以人制天型。前三種說法，錄自楊慧傑《天人關係論》(臺北：大林出版社，1982年1月)自序及第一章，後一種爲筆者所加。園林在性質上雖有皇家、私人、寺廟、公共園林，然造園的主導觀念實爲追求天人關係的和諧。園林詩的內容離不開對天人之際相應關係的描寫。

祖禹〈遊李少師園十題——茅庵〉,《全宋詩》卷八八六)

　　園遙迎幽尋,林屋到深靜。凍禽時自驚,古木坐移影。(劉
　　摯〈冬日遊蔡氏園次孫元忠韻〉,《全宋詩》卷六七九)

時間的流動,消逝在無聲無息的空間裡。靜默中,天人和諧相感的關係,
消泯人和物之間的距離,使人在園林空間裡,能得到充分的休息和平
靜。「唐詩極少涉及哲學問題,反之,宋人則明顯地、間接地,絮絮切
切地大量談起哲學來」。〔註5〕這句話說得一點也不錯。王安石〈次韻
陳學士小園即事〉吟詠著:

　　牆屋雖無好鳥鳴,池塘亦未有蛙聲。樹含宿雨紅初入,草倚
　　朝陽綠更生。萬物天機何得喪,百年心事不將迎。與君杖策
　　聊觀化,騷首春風眼尚明。(王安石《臨川先生文集》卷二十五)

詩人以兩個敘述句逆筆蓄勢,陳述小園中雖然沒有好鳥、蛙鳴,卻有
可人的樹林和綠草。接著顏色紅與綠的點睛關涉,大雨過後,樹葉含
著露珠,小草倚著陽光顯得更為翠綠,這一片美景,含蘊著無限生機。
頸聯與尾聯部份,詩人對於萬物得其天機,人在其中不妨聊以「觀化」
的心情,欣賞景色。

　　蔡襄也有一首〈甲辰寒日遊公謹園池〉:

　　二月名園蓊鬱清,為憐佳節此閒行。偶因觴詠心還適,暫
　　離塵埃眼倍明。風靜落花深一寸,日遲啼鳥度千聲,主公
　　高意何須道,芳物於人自有情。(《全宋詩》卷三九一)

「風靜落花深一寸,日遲啼鳥度千聲」,風靜花落,日昇鳥啼,萬物
自然的開落與聲息,在那無人的角落,詩人一絲心靈的顫動,緩緩湧
起。暫時從塵埃的人世間跳脫讓心靈得到沈澱。因此「高意何須道」,
萬物自生,心與物的對立消解,無所繫縛的精神狀態,就能讓心靈獲
致充分的滿足。全詩以無心無意中透出主、客體的和諧關係。

　　天地何風流,復生王子猷。黃金買碧鮮,綠玉排清秋。非
　　木亦非草,東君歲寒寶。耿耿金石性,雪霜不能老。清風

〔註5〕吉川幸次郎《宋詩概說》,〈序章——宋詩的性質〉,頁38(臺北:聯
　　　經,1979年)。

乃故人，徘徊過此君。泠泠鈞天音，千載猶得聞。應是聖
賢魄，鍾爲此標格。高節見直清，靈心隱虛白。粉筠多體
貌，錦繹見兒童。上交松桂枝，下結蘭蕙叢。秀氣靄晴嵐，
翠光凝綠水。明月白露中，靜如隱君子，不願湘靈泣，不
求伶倫吹。鳳皇得未晚，蛟龍起何時。蕭蕭雲水間，良與
主人宜。紅塵滿浮世，何嘗拂長袂。坐嘯此亭中，行歌此
亭際。逍遙復逍遙，不知千萬歲。（范仲淹〈寄題孫氏碧鮮亭〉，
《全宋詩》卷一六四）

首聯詩人以道家人物王子猷寄興。「黃金買碧鮮，綠玉排清秋」，寫重視
精神性過於物質性的需求。前段虛寫亭名「碧鮮」的來由，欲實寫「金
石般」的人格。從「清風」、「天音」的比襯，烘托出「上交松桂枝，下
結蘭蕙叢」以聖賢爲標的的主體形象。後半段集中在得時欲起，等待時
機的蟄伏中，以「鳳皇」、「蛟龍」自喻，最後歸於「逍遙復逍遙」的虛
靜中。詩中對於儒家士子的用世之心曲隱其意，隱藏在背後主導的道家
和禪宗思想，化入深刻的感應冥合，與天相應的理性反省和知覺。

　　道家主張超越物質的限制，自然無爲，「天地與我並生，萬物與
我爲一」、「與天地精神相往來」〔註6〕主體心靈呈現清明自在的狀態，
可以懷抱萬物，合納眾情，超越物質的界限，直覺、神遇得其「天全」、
「天機」，身心自由逍遙與天地合而爲一。

　　儒家聖賢以修養「持敬」、「存養」、「省察」、「正心誠意」等主觀
意志活動，通過「盡性」功夫，體承天道，達成「天人合一」的境界。

　　禪學是道家美學的延長，〔註7〕所謂隨緣自在，到處理成。禪宗
更強調「不立文字，道由心悟」，重視主體個性。

　　儒、釋、道三家都崇尚事物的和諧美感，與天之間的相應關係。
儒家講「中和」，道家講「齊一」，禪宗講「無礙」。〔註8〕儒家透過修
身理想、人格的安頓（內聖），達外在人生境界的完成（外王）；以內

〔註6〕《莊子・齊物論》、《莊子・外物篇》。
〔註7〕成復旺《神與物遊》（臺北：商鼎文化出版社，1992 年 4 月）。
〔註8〕杜道明〈儒道禪美學思想同異〉，《中國文化研究》，1994 年秋之卷。

在道德的精神去擴充自己心靈與生命，仁愛萬物，滲入宇宙整體生命。道家追求自然之美，人類精神與自然的相和諧。而佛家禪宗反觀自心，「高法皆空」、「唯一心之妙」來體和天道。儒、釋、道三教思想滲入園林詩，最終極之目的都在找尋與天相和之道。

二、理性知覺

園林景象中物我之間的互感，靠著「主體」本我的存在，在通向超我的徑路上轉化提昇。宋人常利用「園林」當作題材，在園林詩中闡發釋學思維，予以人生的啓悟。

> 莊生述天理，老固當念佚。舉世用自勞，誰能以爲必。我公謝鼎司，嗣子都華秩。代言報帝右，作藩輔王室。承顏向茲地，園宇樂永日。佳樹發已繁，脩竹移未密。春禽時弄吭，清景付吟筆。朱金待金構，榮美安與匹。(梅堯臣〈李少傅鄭圃佚老亭〉，《全宋詩》卷二四六)

題目寫鄭圃佚老亭，詩人不直接從正面寫因景生情而悟理，而是以議論破題。六朝「情必極物寫貌」的文學風格，在遣辭上力圖求新，而宋詩重視的是意旨的傳述。此詩中首句「莊生述天理，老固當念佚」，以道家思想爲人生的指導。道家的退隱，追求自身整全，以剝落外在的窒礙，徹底瓦解名相之依賴，闡發尤以這樣人格自由才能充分展現主體的精神境界。詩句四聯寫自我的回歸，後兩聯寫景，敘述園中平淡的生活。末尾論述與前段抒情寫景結合，將詩人主觀的思辯分析「由抑而揚」，作理性的收束。

> 險夷一節如金石，勳德俱高映古今。豈止忘機鷗鳥信，陶鈞萬物本無心。(歐陽脩〈狎鷗亭〉，《歐陽脩全集》卷一)

「聖人之治，虛其心」。歸眞，則不師成心，清明澹泊，所謂「虛其心」也。〔註9〕無知無欲，故無心、無我，不用機心，不用智巧去看待事物，就能持有較客觀公正的看法與評價。

〔註9〕王淮《老子探義》卷上第三章，頁17（臺北：臺灣商務印書館，1990年12月）。

　　宴坐寂不語，先生心謂何。逍遙疏世味，恬淡養天和。一
　　息忘言後，方知得象多。壺中藏日月，鼎裏煮山河。(孔武
　　仲〈紫極宮默軒〉，《全宋詩》卷八八四)

「意」要靠「象」來呈顯，「象」要靠「言」來說明，〔註10〕「忘言
忘象以得意」，在審美觀照中，往往超越知解概念。園林壺中天地「澄
懷觀道」的意念思維，對宇宙、人生較容易產生深刻的體悟和認識。
「逍遙疏世味，恬淡養天和」，有「逍遙」的人生態度，就易安於「恬
淡」飴養「天性」。一壺天地雖小，然日月長流，山河兼有；身處於
小宇宙之中，觀念上為「整全」，表現於主體：是性之「真」，靈質之
「善」，意趣之「美」。

　　西風廛殘暑，如用霍去病。疏溝滿蓮塘，掃葉明竹逕。中
　　有寂寞人，自知圓覺性。心猿方睡起，一笑六窗靜。(黃
　　庭堅〈次韻答斌老病起獨游東園〉又和二首之一，《黃山谷詩集》
　　卷十三)

黃庭堅在詩中巧用「心猿」的典故。意念之起，以心為主，人心之動，
譬如猿猴。高僧〈求那跋摩傳〉曰：「知彼所依處，從心猿猴起業及
業報果依緣念念滅。」道教經曰：「此五根者，心為其主，譬如猿猴，
得樹難可禁制」。〔註11〕人「心」之發動、起念，可以成就任何事。
以禪的心境去審視外物，無論蟲聲鳥鳴、花開花落，都體現了詩人寂
然的心境，達到「梵我合一」、「物我兩忘」，整個世界都開闊起來了，
具象的空間範圍就變得模糊了。詩人藉著園林為題來闡釋禪學奧秘的
思維。再看黃庭堅的〈次韻黃斌老晚遊池亭〉二首之一：

　　岑寂東園可散愁，膠膠擾擾夢神遊。萬竿苦竹旌旗卷，一
　　部蛙鳴鼓吹秋。雨後月前天欲冷，身閒心遠地常幽。杜門
　　謝客恐生謗，且作人間鵬鷃遊。(《黃山谷詩集》卷十三)

《世說》注向子期郭子玄逍遙義曰：「夫大鵬之上九萬尺，鷃之起枋
榆，小大雖殊，各任其性，苟當其分，逍遙一也。」山谷作《莊子》

〔註10〕王弼《周易略例·明象》：「夫象者，出意者也；言者，明象者也。」
〔註11〕《黃山谷詩集》卷十三，內集註解，詩下註。

內篇解則曰:「鯤鵬之大,鳩鷃之細,均為有累於物而不能逍遙,為體道者乃能逍遙耳」。﹝註12﹞園林提供人們抒解發洩的去處,亦可以當作心靈上的寄託。官場中的送往迎來,都是一種物累羈絆,為了避免惹來口舌之禍,於是詩人以各任其性,苟當其分的逍遙遊,作為此詩的結尾,呼應首句「東園可散愁」。由身心解放走向超越之路,體道破執,終成生命的大自由。

第二節　空間觀

園林的空間指的是人與環境交互間形成的區域範圍。它不具有一定的大小寬窄。人存在於園林中,個體逍遙、體現生命的大自由,為園林中「天人」體系的強化,縮結天、人兩者關係做了最佳的註腳。人類以心交物,心與物相交通,天人同質,以人的價值體證天道,所以才有天人合一的可能。方東美先生說:「中國的天人關係是『彼是相因』的交感和諧。與歐洲二元與多端的敵對系統,希臘的部份與全體的配合和諧,是不同的。」﹝註13﹞人與環境形成一定空間範圍,精神性的空間能夠超越物質性的空間範圍。

「人與環境的關連牽引出重重疊疊的『空間』,不論是經由丈量、認知、思考等方式確定其存在,我們可以瞭解『空間』的目的是依其目的與企圖而自由取向的。」「這種由實質性的空間發展概念至知覺性的概念,代表一種人文思想的崛起。」﹝註14﹞也就是從物理向度走向心理向度,空間的大小隨著心理知覺而變化,非有一定區域的限制,也無固定的形式條件,它可以是一種概括性的實質內容,這與先哲以「心」含涉空間概念,從中挺立空間向度來面對生命意義是相同的。

﹝註12﹞詩下註。
﹝註13﹞方東美《中國人生哲學概要》(臺北:問學出版社,1980年)。
﹝註14﹞詹秀芬《由中國藝術精神探討中國建築之特質》,頁78,第四章〈空間定義〉(成大建築研究所碩士論文,1983年)。

一、主體精神的建立

中國哲學裡，「一切以人為主，以人為本，種種天人之際關係的探討，都是一種人文精神。」〔註15〕中國論宇宙，即上下四方、古往今來的時空觀念。以人居時位的中心，事物的變遷和時空移轉往來，循環往復，生生不息。人的主體精神可與天地相感，上承天命，下達人事，飽滿充實的生命情態，人心與宇宙即為大自然生命融合的境界。

1. 虛以涵天，寓生生之理

邵雍〈觀物內篇〉：「夫所以謂之觀物者，非以目觀之也，非觀之以目而觀之以心也，非觀之以心而觀之以理也。」

所謂觀物，以涵蘊於內心的客觀之理來觀物之理，以反觀之心觀物，不以己心度物，不以自己的愛憎喜好去看待事物，就能達到順天性、去我情的境地。這裡所指的「道」，也就是心就是太極，一切萬物之理的形上最高原則。己心之內，盡己之性，盡物之性，極至於命，天、地、人、物都循著「道」來運行，周流不息，如此一來，心不會有所偏執，才能破除物我的界限，成就個體與宇宙合一。

> 惟有此亭無一物，坐觀萬景得天全。（蘇軾〈和文與可洋川園池——涵虛亭〉，《蘇軾詩集》卷十四）
>
> 萬松合處虛亭敞，千佛光中梵宇開。（呂希純〈烏龍寺〉，《全宋詩》卷八四三）

空能納虛，有無相生，心中如亭一般，能廣能容，能開能闊，不斷湧現生生不息的生命力量。

2. 相交感遇，寓中和之理

周濂溪《通書》說：「寂然不動者，誠也；感而遂通者，神也；

〔註15〕唐君毅《中國人文精神之發展》，頁 9（臺北：臺灣學生書局，1988 年 8 月）。《禮記・禮運》：「惟人為天地之心，故天地之生，此為極貴。天地之心謂之人，能與天地合德。」「儒家人文的概念，以天人和諧的性格，從人心遙契天道，……以道德心靈追求一生命價值的完成，以修德、以教化，以與天地合德的最高境界。」劉慧珍《周易人文精神》，頁 27，輔大中文所碩士論文，1990 年 7 月。

動未形有無之間者，幾也。誠精故明，神應故妙，幾徵故出。誠、神、
幾曰聖人。」

　　宇宙的穩定是處在人和環境的和諧中，「誠」能通「神」。《中庸》
亦云：〔註16〕唯天下至誠，能盡物之性，贊天地之化育。故與天地參，
天人交感，相交感之「幾」——徵兆，表現出天地人合乎自然種種的
變化。邵雍的園居生活是：

> 滿天下士情能接，遍洛陽園身可遊。行己當行誠盡處，看
> 人莫看力生頭。(〈安樂窩中吟〉，《全宋詩》卷三七○)

人若能誠，誠者可知天，則可窮神盡性。身處何時何地，均能泰然自
若。

> 萬事去心閑偃仰，四支由我任舒伸。(邵雍〈林下五吟之二〉，
> 《全宋詩》卷三六八)

> 直恐心通雲外月，又疑身是洞中仙。(〈安樂窩中詩一編〉，《全
> 宋詩》卷三六九)

一代理學大師邵雍寓居於「安樂窩」中，生活的內容呈現自在悠遊的
樂趣。程明道〈定性書〉說：「所謂定者，動亦定，靜亦定，無將迎，
無內外。」禪宗主張「直指人心，見性成佛」，「即心即佛」純然是一
種反觀內心的觀照和明覺，相應莊子的「執其環中，以應無窮」的中
和之道，與《中庸》所說「致中和，天地位焉，萬物育焉。」此中所
呈顯的宇宙空間觀，是一種自由自在、無邊無際的空間向度，不受任
何有形的拘束和限制，純任心性的逍遙。

3. 價值內在，寓自然律則

　　周濂溪曰：「天以陽生萬物，以陰成萬物。生，仁也；成，義也。」
　　程明道〈識仁篇〉曰：「學者須先識仁，仁者，渾然與物同體。
義禮智信皆仁也，識得此理，以誠敬存之而已。」
　　人心透顯的宇宙，爲一具有道德性、自然運行之本體，是生命
洋溢的整體。倘若我們能夠透過內在的體驗功夫，體天合道，擴充

〔註16〕《中庸》：「誠者，天之道也，誠之者，人之道也。」

自己內在心靈及生命的侷限，便能把握道德世界，而能仁愛萬物，視萬物為一體，則與天地自然同在。空間是自由主觀的心，在價值意義中挺立，時間即是一種空間，把道德性的世界轉換成內在美的質素，把道德之性變為價值判斷的美，現實物質世界空間的延展幅度就可隨著心性空間的擴充，成為無邊流行的天地。這種在有限的環境中呈現的無限，是最能滿足知識份子的理想世界。如同邵雍〈安樂窩中自貽〉所指：

> 物如善得終為美，事到巧圖安有公。不作風波於世上，自
> 無冰炭到胸中。(《全宋詩》卷三六八)

事物若順著自然的法理而行，一定終可得美善，若是以機巧圖謀，怎能獲得真正的公允。心中不起任何慾念，就無累於身外的一切繁雜羈絆，自無凶險困阨於心中。心有定見寓理則，就可以安於樂，安於苦，自是無任何事物能擾亂自己。人的身心安頓與園林的關係，通過學習自然，將「天人」的思想契合在一起。故而萬物靜觀皆是「自得」。

> 萬物靜觀皆自得，四時佳興與人同。(程顥〈秋日偶成二首〉
> 之二)
>
> 心安身自安，身安室自寬。心與身俱安，何事能相干？誰
> 謂一身小，其安若泰山；誰謂一室小，寬如天地間！(程顥
> 〈心安吟〉) 〔註17〕

宇宙的大化流行中，心性的自在逍遙，使人心與天地萬物合一，是如此遼闊廣大。「宇宙在乎手，萬物在乎身」，〔註18〕咫尺山林、袖珍山水的園林，雖由人作，宛自天開，因此造園也就「寓必然於偶然之中」。〔註19〕立在園林的咫尺世界，冥想身外的廣大天空，挺立在士人心中的空間是多麼的廣大，他們對於人類的終極關懷，是宋儒重實踐精神的發揚。看以下詩人所寫的詩，如何將人與自然的關係融入空間中。

> 金錢力奪天地功，歲月未多風物換。人生富貴無不成，都

〔註17〕二首引詩均見《二程集‧河南程氏文集》卷三（臺北：漢京，1983 年）。
〔註18〕邵雍〈宇宙吟〉，《全宋詩》卷三七六。
〔註19〕彭一剛《中國古典園林分析》（臺北：地景企業有限公司）。

> 門坐置山林觀。……（蘇轍〈遊城西集慶園〉，《全宋詩》卷八五四）
>
> ……以我視夫子，胸腹百丈幽。譬如田中人，視彼公與侯。……（蘇轍〈次韻子瞻題薛周逸老亭〉，《全宋詩》卷八五〇）
>
> ……料得清貧饞太守，渭濱千畝在胸中。（蘇軾〈和文與可洋川園池一篔簹谷〉，《蘇軾詩集》卷十四）

儒家以人的生命作爲知識主體的對象，從主觀面上要人完成人格內在成德的修養；客觀面要人能淑世濟民，也就是重在日常實踐義中去踐履「生命的學問」，以達「修己安人」、「親親而仁民，仁民而愛物」。宋儒上承先秦思想，追求超越而內在的心性本體，身處於天地之間，能取得一致的和諧，能與天地合而爲一。

第一首詩蘇轍寫富貴人家以金錢力奪天工，坐置山林，妙造園林景色，看似寫集慶園之美，實諷刺那些以「山林之趣」和人生富貴相比之人。坐擁城市山林在於個人的心態，不在名位的高低、錢財的多少。第二首詩中寫薛周胸腹如百丈般的幽深，看去有如公侯的凜凜大度。第三首詩蘇軾也說「渭濱千畝在胸中」，人的外在並不能掩飾、掩蓋過內在的一切，故而園林詩中所要建立的主體精神，就是一種人文精神的實現。

> 簷外列修木，凜凜正人氣。有德必有文，爛分五色備。（豐稷〈和運司園亭──翠錦亭〉，《全宋詩》卷七二四）

士人從「心」出發去觀照世界，用一己之心，涵攝萬物，天地之大、宇宙萬物全在一心之中。

> 亭雖人爲之，洞是天開者。化工不自了，待子闢蓁野。……
> （孔武仲〈寄題徐亭〉，《全宋詩》卷八八〇）

亭子的建構雖是人爲，但是視野的開闊、境界，都「待子闢蓁野」，有待人自己的開拓。物象空間的大小實由「心」所發動，禪宗強調「境由心造」的空間觀，生命的價值意義由道德轉向，而生活的情調就在其中矣。

　　宋儒園林詩中的人文精神如同宗白華在《美學散步》中所說:「中國人看山水不是心往不返、目極無窮,而是返身而誠,萬物皆備於我。」以情感消融時空距離,而能在「我」的關照下,由近而遠,由物而己,推展開出一片寬闊的天地。

二、環境觀的指涉

　　自有人類以來,「居處」和生活是無法分開的,它是生活的一部分,是生活觀的落實。《墨子‧解過》:「古之民未知爲宮室時,就陵阜而居」。受到漢代「天人感應」觀念的影響,古人對於所居住的環境條件,是有所選擇的。認爲「夫宅者,乃是陰陽之樞紐,人倫之軌模。……人因宅而立,宅因人得存。人宅相扶,感通天地。」(《黃帝宅經》) 〔註20〕此處所講的宅,是指居住的地方。園林的可居住,是在這個條件範圍內的。

　　人是自然裡有機的組成份子。人——園林——自然(天)的相對待,是立基於一種平衡和諧的關係上。大自然有一定的規律,外在自然的天,被賦予具道德感情的存在,並比類人事,終其目的是希冀達到「人心巧契於天心」(《管氏地理指蒙》),要的就是天人的和諧,這也就是中國風水觀念最主要的論題。把人類和自然某種相應的哲學關係,建構在「天人合一」的宇宙系統模式。

　　中國風水環境觀的哲學系統談「道」、「氣」、「陰陽」、「五行」。老子的宇宙觀中,世界本源源自於道。《老子》:「有物混成,先天地生,寂兮寥兮,獨立而不改,周行而不殆,可以爲天下母,吾不知其名,字之曰道。」此「道」聯繫著時空上下、古往今來的一切宇宙萬物。《黃帝宅經》:「陰陽往來即合道」,而充灌在其中的是「氣」。王充《論衡‧自然》:「天地合氣,萬物自生。」氣,無形無色、周流變化而存在的一種物質。氣的多寡、盛衰、強弱,就變成了詮釋人生命

〔註20〕以下《黃帝宅經》、《青囊海角經》、《管氏地理指蒙》書中所引例句,引自王復昆〈風水理論的哲學架構〉,《風水理論研究》(臺北:地景企業有限公司,1993 年 11 月)。

運，掌握壽夭禍福的根據。人和自然的交互影響，無不涉及氣的範疇。《莊子》曰：「氣變而有形，形變而有生。」

個體存在的有限性，在創造之外，道德我的無限性，是通向「成德」，精神性指涉無邊際的時空，擴大實有空間的想像。孟子說：「其為氣也，至大至剛，以直養而無害，則塞於天地間。」程顥《遺書》中對「道」以存在的「事理」、「實踐」的進路來說：「蓋上天之載，無聲無臭，其體則謂之易，其理則謂之道。」故環境對理學家是一種理性的模式。小小的文人園林，大至皇家富豪的遊樂園林，無法拘囿的是無限寬廣的天地型態。

園林的造作必須先選擇一塊適當的地方來建蓋，這過程叫「相地」。「相地」，就成了建蓋一地首要條件。而古代對於「宅」的選擇，早已有「卜居」的記錄。〔註21〕對於住宅的選擇，一直也是後代人們所關心的。蘇軾、朱京有詩寫道：

> 數畝蓬蒿古縣陰，曉窗明快夜堂深。也知卜築非真宅，聊
> 欲跏趺看此心。（〈又次韻二守許過新居〉，《全宋詩》卷八二三）
>
> 仙山佛國本同歸，世路玄關兩背馳。到處不妨閑卜築，流
> 年自可數期頤。（〈次韻子由三首——東亭〉，《全宋詩》卷八二四）
>
> 山寺藏遺刻，塵埃字半昏。……他年想陳跡，卜築向雲根。
>
> （朱京〈祥光寺〉，《全宋詩》卷八九三）

「卜築」、「卜居」即以占卜吉凶判定禍福，來決定所居住的地方是否合宜，這是自古即有的思想。中國第一部造園著作，明朝計成所著的《園冶》中，第一章所談的即為造園前的環境選擇。在他自己「相地篇」所分的六種環境，粗略劃分城內和城外兩類。園林地建築的方式有：（1）因地制宜。（2）舊園改建。不論山林地、郊野地、江湖地、城市地、村莊地和傍宅地，不外乎「依山傍水」。「或傍山林，欲通河沼」、「高方欲就亭臺，低凹可開池沼」、「駕橋通隔水，別館堪圖；聚

〔註21〕劉沛林《風水——中國人的環境觀》，頁176。「卜居」的記載，為中
　　　國古代選擇村落的重要特點。

石疊圍牆，居山可擬。」〔註22〕

　　「山」與「水」在園林中的角色，在《青囊海角經》一書提到：「山水者，陰陽之氣也。……動靜之道，山水而已。合而言之，總名曰氣。」山水聚氣，周流轉圜於天地人之間，因此山水就成爲園林景觀定不可缺的必要元素。

> 潭潭刺史府，宛在城市中。誰知園亭勝，似與山林同。（杜敏求〈運司園亭——西園〉，《全宋詩》卷八七四）

> 行過廬山不得上，溢江城邊一惆悵。羨君山下有夷亭，千言萬壑長相向。（蘇轍〈江州周寺丞泳夷亭〉，《全宋詩》卷八五九）

> 山臨太湖上，寺隱青蘿間。五塢洞壑邃，眾峰屏障環。濃嵐面光彩，驚波背潺湲。雲歸定僧寂，月伴樵夫還。林墅掩蒙密，級磴容躋攀。錢氏建圭社，此地爲家山。（馬雲〈踞湖山六題〉，《全宋詩》卷六一七）

> 走馬紅塵合，開懷野寺存。南山抱村轉，渭水帶沙渾。（蘇轍〈次韻子瞻麻田青峰寺下院翠麓亭〉，《全宋詩》卷八五〇）

一到四首詩中，園林都離不開山水的描寫。士大夫的園，多因地借景，景到隨機，然而帝王所屬的園林就極爲講究它的風水關係。最明顯的是宋徽宗的「艮嶽」了。徽宗爲了求子嗣，聽從劉混康之言，加高地勢，後來果然得男。此後愈加崇信道教之術，同一年「詔戶部侍郎孟揆、董工增築崗阜，取象餘杭鳳凰山，號做萬歲山，多運花石妝砌，後因有艮岳排空之語，改萬歲山名做艮嶽。〔註23〕這是禍福吉凶和風水堪輿聯繫在一起最顯明的例子。《易傳說卦》：「艮，東北之卦也，萬物之所成終而所成也。」「艮爲東北之卦，又艮爲山，山之性爲止。止者，萬物之終也，終則將復於始，此所以成終而成始也。」〔註24〕「艮」之卦本爲山，卦義終而復始，否極而泰來，正是風水所重視的。我們看李質·曹

〔註22〕計成著，陳植注釋《園冶·相地篇》（臺北：明文書局印行，1993 年8 月）。

〔註23〕《宣和遺事》前集。

〔註24〕朱維煥《周易經傳象義闡釋》（臺北：臺灣學生書局，1993 年 9 月）。

組〈艮嶽百詠詩──艮嶽〉(《古今圖書集成──苑囿部》)：

　　勢連坤軸近乾岡，地首東維鎮八方。江不風波山不險，子
　　孫千億壽無疆。

「乾坤」乃天地，以「地首鎮八方」來說艮嶽風水之佳。三四句以因
果句，蓋了此山，無危無險，故子孫、千億皇帝萬壽無疆。這都是陰
陽術士之語。

　　因為寺觀都建在風景優美的名山勝境中，園林的景觀都是附屬在
自然山水中。因為地處幽僻，好山好水相伴，自易達到中國人環境觀
中的「天地合氣」、「聚陰陽之氣」的靈山福地的要求。

　　地占靈龜背，山橫小嶼頭。(舒亶〈題福源院〉，《全宋詩》卷八
　　八九)

　　僧言此地本龍象，興廢反掌曾何艱。(蘇軾〈月華寺〉，《全宋
　　詩》卷八二一)

「到過廬山的人，絕對會對古代名僧慧遠曾居住過的東林村留下深刻
的印象。用宋代詩人陸游的話來描述，它『正對香爐峰。峰分一枝東
行，自北而西，環合四抱，有如城廓，東村在其中，相地者謂之倒掛
龍格。』」〔註25〕山環水抱乃風水裡上乘的「藏風」、「聚氣」之地，
乃是絕佳的風水之地。

　　……松嫌天近株株短，花待春歸款款開。堪信壺中藏日月，
　　誰知雲外有樓臺。(陳舜俞〈東林寺〉，《全宋詩》卷四○三)

　　地占蓮華麓，谿環鷲嶺巔。密林含細籟，巍刹照清漣。……
　　(文彥博〈宿西谿寺〉，《全宋詩》卷二七四)

另外所謂「一池三山」的天神仙居，是園林裡重要的一種建築形式。有
山有水的結合，符合人們對長生不死的追求，和人類對環境要求的概念。

　　在諸家詩歌中，無法找到士大夫對園林風水迷信影響建築設計的
直接證據，而只能從山水審美及建築依據裡，找出一些線索，察看是

〔註25〕引自任仲倫《遊山玩水──中國山水審美文化》，頁181（臺北：地景
　　　　企業股份有限公司）。

否也受風水觀的影響。宋人趙希鵠的《調爕類編》卷一，有一些類似建築風水觀的文字記錄。〔註26〕

> 木盛則土衰，土衰則人病，中庭種樹，究非所宜，苑圃宜另造。
>
> 住房貴曲折，門外一望如直腸，大不利。
>
> 門前不宜有水坑，大樹不宜當門。
>
> 池水護基，別墅則可，若做住屋，主孤耗。

園為開放的、有固定範圍的空間。故有時依地形和實際需要，在住處之側利用一些竹版、圍籬做為屏障和區隔。以下兩首詩裡「版築皆親營」、「西鄰數仞牆」就是例子：

> 羨君濟上墅，勝概不可名。泉石與松竹，聲影交相清。周牆數百堵，且反築皆就營。(文彥博〈題史館兵部傅君草堂〉)
>
> 五里依仁宅，西鄰數仞牆。主人為屏翰，園吏占風光。(文彥博〈遊楚諫議園宅呈留守宣徽台端明王君貺、司馬君實〉)

園林詩的內容鮮少有關「屋宇」的描述，都是「園」、「居」分別論述。

> 僦舍餘三畝，畸人代一邱。園空樹色至，日淡暝煙浮。(宋祁〈僦舍西齋小圃竹樹森植秋日搖落對之脩然因作長句盡道所見〉，《全宋詩》卷二二四)
>
> 官居何以滌冥煩，喜有廳西北涉園。(孔武仲〈西園獨步〉，《全宋詩》卷八八三)
>
> 宅帶園林五畝餘，蕭條還似茂陵居。(王安石〈何楊樂道見寄〉，《箋注王荊文公詩》卷三十九)

第一首詩中，「舍」、「園」相比；次首詩「廳——居」、「園」相舉；末首詩以「宅——居」、「園林」並用，三條例子說明當時北宋「園」、「居」並不是同一個概念，也不是同一個地方，並且是有主、次的分別。

呂陶〈過羅氏園亭〉：「溪隨方榭轉，門入翠嵐開。」入門以石、木等遮蔽物，造成曲徑的幽深效果，是園林中常見的手法。從園林詩

〔註26〕見《叢書集成新編》冊二一一，頁25。

中可以找到爲當時園林設計規畫所留下的詩句，詳見下章

又，園林設計動線貴曲折藏隱，利用一些山石草木、小橋流水製造潑墨山水般虛實、濃淡、陰陽的繪畫意境。有關樹林形式佈置，於下一章中將再做深入的探討。

第三節　生命觀

士人出仕做官，一直是圍繞著他們人生目的的基調。士人和政治的糾結，有著撕裂不開的糾葛。「政治家的身份與詩人身份的奇妙組合，正是多數中國詩人的突出形象。詩成了發洩官場失意的工具，成爲歷史的政治活動失敗的安慰。」〔註27〕而仕與隱就是一直圍繞著中國士大夫的問題。

《論語·衛靈公》：「君子謀道不謀食。耕也，餒在其中矣，學也，祿在其中矣。君子憂道不憂貧。」「士」和「仕」被劃上等號，參與政治被視爲一個讀書人最終的目標，是應盡的責任。所以「己立立人，己達達人」的必要性，就被儒家士子給抬出來了。換言之，「獨善其身」進而「兼善天下」是必經的一條路。以「仕」的生命目標既定，和政治的連結，就使得「內聖外王」的功夫，緊緊扣住士大夫命運的一生。在《論語》裡的〈微子〉篇說：「子路曰『不仕無義。』長幼之序不可廢也，君臣之義如之何其廢乎？」

儒家認爲仕君子的任務和抱負是道的追求和實踐，也就是內聖外王積極出世的道路。而道家追求「任心自適」，一切外在的追求是桎梏天性的枷鎖。「就莊子的理想而言，因他已超出『仕』與『隱』的層次。然而就其與現實政治的關係，或以現實政治的層次觀之，仍可稱之爲『身隱』，亦即爲追求個人的養生適性與逍遙而隱。」〔註28〕

〔註27〕劉小楓《拯救與逍遙——中西方詩人對世界的不同態度》（臺北：風雲時代，1990 年）。

〔註28〕劉紀曜《理想與現實·仕與隱——傳統政治文化的兩極》（臺北：聯經出版社）。

　　魏晉南北朝士人對現實環境否定，以放浪形骸、遁世隱逸，作爲
逃避當時政治與對抗儒教的消極抗議。在唐朝視隱逸爲入朝爲仕的捷
徑。《新唐書・隱逸列傳》序已提到：「放利之徒，假隱自名，以詭入
仕，肩相摩於道，至號終南、嵩、少爲仕途捷徑，高尙之節喪焉。」
這是官僚體制下的仕隱之道。利用隱居，以退爲進，提高身份名望，
以利進身官場，或引起君王的注意，以爲擢拔之便。「隱」就成爲政
治上被利用的一種工具，失去原來的意義。

　　宋代理學家重塑士大夫理想的人格形象。宋儒繼承孔孟心學，以
「仁」爲立身行世之核心，盡君臣之義，使濟世之行。二程即謂「父
子君臣，天下之定理，無所逃於天地之間。」〔註29〕

　　「隱」是中國古代政治社會獨特的文化現象。「隱士」是指那些有
氣節、情操高尙的知識份子。他們在歷代的地位，一直受到尊崇和禮
遇。「天下有道則見，無道則隱」（《論語・泰伯》），「隱居以求其志，
行義以達其道」（《論語・季子》），宋儒將孔子「道仕」的理想發揮到
極至。在官僚的政治體系下，出仕的對象是固定且單一的，「君臣定理，
無所逃」，所以懷抱著滿腔的熱血，卻在極權制度下犧牲殆盡，不得不
在道德、秩序和政治制序中痛苦掙扎，擺盪於擇時而隱的「道隱」和
全身而退的「身隱」，〔註30〕企求兩者之間取得平衡而做出選擇。

　　　小隱隱山林，大隱隱城郭。城郭多紛囂，山林苦淡漠。不
　　　如隱於酒，適意自斟酌。……當知隱君子，志不在糟粕。(楊
　　　傑〈酒隱園〉，《全宋詩》卷六七三)

《梁書・處士列傳》序謂：「既任監門，寄臣柱下，居易而以求其志，
處汙而不愧其色，此所謂大隱隱於市朝。」蘇軾一生仕途坎坷，他認
爲「君子，……，不必不仕，士以氣節爲重，行義求志，自適即可。」
(〈靈壁張氏園亭記〉)

―――――――――――――――――――

〔註29〕《近思錄》，《二程遺書》卷之六，二先生語五。
〔註30〕劉記曜〈仕與隱――傳統中國政治文化的兩極〉，《理想與現實》，頁
　　　　324。「道隱」是時隱，得志澤加於民；不得志，修身現於世。「身隱」
　　　　是道家的避世隱居。

郭象注《莊子・逍遙遊》云：「夫聖人雖在廟堂之上，然其心無異於山林之中，世豈識之哉！徒見其戴華屋、佩玉璽，便謂足以纓紱其心矣；見其歷山川、同民事，便足以憔悴其神矣；豈知至至者之不虧哉！」

也就是說聖人，雖然是身在朝廷廟堂之上，可是其神不虧累。這在以仕進爲方向的讀書人眼中，影響了他們對出處取擇的要求。隱居不限於山林，也不排斥在城市，而主要的關鍵是「隱」的用意爲何？做官和隱退是兩個不同方向的歸路，古來能自甘於淡泊名利的士子又有多少？官場上的不如意就暫時用酒來麻醉自己吧！如蘇軾所認同的「君子不必不仕」，楊傑「隱君子志不在糟粕」，「仕」是要以氣節爲重，千萬不可喪志辱節，成爲隨波逐流的政客，有鑑於此，以緩衝和暫退的政治想法是很有意義的。故王安石〈蒙亭〉詩說：

> 隱者委所逢，在物無不足，山林與城市，語道歸一轂。(《臨
> 川先生文集》卷第十一)

劉文剛先生說得好，「宋人的隱，是從思想上的隱，就是把社會看透，把官場看透。」〔註31〕所以王安石認爲不論隱逸於山林或城市，最重要的是心理上的認知，能夠想通就沒有不能自適滿足的。

> 清才四紀擅時名，晚卜丘材遂解纓。⋯⋯漫說市朝堪大隱，
> 仙宗誰信在重城。(歐陽脩〈寄題景純學士藏春塢新居〉，《歐陽脩
> 全集》卷二)

現實政治環境詭譎，很多內在因素影響著仕隱的決定，這「透」字，除了失望、放棄，還有順隨時勢和與時俱進的積極意圖。而一些功成名就的士大夫身在朝廷，心在山林，以一種「朝隱」、「中隱」的心情來「隱逸」。

> 近竹花終俗，過欄草費刪。心休誰似我，官府有青山。(韓
> 琦〈後園閑步〉，《全宋詩》卷三二三)
> 常虛西館待高賢，一見襟懷兩釋然。⋯⋯相叩屢辭雖未得，
> 已齊朝市與林泉。(韓琦〈次韻和崔公孺國博西亭感懷〉，《全宋詩》

〔註31〕劉文剛《宋代的隱士與文學》（四川大學出版社，1992 年 10 月）。

卷三二七）

　　愛名之士忘名客，幸有山林舊市朝。（張徽〈自然亭〉，《全宋
　　詩》卷三四七）

對宋人來說，超越現實困境，山水的寄情功不可沒。不論棄官歸隱、
不願做官或無機會做官的，山水之樂，是宋代隱逸的風尚。「園林」
理所當然就形成一個重要的慰藉和依恃。

　　先秦的園林價值，主要是作爲經濟價值手段的，如戰國時王翦曾
向秦王嬴政「請美田宅園池甚眾，爲子孫業。」〔註32〕擁有園林、對
自然狂熱的佔有欲，不過是威顯自己的權力地位。到六朝以後，「人」
成爲園林的主體，園林的功用是滿足人類心靈，供遊賞玩樂，精緻和
封閉性就成了園林的主要特色。而園林所具有的另一「山林之樂」，
在士大夫投身仕途的當中，力不可得，乃能退而獲樂。「彼富貴者之
能致物矣，而其不可兼者，惟山林之樂爾。」〔註33〕榮華富貴是物質
上的獲得，山林之樂是精神上的享受，在物欲上無所匱乏，但卻不見
得能獲致心靈上的滿足，生命無定向，生命內容自是枯躁乾涸，對一
個知識份子來說，「心」的落腳處，才是解決一切之道。

一、士大夫人格的完美實踐

　　「海宇都無礙，山林盡可投。願爲雲上鵠，莫作盎中鯈。」〔註
34〕身心的自由解放是老莊思想所特別強調的。「不役於物」、「不拘於
情」，追求生命的開闊和自在。官場上多少爲升官發財而汲汲忙碌的
庸俗之人，卑恭屈膝，趨炎附勢，而這些作爲正是「修己安人」的讀
書人所不取的。傳統包袱對士人的期待，以政壇爲最後歸向的理想，
卻是造成士大夫悲劇性結局的宿命。

〔註32〕引杜道明〈儒、釋、道美學思想異同論〉，《中國文化研究》1994年，
　　　　秋之卷。
〔註33〕歐陽脩〈浮槎山水記〉，《歐陽脩全集》卷二，《居士集二》（臺北：
　　　　華正書局，1975年）。
〔註34〕薛轍〈次韻子瞻減降諸縣囚徒事畢登覽〉。

在仕途不意中尋找「孔顏樂處」，〔註35〕是文人對政治勢力的無言抗議。顏回居陋巷，一簞笥一瓢飲，不改其樂。魏晉田園詩人陶淵明，耿介自持，不流於俗，不為五斗米折腰，「採菊東籬下，悠然見南山」，成為後代讀書人的最佳典範。

隱逸文化除了通過獨善其身的方式使士大夫理想不為專制制度所吞噬，更積極的意義是：為道犧牲的人格理想變為客觀的現質、道德有形的尺度、理想、感情上的具體寄託。〔註36〕

《後漢書·逸民列傳》：「或隱居以求其志，或回避以至全其道，或靜己以鎮其躁，或去危以圖安，或垢俗以動其概，或疵物以激其情。」為求志而「隱居」，為成就道的理想而「回避」，以「靜己」來鎮定自己的不如意，以「去危」來換取生命的安全。「垢俗」、「疵物」的生命態度，重新燃起士人生命的純然感動，襯顯其詩作內容的生氣勃發。

如宋代詩人林逋，終其一生在杭州孤山過著「梅妻鶴子」的隱居生活：

> 湖上青山對結廬，墳頭秋色亦蕭疏。茂陵他日求遺稿，猶喜曾無封禪書。(〈自作壽堂因書一絕以誌之〉，《全宋詩》卷一〇八))

這首詩林逋曾自作於壽堂之上，後人都認為是他臨終明志之作。由生前「結廬」到死後「修墳」，綠波蕩漾的西子湖水，映照著孤山上「二十年足不及城市」〔註37〕的詩人。清苦貧困的隱逸詩人林和靖，安貧樂道的居住在他的小天地裡，沒有煩擾的繁文縟節，也沒有送往迎來的官場禮儀，有的是清逸高遠的文人氣節。

當人格精神達圓滿的狀態，即與天地合德，消除一切主客對立，而至物我交融，士大夫人格就能達至完美的實踐。

園林建築中，最能代表及充分表達出士人高超的人格和氣節，即

〔註35〕《宋元學案》卷十二引〈濂溪學案〉：「明道曰：昔受學於周茂叔，每令尋仲尼顏子樂處，所樂何事？」(臺北：臺灣商務，1968年)。
〔註36〕王毅《園林與中國文化》第四編，頁370。
〔註37〕《宋史》卷四五七〈隱逸傳〉。

是「亭」的建造。「亭」是園林裡常有的建築之一，它時常座落於園林的一角。「只有屋頂，沒有牆的小屋」，〔註38〕可作爲休息、納涼、觀景、逞目遊心之用。「前山翠光凝，後圃濃秀合，借此眾景會，聊以一亭納」，〔註39〕正是它最佳的寫照。由於亭的各個角度都有獨立的視野和完整的視覺印象，而它的挺立，在視線十分顯目，所以在園林中具有「畫龍點睛」的效果。「亭」的虛空，反應了莊子說的「唯道集虛」。「虛」之空、無，涵攝萬物、吞吐萬象，正是氣的凝聚之處，亦是道生生不息的展現。「從『亭』的空間意識，卻理解到『吐納雲氣』的宇宙生命哲學。」〔註40〕

　　「虛能容物」，士大夫在此最能感受到不爲拘限的生命情境，不論圓直方曲的形式範圍，亭的各個角度的新視野，能夠開啓人生新的一扇門窗。視線一片開拓，頓時心胸也寬廣起來。「唯有此亭無一物，坐觀萬景得天全」，〔註41〕人立於歷史的洪流中，感受莫名的力量，人顯得是多麼渺小！以儒家自持的士子，在「亭」的命名和涵意上，注入沈潛的生命力和自己心境的反映。

1. 以「生命情境」命名的

　　蘇舜卿〈滄浪亭〉，蘇軾〈招隱亭〉、〈醉眠亭〉，僧順清〈垂雲亭〉，文與可〈吏隱亭〉、〈無言亭〉、〈涵虛亭〉，處士王復〈種德亭〉〔註42〕、〈歸眞亭〉，徐積的〈寄亭〉，林旦〈濯纓亭〉〔註43〕，九龍觀道士黃希旦〈頤眞亭〉〔註44〕，孫學士〈歸來亭〉〔註45〕，劉摯〈穿楊亭〉。

〔註38〕《中國園林藝術辭典》，湖北人民出版社。
〔註39〕呂陶〈寄題丹稜李令野亭〉，《全宋詩》卷六六二，頁7753。
〔註40〕張家冀《中國造園論》，山西人民出版社。
〔註41〕蘇軾〈和文與可園池〉三十首之〈涵虛亭〉。
〔註42〕《蘇軾詩集》卷十六〈種德亭〉並序引子由詩自註云：「王君舊有園亭，子瞻兄名之曰種德。」〈種德亭〉詩曰：「名隨市人隱，德與嘉木長。」
〔註43〕林旦：「世事隨波遠，吾心自水清。營營朝市露，誰說儒歌聲。」(《全宋詩》卷七四八)。
〔註44〕黃希旦：「剪去舊蒿萊，開亭養聖胎。閉關虛室白，隱几寸心灰。」(《全宋詩》卷七二二)。

〔註46〕

　　這些亭名，藉著古詩文或是個人對生活的體悟，述說著詩人的生命情懷。文人生命藝術的智慧，實猶一把利刃般在利害衝突中，突圍而出，在一連串的明心寫志的「語言名號」上，隨處構成超然物外的暗示，和無法被淹沒的雄心壯志，優然自在的與自然合而爲一。而其中較爲特別的是劉摯〈穿楊亭〉，其中對大將軍李廣誤以石爲虎，射箭入石中，反映出對建功立業的豪情壯志。反觀艮嶽的數多亭閣，如：〈介亭〉、〈極目亭〉、〈圖山亭〉、〈跨雲亭〉、〈半山亭〉、〈蕭森亭〉、〈麓雲亭〉、〈清賦亭〉、〈散綺亭〉、〈清斯亭〉、〈煉丹亭〉、〈璿波亭〉、〈小隱亭〉、〈飛岑亭〉、〈草聖亭〉、〈書隱亭〉、〈高陽亭〉、〈嚦嚦亭〉、〈忘歸亭〉、〈揮雲亭〉〔註47〕等亭名，反映出皇家園林所標榜的遊目賞心、脂粉秀媚之氣，和文人園是有著大相逕庭的趣味。

2. 以「植物比類」命名的

　　歐陽脩〈竹間亭〉、林旦〈竹間亭〉〔註48〕、張毅〈萬松亭〉〔註49〕、文與可〈蓲苕亭〉、蘇轍〈蓲苕軒〉〔註50〕、〈綠筠亭〉、歐陽脩〈題張損之學士蘭皋亭〉。

　　「竹」、「松」、「荷」、「蘭」是日常可見的植物，它們各自被標誌著特定名號，形象上的高潔靜雅一直是讀書人引以爲學習的對象。文人雅士在園居之處莫不種植松、竹等植物來凸顯襯托自己的品格。「誰

〔註45〕王安石〈題儀真致政孫學士歸來亭〉：「彭澤陶潛歸去來，素風千古出塵埃。明時俊老心無累，故里高門子有才。更作園林負城郭，常留花月映池臺。卻尋五柳先生傳，柴水區區但可哀。」（《臨川先生文集》，頁244）。

〔註46〕「華構翬飛一望中，顏間篆墨颺秋風。休矜百步穿楊巧，未及當年射虎功。」（《全宋詩》卷六八四，頁7992）。

〔註47〕《古今圖書集成・考工典》第五十五卷「苑囿部」〈艮嶽百詠詩〉。

〔註48〕林旦：「化龍知有節，待鳳豈無心？」（《全宋詩》卷七四八）。

〔註49〕《蘇軾詩集》卷二十：「麻城縣張毅，植萬松於道周，以芘行者，且以名其亭。」

〔註50〕「開花濁水中，抱性一何潔。朱檻月明時，清香爲誰發。」（蘇轍〈和文與可洋州園亭三十詠〉，《全宋詩》卷八五四）。

更將松竹，蕭森四面栽。」（徐積〈清虛臺題華州崔氏園〉，《全宋詩》卷六五七）「短彴疏籬入野扃，竹煙松露滿襟清。」（文同〈漢州王氏林亭〉，《全宋詩》卷四三九）都可看出文人利用園林中名物的題名，對士大夫人格完善的積極維護之用心。

二、追求和諧永恆的天人關係

曾鞏《曾鞏集》卷十八〈清新亭記〉中說：「夫人之所以神明其德，與天地同其變化者，夫豈遠哉？生於心而已矣。」這是傳統士大夫所追求的心靈境界。在園林中，能超脫世俗名利的羈絆，就能「無入而不自得」，事事無罣礙，士人則可保有自己高貴的情操，繼承傳統儒家「邦有道，則行於世；邦無道，則可卷而懷之」〔註51〕的仕隱精神。

對於知識份子來說，「仕途」一向是充滿曲折和坎坷，不願在官場上同流合污，抑或不能見容於徇私鑽營世俗官僚之輩的讀書人，園林是最能慰藉寄託自己的才情和理想的地方。園中的題匾、對聯、詩歌都是士人所表現的人格自覺之美。宋代有名的「滄浪亭」，是北宋詩人蘇舜欽於慶曆五年（西元1045）所築。《楚辭·漁父》：「滄浪之水清兮，可以濯吾纓，滄浪之水濁兮，可以濯吾足。」本是漁父要三閭大夫屈原隨世浮沈所唱的一首歌。這裡顯然蘇舜欽是以漁父自名，想起自己如屈原般忠誠卻遭毀謗、被罷黜，心中所生無限慨嘆之情。

> 一逕抱幽山，居然城市間。高軒面曲水，脩竹慰愁顏。迹與豺狼遠，心隨魚鳥閑。吾甘老此境，無暇事機關。（蘇舜欽〈滄浪亭〉，《全宋詩》卷三一六）

蘇舜欽以「豺狼」比喻當朝為政者，暗示自己無法和他們同流合污，只願心如魚鳥般自由逍遙，一切功名利祿都可放諸腦後。「園林」境界平衡了精神的矛盾，提昇超越現實困境，邁向追求永恆和諧的天人關係。

蘇轍〈黃州快哉亭記〉說得十分貼切，「士生於世，使其中不自得，將何往而非病，使其中坦然不以物傷性，將何適而非快？」所以追求生

〔註51〕《論語·衛靈公》第十五。

命的逍遙，找回自然的本性，力圖天人之間的和諧表現，是士人一致追求的目標。得身心之逍遙，就可如莊子所說「乘天地之正，御六氣之辯，以游於無窮。」身心自得而快樂，生命境界就能無窮盡的擴大。

詩人郭祥正在〈逍遙園〉一詩中說：

> 於斯時也，一舉九萬兮，吾不知其爲用。嗒焉自喪兮，吾
> 不知其爲偶。脩兮窅兮，非無之無，寂兮息兮，非有之有。
> 無何亦何得而名，有竅則竅遽能久。（《全宋詩》卷七五六）

把園林取名爲「逍遙」，是受到莊子生命哲學的影響，從超越時間性及空間性的生命特徵，顯示變化的自然特性，「不知其爲用」、「不知其爲偶」、「非無之無」、「非有之有」，有用無用之間，「生命之形象及情境可以互相變化滲透，無一生命形象是固定的，無一生命情境是封閉的。〔註52〕在自然的立足點上，生命從價值意義中超升，把握住道與萬物的相應關係，展現生命的內涵及自我的實現。

徐積也有同樣的感受。在〈題寄亭〉並序中寫道：「山陽通判吾郡朱公，及其所居，因地之宜，構爲棟宇，名之曰寄亭。寄有來去，曷常之有。……是其曠然獨得，廓然大悟，內虛其心，外無繫於物，其所以爲樂者，皆在乎我而不在乎彼也。」故其詩有：

> 無蔽無累無所營，其中主者性與誠。登斯亭兮觀斯名，人
> 間萬事皆可平。（徐積〈題寄亭〉，《全宋詩》卷六四六）

「性體」與「誠體」是生命的本體，生命的一切都在自己的手裡，而不是操縱在別人手中。「內虛其心，外無繫於物」，生命無蔽無累，無所拖累，無所障蔽，登臨斯亭，心境的開朗，境界廓然大開，人與天取得平衡及一致的協調，故能於閒之餘，萬事皆可。

三、生命的安頓

一個知識份子身心眞正的安頓，應該是在「心」的圓滿無礙，自足的心，才是生命最後的依歸。

〔註52〕葉海煙《莊子的生命玄學》，頁 187，〈逍遙的生命境界論〉（臺北：東大圖書公司印行，1990 年 4 月）。

> 住處必松竹，經年長自閒。青苔仍有徑，亂石更成山。飲
> 水卻餘樂，荷鋤誰愧顏。悠然謝車馬，聽客到門還。(劉攽
> 〈幽居〉，《全宋詩》卷六〇六)

詩人居處清幽，身必擇與松竹爲友，即使徑路上的青苔，小石堆積
成山，身心悠閑的劉攽荷鋤躬耕，都展現自得悠然的心境，他謝絕
一切拜訪，讓有心前來的人也不得不知難而退。這是一種隱而遁的
例子。

> 清虛堂裡王居士，閉眼觀心止如水。水中照見萬象空，敢
> 問堂中誰隱几。呂興太守老且病，堆案滿前長渴睡。願君
> 勿笑反自觀，夢幻去來殊未已。常疑安石恐不免，未信犀
> 首終無事。勿將一念住清虛，居士與我蓋同耳。(蘇軾〈王鞏
> 清虛堂〉，《蘇軾詩集》卷十九)

蘇轍的〈清虛堂記〉〔註53〕對王鞏之園有一些描寫:「其居士之西，前
有山石環奇瑰琰之觀，後有竹林陰森冰雪之植，中置圖史百物，而名之
曰清虛。……如入於山林高僧逸人之居，而忘其京都塵土之鄉也。」「清
虛堂」以城市山林的面貌出現，營造出一個幽雅的居住環境。首句點題，
接著契入道家觀想，援引《莊子》和《傳燈錄》禪意之語，〔註54〕說
明居士內心的澄澈清明，照見萬象，打坐忘形體，隱几與坐忘相通。中
段舉老且病的「呂興太守」作爲比較，「堆案滿前」的勞形體，與「閉
眼觀心」的忘形體，不啻爲強烈的對比。下句「願君勿笑反自觀」正是
此詩的主旨，詩人欲以此喚起對終極生命的價值反省。

事實上，若是能在主觀意識上的安頓，也就不必計較客觀環境上
離山林的遠近。古代隱士歸隱，多是選擇無人居住的僻靜之地，而在
宋代對一意仕進的讀書人來說，「隱不在山壑」，山水的眞正意義不在

〔註53〕蘇轍《欒城集》卷二十四。
〔註54〕《莊子・德充符》:「人莫鑑於流水，而鑑於止水。」《傳燈錄》:「法
融禪師入牛頭岩室。四祖問曰:『在此作什麼?』師曰:『觀心』。」
第四句引《莊子・齊物論》:「南郭子綦隱几而坐。顏成子游侍於前
曰:『何居乎，形固可使槁木，心固可使如死灰乎?』子綦曰:『今
之隱几者，非昔之隱几者也。』」

消弭對功名的追求，而是能從中得到心靈上的轉化和內定的淨化作用。劉摯〈寄題定州楊君園亭〉：

> 隱不在山壑，名園抱南城。吾竹有遠韻，泉石非世聲。林花品莫數，野鳥馴驚。主人堂其間，對靜心已清。……士于內與外，罕能權輕重。主人不待識，定無俗世情。（《全宋詩》卷六八二）

詩人借林泉竹石、花木禽鳥等山水景物來完成生命的歸所。「靜」而心「清」，滌除玄覽，故不須如清修苦士一樣的把自己放入荒寒的境地，杜絕一切娛樂休閒，而是可以在園林中自我追尋，權衡世俗內外輕重份量，於其中安身立命。

「隱」，是一種「遁」，一種「逃」，一種對現世的反抗，是而轉向另一種生命歷程的完成。陶淵明的〈桃花源記〉建構了一個理想的生命境界：

> 緣溪行，忘路之遠近，忽逢桃花林。夾岸數百步，中無雜樹，芳草鮮美，落英繽紛。……林盡水源，便得一山。山有小口，彷彿若有光，便捨船從口入。……土地平曠，屋舍儼然，有良田、美池、桑竹之屬，阡陌交通，雞犬之聲相聞。

「桃花源」，它是一絕對理想的地方，裡面有《老子》「小國寡民，老死不相聞」的影子，在一個自性圓滿的地方，無所爲是以有爲的安樂世界。所以「忽逢」兩字，強調不是隨意可到，不是可以來去自如的，是故，漁夫之後，官府想要再次進入桃花源，「遣人隨其往，……遂迷，不復得路」，終究無法再找到了。「桃花源」所建構的世界是人人安居樂業、自由平等的理想社會，是對混亂時代的反抗和不滿的心理投射。儒家內聖外王的政治思想結構，只有仁人才能實現，所謂的「仁」、「聖」關鍵在於個人修養的達成，桃花源的隱遁正提供了時人這樣一個有效途徑，而園林對歷代士人，也產生此種積極的作用，只有自己才是生命的主人。

> 初陽未燕樹陰輕，中圃留連底有情。……紫蓼青葵正堪掇，

　　於陵何必是逃名。(宋祁〈遊小圃〉,《全宋詩》卷二二四)
身心安頓在此,內外都獲得貞定,又何必以「逃」之名來作爲藉口呢?
　　宋人吳曾《辯誤錄》卷三〈寓簡〉篇提出:「天地陰陽之氣,無
不與政通。山川草木之祥,各以其類應。江海爲百谷王,人主之象也;
水善升降以潤萬物,德澤之象也。王者之園,必依山川。」「園林」
有山水之景,壺中世界是大地山川的縮影,統攝整幅景色,園主悠遊
其中,是否也如同一國之君,有臨泰山而小天下之感,園中一草一木,
一山一水,盡入眼簾,全都在指掌之中。雖然仕宦不如意,但是具全
的自性,足以撫平消解外在世界的寂寞。
　　「浩然放乎四海,古之君子,平居以養其心,足乎內,無待乎外,
其中潇漾,與天地相終始。」〔註55〕文人士大夫生命觀照在內心中,
永遠追求自身的理序,和天人和諧的相序關係,找尋生命終竟的安頓
之處,內外無待而逍遙。

第四節　審美觀

　　在中國源遠流長的文化中,宋代是歷史性的整合與創造的一個中
點。它具有和合的特質,又能建立自己的精神標的。「宋人美學觀念
的經驗範式,乃由唐人高格與晉人雅韻兩大原型的再闡組構而成。」
〔註56〕唐人壯盛的氣魄,晉人雅致的韻味,一爲宋人詩歌豪放下的沈
鬱頓挫,一爲詩歌婉約的簡淡清雅。兩者是詩人面對生命苦意與情趣
的一體兩面,主觀情志的調和下的心理狀態。
　　由於我國古代士人,普遍存在著對山水景色的欣賞和山水美的崇
尚,所以人們對空間的理解要比西方來得隨意、自由得多。在《文心
雕龍·神思篇》:「夫神思方運,萬塗競萌,規矩虛位,刻鏤無形。」
「神用象通,物以貌求。」主觀的情感思想,要通過主體對「象」的

〔註55〕蘇轍〈吳氏浩然堂記〉。
〔註56〕韓經太〈宋人美學觀念的結構分析〉,《宋代文學研討會論文集》(成
　　　　功大學中文系主編,1995 年 5 月)。

意念來表現。而此「象」在中國人的空間意識裡,所呈現的是一種「不拘形似」的思維模式。「天人合一」的藝術觀呈現在園林中正是「寫意」的審美方式和「心與物遊」的心靈境界。

由於中國的傳統是文人造林,因而中國園林可以說是與山水畫和田園詩相生相長,同步發展的,他們都十分重視神思和韻味。〔註57〕

作為一個生命主體,物我對待,「在天為命,在義為理,在人為性,立於身為心。」(程伊川)理學家在此強調了天地、人心的和諧一致,天、心、性歸於一理,這是「天人合一」的基本概念,與佛家「萬法唯心」是相通的。人不著於物象,泯除物我的蔽障,渾然與物同體,以心去體會外在的景觀,感受自然生命的力量,自能合納萬物,悠遊於天地間。

「寫意」的主要表現效果,是將園林的景緻於自然山水的意境和趣味。宗炳〈畫山水序中〉所謂「萬趣融其神思」,合乎了中國藝術主體精神的對物的觀照。莊子「天地有大美而不言,四時有明法而不議,萬物有成理而不說」,正是透過「觀天地之道」、「遠萬物之理」,體認「自足自存」的存在之理。因此整個園林的境界、布置就呈現一種「空故納萬境」(蘇東坡詩)的自然特色。因「空」的涵納,不論身心或空間就是「心」與「物」同遊的自由向度。

盛唐詩人給人的印象最深的,莫過於磅礡的氣勢以及宏偉的空間感。「大漠孤煙直,長河落日圓」(王維),「星垂平野闊,月湧大江流」(杜甫),視覺意象的寬廣,帶給人們外向式思考。宋人的感情是纖細、內斂的,相較於盛唐,是少有外向輻射式的空間向度,因此心理傾向所反應出來的詩歌和美的欣賞,與唐詩自然大異其趣。

宋人繼承前代,通過理學再開拓出新的詩歌境界。「北宋詩文革新運動是在『務本』與『致用』兩大思潮交匯處發生的。」〔註58〕這種心態下,宋人對儒學的重建,將外修轉向內省盡心知性,就日漸影

<hr />

〔註57〕彭一剛《中國古典園林分析》(臺北:地景,1988年)。
〔註58〕林繼中〈杜詩與宋人詩歌價值觀〉,《文學遺產》,1990年1月。

響詩文審美。〔註59〕宋人不喜壯闊奇美的藝術境界，代之而起的是閒淡悠遠的情懷。〔註60〕在詩歌的表現上，宋人則側重古淡之風，和畫意淡雅閒遠的追求，對於園林詩的寫作不無影響。

　　從生命哲學到審美心理，從審美心理到詩畫風貌，園林詩的審美觀點可從兩方面來說：

一、凝神觀照

　　當時禪宗的氣氛融入這些知識份子的審美情趣，王國維曾經指出有我、無我之境。事實上，人的感情鎔鑄在山水景物中，山水景物都體現著我的本心，而我的本心也有那景物。在直覺直觀下，物的界線可以泯除，由我出發，物沾染我之色彩，或是事物我融為一體，物中有我，我中有物，若即若離，亦不即不離，呈顯一種和諧平衡。萬物一體的靜默觀照下，時間和空間概念不存在，反過來說，它可以解釋為時間是古往今來，空間是上下四方，天地之大，無遠弗界。一片混沌、錯綜交叉的狀態，「心」是唯一的主宰，內外相應相合，讓人在理性中，產生知性之美。「士大夫向禪宗靠攏，禪宗的思維滲入士大夫的藝術創作，使中國文學藝術創作上，越來越強調『意』，即作品所蘊藏的情感與哲理，和創作時的自由不羈。」〔註61〕這種是宋代園林詩積極表現的地方。

　　不粘不脫，不即不離，與題太近則黏滯，與題太遠則疏解，疏促離合，當以「離形得似」為妙。〔註62〕園林詩以詠物寫景為主，當「以

〔註59〕《宋詩抄》引龔鼎稱美梅堯臣說：「去浮靡之習於昆體極弊之際，存古淡之道於諸大家未起之先。」《滄浪集抄》引蘇舜欽詩：「筆下驅古風，直趨聖所存」、「含將趨古淡，先可去浮囂。」

〔註60〕蘇軾論詩書的〈書黃子思詩集〉後：「予嘗論書，以謂鍾王之跡，蕭散簡遠，妙在筆畫之外：致唐顏、柳，始集古今筆法而盡發之，極書之變，天下翕然為宗師，而鍾、王之法亦微。至於詩亦然。蘇、李之天成，曹、劉之自得，陶、謝之超然，蓋亦至矣。」

〔註61〕葛兆光《禪宗與中國文化》，頁177（天宇出版社，1988年9月）。

〔註62〕張高評《宋詩之新變與代雄》，頁450～456，「強調詩美不全在形的描寫貌肖，而尤在曲傳事物之精神特質：不貴巧構形似，而貴傳神寫韻。其法在不即不離、若即若離之詞，如此則雕琢而無斧鑿之痕，

法眼觀之，知其神情寄寓於物」。〔註 63〕詩人掌握住欲表現之意旨，以「神似」來概括形象上瑣雜的描繪。

> 天邊毫末見千峰，景物都窮見不窮。因念當下小天下，亦如亭上老仙翁。（鄭俠〈見遠亭〉，《全宋詩》卷八九二）

首句言亭的地理位置極佳，可極目遠望，故乍看景物雖都「窮盡」，但涵納眾景的亭仍不斷湧現景象的生趣，所以是「不窮」，與亭是「又即又離」。話鋒一轉，因亭的位置如立天下間，故「小天下」，似「離」實欲引出「亭上老仙翁」，寫詩人此身在縹緲仙境，如仙翁般愜意快活。因「遠」而「窮」故「離」，因「離」而「緲」至「仙」境又「即」。

> 峰巒何迤邐，天際相依倚。如何是孤嶼，獨立澄明裏。（鄭俠〈孤嶼亭〉，《全宋詩》卷八九二）

先寫「亭」四周峰巒迤邐，與天際相連，似乎已離題。第三句「如何是孤嶼」，轉回本題，以旁物寫入，側筆凸顯群山眾壑間，一片湖光波影中孤立的亭。用反顯正，既不離本題，又不粘滯主題，饒有別趣。

下一首是許將的〈成都運司西園亭詩──西園〉（《全宋詩》卷八四〇）

> 高牙負北郭，芳園路西轉。鳥鳴戀故木，蘭茁歸新畹。坐延花景深，行倚筇枝軟。翳然思林木，會心不在遠。

同是以景為主題，首聯兩句不直接貼近核心起筆，從外圍進入。下起二句，切入主題，虛實相寫，即景抒情。頸聯不寫眼前景，尾聯總結開闊，以超然的審美感受，不粘滯於物的描繪，卻以心神領會，傳達對窗林景色的相應之理，透出禪趣。

> 樓峻城千堞，堤長竹萬竿。草芽生戢戢，花蕊落漫漫。走筆狂吟放，扶筇醉步蹣。屢回宜舞袖，甘著墮游冠。野老來窺坐，沙禽不避觀。兩行桃豔暖，一道柳陰寒。縱棹非

〔註 63〕 破的卻不粘皮帶骨，超脫形似，達到神似。」惠洪《冷齋夜話》卷四〈詩忌〉：「詩者，妙觀逸想之所寓也，豈可限以繩墨哉？如王維作畫，雪中芭蕉，法眼觀之，知其神情寄寓於物，俗論則譏以為不知寒暑。」

尋戴，掀車免效樂。官曹嗟倥傯，農事閔艱難。急景三春
好，浮生幾日歡。康強直行樂，此興不應闌。(韓維〈遊曲水
園和景仁〉，《全宋詩》卷四二六)

首四句實寫曲水園景，下起兩句側筆寫詩人樂在其中之意。接著二句
「屢回宜舞袖，甘著墮游冠」，以設想之語，虛筆提寫應做之事，至
此為一頓挫。次四句，實寫景色，接著四句轉筆寫詩人身在宦海之感，
發以議論。次二句轉回主題，「急景三春好，浮生幾日歡」一寫一論。
末聯兩句，以「及時行樂」作結，收束主題，此又為第二次頓挫。詩
句又即又離，不即不離，虛實並寫，實筆即景，虛筆寫情，點題持論，
將「曲水園」遊賞和尋求慰藉之用，表達無遺。

繞舍晴波聚釣仙，五龍池畔柳洲前。清虛不類侯家屋，輪奐
曾資母后錢。三面軒窗秋水觀，四時簫鼓夕陽船。攬將山北
山南翠，獨有黃昏得景全。(董嗣杲〈環碧園〉，《宋詩紀事》卷九
十)

環碧園為恭聖仁烈楊太后宅園。〔註64〕詩的首聯以實筆提寫，寫
「外」；頷聯二句以論述寫「內」，一論及園的特色，一記述園的來由。
四句均不直接描繪園景，亦與「園」相涉。頸聯以形寫神，圖繪出框
窗外的湖光山色和笙歌樂舞中的夕陽美景，細膩傳達園的面貌，是
「即」。尾聯先「離」後「即」，虛寫「攬翠」之情，再以實筆「獨有」
二字肯定的語氣，寫「黃昏」概攬全園之勝，作全詩之「合」。

　　凝神觀照在園林詩的體現上，強調著物我一體，用心靈神會感受
超越時空的美感經驗。

二、託物寄意

　　園林詩詠物寫景，不免要描摩物態，體物刻畫。「物」是廣泛的
界定，可能是單詠園中一景，或是全詠。詠物詩「寓興為上，傳神次
之。寓興者，取照在留連感慨之中，《三百篇》之比興也。」(陳僅《竹

〔註64〕《宋詩記事》卷九十，題注。

林答問》）〔註65〕

先看黃庭堅〈高至言築亭於家圃以奉親總其觀覽之富,命曰溪亭〉
（《黃山谷全集》卷十三外集）

> 逸人生長在林泉,更築亭皋名意在。明月清風共一家,全
> 以山川爲眼界。鳥度雲行閱古今,溪濱木末聽竽籟。老夫
> 平生行樂處,只今許公分一派。

全詩以「亭」爲寄託對象。詩人寫逸人高氏,終日與清風明月爲伴,
山川全都入眼簾。第五六句,採對句方式,以「鳥度」、「雲行」同
質性的意象,從外來象徵古今時空變異;以「溪濱」、「木末」關連
性的意象,從內寫亭「納眾籟」的本有特質。最後「平生行樂處」
呼應「築亭」之意,對應「逸人」之語,有凌風御虛,不與俗人同
之感。

再看一首黃庭堅以蓴羹起興寄託之詩。

> 年來高興滿蓴絲,寒薄春風駘蕩時。稍見燕脂開杏萼,已
> 聞香雪爛梅枝。老逢樂事心猶壯,病得新詩和更遲。何日
> 聯鑣向金谷,擬追仙翼到瑤池。（〈次韻清虛同訪李園〉,《黃山
> 谷全集·別集》卷上）

此詩以《晉史·張翰傳》竄入本題。當時張翰傳駕齊王冏辟椽。有一
次見秋風起,乃思吳中菰菜蓴羹鱸膾,曰:「人生貴得適志,何能羈
宦數千里,以要名爵乎?」遂駕乎東歸。詩人以「蓴絲」起興,寄意
人生貴適志,足見詩人用典之巧。頷聯兩句寫園景,譬喻冬去春來。
杏花含苞待放的「新生」,梅枝已被溶雪浸爛的「老去」,對比連結著
年老多病的詩人自己。由物而景映人,意境層層擴大,所傳達理念是
「園」的安頓適志。詩人擬喻晉富豪石崇的「金谷園」,表達對李園
華麗的讚嘆,並在精神上飛昇到仙境的瑤池之地,追求長生不死,希
冀如仙人般逍遙。詩意一波三折,層層點題,寄寓高遠。

〔註65〕見《清詩話續編》下（上海：上海古籍出版社,1983 年 12 月）,頁
2245。

　　再看楊怡〈成都運司園亭十首〉中的其中兩首詩：

　　花如窈窕人，宛在水中沚。當軒有餘妍，終日玩芳蕊。池
　　清藻壓枝，波動魚爭蕊。錦帳想含春，歸心浩然起。(〈海棠
　　軒〉，《全宋詩》卷八四一)

　　池臺密相望，曾是故侯宅。賞心知幾人，喬木已百尺。低
　　花拂烏帽，古蘚駁蒼石。欲問昔豪華，秋風掃無跡。(〈西園〉，
　　《全宋詩》卷八四一)

第一首以擬人化手法破題。「海棠花」比「窈窕人」，〔註66〕此用蘇軾
詩以海棠比擬如同從氤氳幽渺的煙嵐中緩緩走出的仙子，〔註67〕美人
海棠美豔高貴的形象，直是傳神。詩人從《詩經》裡脫出，把海棠想
像成「所謂伊人，宛在水中沚」。〔註68〕自古「美人」的形象就有「比
德」的象徵意義。前面虛筆寫花的美豔，遺世而獨立，實襯入己志。
詩人「以賓顯主」，「當軒有餘妍」強調海棠的高貴，出塵飄逸，其他
的園中裝飾的只不過是庸脂俗粉。中間鋪陳詩人當窗賞花、觀池之
情，以抑筆翻轉，末尾「錦帳想含春」，「含春」暗喻自明其志，堅守
自持，歸隱之心便浩然而起。前後呼應，擬物為人，花品如人品，再
抒情懷，設想新奇，超脫變化，意境生動。

　　第二首以園的更時易主，寫昔日故侯宅繁華極勝，終究風吹無跡
了無痕。前面六句皆對句型式，寫今昔之比，尾聯以問答收尾，昔日
情景不堪回首，留下無限哀愁，寄寓深沈的感慨。詩人以陶淵明、杜
甫寫詩的精神為學習對象，對事物都多加了一層抒情寄慨的寫史精神。

〔註66〕羅大經《鶴林玉露》卷一：「洛陽人謂牡丹為花，成都人謂海棠為花，
　　　　尊貴也。」宋第一位為海棠作譜的沈立在任職四川時寫下《海棠記》，
　　　　其序曰：「立慶曆中為縣洪雅，春多暇日，地富海棠，幸得為東道主，
　　　　情其繁豔，唯一隅之滯卉、為作海棠記敘其大概。」
〔註67〕蘇軾〈海棠〉：「東風嫋嫋泛崇光，香霧霏霏月轉廊。只恐夜深花睡
　　　　去，故燒高燭照紅妝。」王水照選注《蘇軾選集》，頁 154：「《冷齋
　　　　夜話》指出末二句，事見《太真外傳》。」
〔註68〕《詩經‧秦風‧蒹葭》：「蒹葭采采，白露未已，所謂伊人，在水之
　　　　涘。溯洄從之，道阻且右，溯游從之，宛在水中沚。」此詩景色淒
　　　　迷，高逸出塵。

　　「藝術是通過感性的對象，表現某種非感性的東西，這一功用為基礎的。」〔註69〕「一切藝術是以通過體貼生命之偉大處得來的。」〔註70〕「儒家的重實踐、重社會的入世哲學，表現在審美理想上，是引導人們積極的面對人世間現實的生活。強調情理結合，不是單純對自然美的迷戀。」〔註71〕朱熹說：「作詩須從陶、柳門庭中來乃佳；不如是，無以發蕭散沖淡之趣，無由到古人佳處。」〔註72〕宋人創作標榜古淡，重理趣，和唐朝人重直觀、具象且氣勢磅礴的大塊文章不同，因此山水景物在宋人的眼光下所呈顯的是一種概念化理性的意與理。宋人對園林美的內涵的創作，將在下章美學意境中，對美的表現形式做一探究。

〔註69〕《藝術學》（臺北：駱駝出版社，1991年）。

〔註70〕方東美《中國人生哲學》，頁55，黎明文化出版社。

〔註71〕劉天華〈《園冶》的美學思想〉，《美學與藝術評論》（二）（復旦大學出版社，1985年5月）。

〔註72〕見《鶴林玉露》甲編卷六所引。

第五章　北宋園林詩的美學意境

　　中國古典園林在設計上最大的特點就是藝術意境的創造。園林不是孤立的構成，而是一個綜合體。它包含著詩歌、繪畫、音樂、建築等藝術創作。繪畫著重線條、色彩，音樂重旋律、節奏，詩歌重音韻、意涵，建築重實用、美觀。園林是空間藝術，總括一切藝術的精華，化抽象為具體，化理論為實際。詩、書、畫在美學上都有共通之處，「詩畫本一律」，〔註1〕是自唐朝以來的美學論題。在宋朝由於三教合流的背景下，文人的伸入畫壇，宋代畫院的興起，與民間工匠畫風的分離，造成以寫意山水畫的誕生，所謂庭園藝術開始定型。

　　宋繪畫以山水為主，郭熙〈論古今優劣〉中提到：「若論佛道人物、士女牛馬，則近不及古。若論山水林石，花竹禽魚，則古不及近。」園林是再造的山水。園主身兼詩人畫家身份其心思巧構，在有限的範圍佈置中追尋「象外之象」、「景外之景」。南朝謝赫在《古畫品錄》中說：「若拘以體物，則未見精粹：若取之象外，方厭膏腴，可謂微妙也。」巧構形似的圖形寫貌，只能停留在有限的孤立的物象，而要突破這有限性，必須「體現物我、宇宙本體和生命本質的生生之理，也就是一種『氣韻』」，〔註2〕所產生的意境。

〔註1〕蘇軾〈書鄢陵王主簿所畫折枝〉二首：「論畫以形似，見與兒童鄰。賦詩必此詩，定非知詩人。詩畫本一律，天工與清新。」
〔註2〕葉朗《中國美學史大綱》（臺北：滄浪出版社，1986年）。

　　早在唐·王昌齡的《詩格》中，對於「象」的搜取，已與境對舉，「搜求於象，心入於境，神會於物，因心而得。」「處身於境，視境於心，瑩然掌中，然後用思，了然境象，故得形似。」人取象於物，內心於境象中有所神會，心中呈現與物交感的和諧狀態，自能構築圓滿的時空意象，亦能把握物象的神韻。晚唐·司空圖提出「思與境偕」（〈與王駕評詩書〉）的意境特徵。意境的元素爲「情」、「景」二字。有眞景物、眞感情才是有境界。中國山水畫所描寫，非直接眞山水的搬移而是必須經畫家的鎔鑄寫「胸中丘壑」。園林眞山水的再現，亦是摹寫「胸中山水」。

　　莊子提出「象罔」，把虛實、有無在「道」的把握下統一起來，「境就是象罔」。〔註3〕「意境」即是在超越的物象外，將自然與個人之間物我、情景交融的描寫，推向「得其環中」的美學境界。

第一節　壺中天地

　　宗炳《畫山水序》：「則崑閬之形，可圍於方寸之內，豎劃三寸，當千仞之高，橫墨數尺，體百里之迥。」〔註4〕文人鍥而不捨的努力，在有限的空間範圍創造深廣不一、形態畢異的藝術面貌。

> 蕭條北城下，園號李家媼。繫馬古車門，隨意無灑掃。鳴禽驚上屋，飛蝶紛入抱。竹林淨如濯，流水清可澡。閑花不著行，香梨獨依島。松枝貫今昔，林影變昏早。草木皆蒼顏，亭宇已新造。臨風置酒樽，庭下取栗棗。……（蘇轍
> 〈和子瞻鳳翔八觀八首——李氏園〉，《全宋詩》卷八五〇）

〈李氏園〉，爲前代李茂正園也，俗稱皇后園。詩人遊此園，看到前代私家園的景觀，有竹林、花墓、小島、亭宇，模擬自然山水的景色，

〔註3〕 葉朗《中國美學史大綱》上冊，頁 273（臺北：滄浪出版社，1986年）。

〔註4〕 于安瀾編《畫論叢刊》上，頁 1（臺北：華正書局，1984年10月），「夫以應目念，爲理者類之成巧，則目亦同應，心亦俱會。應會感神，神超理得，雖復虛求幽巖，何以加焉？」

儼然是一個自足的小天地。詩人在一片蕭瑟中不禁滿是感懷。

　　園林由先秦時代的大型園，漸走向唐宋精緻小巧的園林型態。尤其文人的私家園，佔了園林的多數。繼唐代文人園的萌芽，宋代士子把他們的思想精神放入小園中，文人的心態不是誇耀園的富麗豪華，而是藉著園林的建築，讓自己在這塊天地中「目所綢繆，身所盤桓」的層山疊水，都能突破狹小空間的拘圍，超越有限圍牆的界限。因此他們無所不用心的規畫設計「一壺天地」的景觀，讓自然山水美景都能涵容在一方天地裡，將天地之大，移縮到個人的小宇宙。而此一風氣，對大型的皇家園林、寺廟園林而言也有這樣的趨向。

　　「以小觀大」是園林空間設計的基本原則。咫尺千里，尺列千尋，一方空間，「隱現無窮之態，招搖不盡之春」〔註5〕更是「壺中」所要達到的目標。

　　　闢地不盈畝，點綴成阻修。相招竹林逸，更作桃源遊。（孔
　　　武仲〈徐成之園亭三詠——竹徑桃花〉，《全宋詩》卷八八〇）
園，是另闢在居住屋舍旁邊的一塊地方。詩人說：「闢地不盈畝，點綴成阻修」，園主嚮往魏晉文士竹林七賢雅緻的生活型態，寫嚮往陶淵明理想的人生境界，所以在這塊狹小的天地，園主極力去佈置裝點，種上竹林桃花，隱身於自創的樂園中。

　　　我愛君家似洞庭，卻疑身在小蓬瀛。白波潭上魚龍舞，紅
　　　葉村中雞犬聲。……（朱京〈題清芬閣〉，《全宋詩》卷八九三）
詩人的朋友所居是一個天然的山水園，有波潭、小村，難怪詩人說：「君家似洞庭」。據〈湘妃廟紀略〉：「洞庭蓋神仙洞府之意」。〔註6〕洞庭煙波浩渺，渚清沙白，湖中有山島君山，四面環水，有大小七十

〔註5〕計成《園冶》語（臺北：明文書局，1983年）。

〔註6〕洞庭湖在湖南省北部，北達長江，南接湘、資、沅、澧四水，面積二千八百二十平方公里，號稱八百里洞庭，是中國第二大淡水湖。宋范仲淹〈岳陽樓記〉：「銜遠山，吞長江，浩浩蕩蕩，橫無際涯，朝暉夕陰，氣象萬千。」引自張承安主編《中國園林藝術辭典》（湖北人民出版社，1994年4月）。

二座山峰。似神仙境地的小蓬瀛，不就是壺中天地最好的寫照。

> 南宮仙郎綠髮翁，歸來甲第荊城中。翁家祖世有名德，至
> 今孫子傳清風。園亭繼繼事營治，增華到此窮智工。鋪張
> 百物各有職，崢嶸一界疑壺宮。……朱欄曲檻巧暉映，曉
> 風夜露香溟濛。溪魚野鳥樂情昊，碧蘿怪石依長松。……（劉
> 摯〈題致政朱郎中适園林〉，《全宋詩》六八○）

此詩先從背景介紹，以述敘方式進入朱郎中的園。從他的退隱、家世、
家風，再說園亭建築之盛，至此最是一番好風景。下面四句以賦爲詩，
四個排比句，兩兩對比，摹詠園中建築佈置的巧思和特色。詩句中有
顏色、溫度；有動態、靜態，虛實相生、虛實相寫。

　　園林佈置和繪畫有共同的追求，「凡畫山水，意在筆先」。〔註7〕
「意」是主宰整座園林風格逸趣的指標。心中先有一個想法、概念，
之後依照這樣的神韻去創造一個新的空間。在內容上，文人可以隨心
所欲自由發揮。在形式上，有一定遵循的理序。「凡畫山水，先立賓
主之位，次定遠近之形，然後穿鑿景物，擺布高低」（李成《山水訣》）。
一方小園必須在有限的範圍內做最有效的利用。先立「賓」、「主」，
何者是「園」內最主要的建築，何者爲次，花竹石土各有風韻，如何
凸顯出園主的情懷和品味，是值得關切的問題。

（一）移天縮地入君懷

　　宋代園林的表現，主要在於「自然」的追求。如計成《園冶・園
說》中提到：「……山樓憑遠，縱目皆然，竹塢尋幽，醉心即是。軒
楹高爽，窗戶虛鄰，納千頃之汪洋，收四時之爛縵。……巖巒堆劈石，
參差半壁大痴。……遠峰偏宜借景，秀色堪餐。……」雅致淡遠的生
活情調，如同文人畫的清幽，尤以留白的畫境予人想像的餘地，留下
無限冥想的空間。

　　中國古典園的景觀，大致可以分爲山水、花木、建築。山有土山、

〔註7〕荊浩〈畫山水賦〉，見于安瀾主編《畫論叢刊》上冊（臺北：華正書
　　　局，1984年10月）。

石山（假山）、丘阜。水有河、池、泉、澗、瀑之別。花木有喬木和灌木。而園內的建築則包括了軒、閣、樓、臺、亭、堂、齋、榭等形制。

文同〈子駿運使八詠堂〉八首（《全宋詩》卷四四四），題詠的是子駿運使其園居的景色，有「亭」、「軒」、「堂」、「齋」。包括〈寶峰亭〉、〈桐軒〉、〈柏軒〉、〈竹軒〉、〈巽堂〉、〈山齋〉、〈閑燕亭〉、〈會景亭〉等建築，園主多以植物比德，來做為建築命名。

同樣的在〈李堅甫淨居雜題〉（《全宋詩》卷四四七）詩中〈書齋〉、〈畫齋〉、〈春齋〉、〈秋軒〉、〈檜軒〉、〈水亭〉、〈退庵〉、〈北堂〉，則以建築物的功用和季節名稱而命名之。在〈和壽州宋待制九題〉（《全宋詩》卷二四三）詩中，園中建築命名為〈熙熙閣〉、〈春暉亭〉、〈白蓮堂〉、〈式宴亭〉、〈秋香亭〉、〈狎鷗亭〉、〈齊雲亭〉、〈美蔭亭〉、〈望偃亭〉以生命情調和逸趣為主，都各具巧思和情趣。

郭熙「身即山川而取之」〔註8〕的繪畫命題，強調畫家要以心直觀山水景物，多角度的去觀看自然，畫家的心自然感染山水之情。如《文心・物色》中所說：「山沓水匝，樹雜雲合，目既往返，心亦吐納，春日遲遲，秋風颯颯，情往似贈，興來如答」。園林的美景和主體能動者互相的感應，主客體兩者在和諧平衡的關係中獲得統一。一壺天地中就能化大為小，移天縮地，將自然之景搬到園中，寄寓了園主無限的情思。做為公共園林的西湖，本身就是一個園景，隱居於此的林逋，又於中創造出屬於自己的一方之園。

> 岸幘倚微風，柴籬春色中。草長圍粉蝶，林暖墜青蟲。……
>
> （〈小圃春日〉，《林和靖集》卷一）
>
> 一徑衡門數畝池，平湖分漲草含茲。微風幾入扁舟意，新霽難忘獨繭期。……（〈園池〉，《林和靖集》卷二）
>
> 蓮香如綺細漾漾，翡翠窺魚裊水莊。卷箔未生單簟月，憑

〔註8〕葉朗《中國美學史大綱》，〈宋元書畫美學〉一文對此議題有深入探討。

> 欄初過一襟風。橫敧片石安琴薦,獨傍新篁看鶴籠。……(〈夏
> 日池上〉,《林和靖集》卷三)

林逋的小園是位在自然美景的山水之間。故第一首詩開始兩句「岸幘
倚微風,柴籬春色中」以「微風」、「春色」烘托園的自然性,故粉蝶、
青蟲都是詩人的好友。第二首是對園的概述。西湖之美在詩人面前不
過是小園前那數畝池,微風清吹,畫船映入眼簾,詩人用「繭」這樣
一個象徵形容他的園居生活。繭的封閉性、自足性,是與外界相隔絕
的。所以第三首,描繪了他淡薄的生活,以平和的口吻,寫蓮香、水
莊、風和月,天地之間都入他的胸懷。眼前出現的風景圖畫,畫中有
我,景中有我,把有形的「物象」移到無形的「神韻」中,從客體轉
到主體身上,個人的情思力量,揭示園林中「我」的主導地位。

再看一詩,韓琦的〈眾春園〉:

> 中山雄北邊,地得要害扼。……漢吏稱循良,在宣布恩澤。
> 茲吾治廢園,大揭眾春額。庶乎時節遊,使見太平跡。園
> 中何所有,風物難具籍。方塘百畝餘,遙派逗寒碧。虛亭
> 跨彩橋,孤嶼聳幽石。環堤柳萬株,無時張翠帟。移得江
> 南天,不覺萬里隔。芳林灼灼花,次第錦繡坼。三春爛熳
> 時,為民開宴席。…… (《全宋詩》卷三一八)

首句先言「眾春園」的位置,接寫詩人治廢園的原因及功勞,再自我
稱讚一番。從「園中何所有」起句,通過問句形式以八個排比句,顧
及層次感的描繪,呼應詩題「眾春」,眾景烘托春天,將熱鬧又迷人的
春天之景散入園林佈置中。詩中利用色調、數字、觸感、情緒等人物
格的形容詞和動詞,十分細緻的刻畫池亭石木,不覺映入一幅江南圖
卷。「移得江南天,不覺萬里隔」,空間上的大搬移,似乎在眾人的眼
中閃逝而過,下四句點題「眾樂」,遊園的過程都陶醉在無邊的景色中。

> 壺中春色飲中仙,騎鶴東來獨惘然。猶有趙陳同李郭,不
> 妨同泛過湖船。(蘇軾〈次韻德麟西湖新成見懷絕句〉,《全宋詩》
> 八一八)

詩中自註謂洞庭春色也。詩人把公共園林稱為「壺中」,有一般小園

的自足性外，也有神仙洞府的寓意。天地之廣，納入一方山水間，以
小見大，別有境地。

> 冥冥造化意，似見元氣兆。不然此中石，詭怪安能了。刻
> 劃如爲人，幽奇若爭巧。虎臥溪勢長，龍存鼎形小。誅茅
> 得此地，勝概紛天矯。東南引一水，又出人意表。瀉溜無
> 冬春，瀚奔極昏曉。跳波駭潛虬，濺珠濕飛鳥。主人去城
> 市，崖谷情悄悄。澗戶雲溶溶，山窗風嫋嫋。孤城重顏謝，
> 柱史才江鮑。共美崖壑遊，題詩石林杪。（董英〈孫氏池亭得
> 小字〉，《全宋詩》卷六七八）

全詩文字充滿散文式的句法，尤其是虛字的連綴，讓詩在一波三迴
的轉折中，一景又一景的循線前進。起首以一種懸怪的口氣入題，
先假設後肯定，再點出園眼──「石」字。它的奇譎，詩人以兩句
來形容怪石的形象，有山林之感。若眼點由小照大，按著二句寫全
園地勢之佳。「虎臥溪勢長，龍存鼎形小」，有「形」有「勢」，風水
之好，〔註9〕故得勝概。下二句，以誇張筆法「又出人意表」，彷彿
園中到處滿是玄機。接著四句寫水的動態感。「瀉」、「溜」、「瀚」、
「奔」、「跳」、「駭」、「濺」、「濕」等擬人化手法，極盡物態之能事，
有江河之勢。詩的前半部，以急促、動態點染出園裡的石溪山池；
後半部寫園與大自然景色的交融，是緩慢、靜態的。「情悄悄」、「雲
溶溶」、「風嫋嫋」，疊字的運用，音韻拉長，人工造景與天然美景，

〔註9〕　「風水理論的發展過程中，對於建築環境景觀中空間構成方面諸如高
　　　　低大小、遠近離合、主從虛實、整體局部，動靜陰陽等等視覺感受及
　　　　內在規律，遂逐步得到認識和把握，再由實際經驗體悟而導向於理論
　　　　思維，從用「形」、「勢」概念而進一步概括抽象。終於衍生出一套系
　　　　統，內涵豐富而科學，並具有哲學性的理論的「形勢說」。風水形勢說
　　　　的相關理論，主要圍繞著「形」和「勢」的基本概念而展開。依《管
　　　　氏地理指蒙》、《郭璞古本葬經・內篇》等所載，有關風水形勢說一些
　　　　論旨如下：「遠爲勢，近爲形，勢言其大者，形言其小者。」「勢居乎
　　　　粗，形在乎細。」「千尺爲勢，百尺爲形。」「勢如根本，形如蕊英：
　　　　英華則實固，根遠則幹榮。」以上理論參見王其亨〈風水形勢說和中
　　　　國古代建築外部空間設計探析〉，見《風水理論研究》，頁93～125（臺
　　　　北：地景企業股份有限公司，1993年11月初版）。

融爲一體，幽情似乎也隨之開展。末尾以山水詩人顏謝、江鮑「共遊」二字，總結山水之摹繪。「山性即我性，水情即我情」，〔註10〕表達創造山水的心境，有移天縮地入君懷之感。

（二）題名賦詩寄詩情

中國古典園林的趣味在於「藏」，是含蓄隱微的。詩化的題名常帶有園景趣味和自述的理趣。透過幾個字的含意，將園林的主題意識作更傳神靈動的表達。北宋園林的「題名」多以方位、人名、字號、地域、風景、意趣來做稱呼。

洪邁在《容齋隨筆》認爲：「立亭樹名最易蹈襲，既不可近俗，而務爲奇澀亦非是」，而且「東不可名園」。〔註11〕他認爲園名能表現個人意趣的亭名，十分具有特色。以下就詩句中，看詩人如何賦予題匾新生命。

司馬君實的「獨樂園」、蘇舜欽的「滄浪亭」、邵雍的「安樂窩」這是眾所皆知的名園，題名與隱逸有很密切的關係。先看蘇軾〈監洞霄宮俞康直郎中所居四詠——退圃、逸堂、遯軒、遠樓〉（《全宋詩》卷七九四）

> 百丈休牽上瀨船，一鉤歸釣縮頭鯿。園中草木春無數，只
> 有黃楊厄閏年。（〈退圃〉）

《漢書·武帝紀第六》：「下瀨將軍」。〈伍子胥書〉：「有下瀨船。」上瀨傳言難也。〔註12〕蘇軾以「行舟」不進則退，援典出以新意；（鯿）魚肥美怕被釣，故「縮頭」；黃楊一歲長一寸，欲閏退三寸，如紀昀所說：「句句皆含退意」。〔註13〕「退圃」有強烈的隱遁之意，詩人寫

〔註10〕明·唐志契撰〈繪事微言——山水性情〉，《畫論叢刊》（1984 年 10月）。

〔註11〕洪邁《容齋五筆》：「今人亭館園池，多即其方隅以命名。固爲簡雅，然有當避就處。」

〔註12〕參看《漢書》，頁 187（臺北：史學出版社，1974 年 5 月）及清·王文誥、馮應榴輯注《蘇軾詩集》（臺北：學海出版社，1985 年 9 月）。

〔註13〕參看《蘇軾詩集》卷十一。

來無一「退」字，卻步步爲退，不以說破，爲一格。

> 新第誰來作並鄰，舊官寧復憶星辰。請君置酒吾當賀，知
> 向江湖拜散人。(〈逸堂〉)

起首以問句入題，「新第」、「舊官」之語，展現詩人捕捉官場上現形
樣態，政治的無情、新舊的交替，不如退隱逃逸而去。第一句勸人歸
隱，第二句加強退隱的決心。〔註14〕末句以「江湖散人」歸結「逸」
字，十分安貼。

> 冠蓋相望起隱淪，先生那得老江村。古來眞遯何曾遯，笑
> 殺踰垣與閉門。(〈遯軒〉)

這裡引用了《孟子‧滕文公》:「古者不爲臣不見。段干木踰垣而辟之，
泄柳閉門而不內。是皆已甚，迫斯可以見矣。」段干木跳牆躲避來訪
的魏文侯；泄柳關起大門不讓魯穆公進去，而最後他們兩人還是見了
公侯。〔註15〕古來士人「何曾遯？」蘇軾用「踰垣與閉門」的典故，
來譏笑那些口是心非的，以退爲進的有心人。以反顯正，來詮釋「遯」
字，實有深意。

> 西山煙雨捲疏簾，北戶星河落短簷。不獨江天解空洞，地
> 偏心遠似陶潛。(〈遠樓〉)

「西山煙雨」、「北戶星河」，上句是平面橫向的感覺，下句是縱貫垂
直的仰視角度，這構成的立體空間，爲「遠」字鋪陳下了註腳。以陶
淵明〈歸園田居〉一詩「結廬在人境，而無車馬喧。採菊東籬下，悠
然見南山」，第三四句心境上的遠，能超越現實客觀環境的條件的限
制，更能傳神表達「遠」的精神含意。

再看蘇軾兩首寫〈和文與可洋川園池〉詩:

> 煙紅露綠曉風香，燕舞鶯啼春日長。誰道使君貧且老，繡

〔註14〕白居易〈勸楊侍郎買東鄰宅〉:「勸君買取東鄰宅，與我衡門相並開。」
劉禹錫〈寄澧州元郎中〉:「朝驅旌旆行時令，夜看星辰憶舊官。」《文
粹‧陸龜蒙散人歌》:「官家未議活蒼生，詔賜江湖散人號。」參見
《增補足本施顧註蘇詩》(臺北:藝文印書館)。
〔註15〕《四書讀本》(臺北:三民書局，1983年)。

屏錦帳咽笙簧。(〈披錦亭〉,《蘇軾詩集》卷十四)

月與高人本有期,桂簷低户映蛾眉。只從昨夜十分滿,漸
覺水輪出海遲。(〈待月臺〉,《蘇軾詩集》卷十四)

第一首詩,首聯以色彩鮮豔,意象豐富的圖畫映入眼簾。動靜相宜,聲
色相宜,襯顯春天繁花似錦,生氣盎然的景象。第三句轉筆寫「使君貧
且老」,老人似乎和昂揚的春天不能劃上等號。詩人巧用旁物「繡屏」、
「錦帳」正好和第一、二句結合,以「笙簧」收束,聲籟中充滿畫意。

等待的心情是非常漫長的。第三首詩詩人把月亮、高人、蛾眉三
個意象巧妙結合,月亮因貪看蛾眉而忘了與高人時間的約定。第三、
四句「只從」、「漸覺」時間上緩慢的推移,讓「待」字在無聲息中更
覺漫長難捱,呼應「遲」。「待月」之名,在詩情上有更大的發揮空間。

釋惠洪〈任价玉館東園十題〉(《石門文字禪》卷八)有二首寫亭:

四注開野亭,面面可人意。我來俯危欄,寒傲我縱倚。應
接迷向背,轉顧風掠耳。鄰寺一鐘聲,墟落孤煙起。(〈四可
亭〉)

尚記登臨時,風日初盎盎。忽驚無邊春,登我上眉睫。情
歡鳥聲樂,意適游絲放。我非連眉郎,搜詩聊植杖。(〈覽秀
亭〉)

第一首詩,首句開門見山,亭的四面虛空,面面可人,從亭的建築外
貌上,題名為「四可」。接著寫欣賞景色的愉悅之情,從自己、外物、
景色上舖寫,詩人徜徉在觸覺、聽覺和視覺感官的享受當中。

下一首,詩人以遞進的記敘式寫初登亭的心情,所見之景,自遠
而近,所有景物一覽無遺。而「覽」盡眼前景,正是亭的功能。下兩
個對句,寫詩人情意之所適,「搜詩」、「植杖」,陶醉在無邊的光景中,
環扣住亭名「覽秀」二字。

釋道潛〈賦王立之承奉園亭〉詩(《參寥子詩集》卷十一):

經綸志四海,齟齬不得申。大裘縱千丈,姑覆洛陽春。(〈大
裘軒〉)

建功立名本是讀書士子的一條進路，詩人以一正一反合的句法，先立後破再合。想要一伸抱負，卻不得志，用誇張筆調，以「裘」之大，欲覆蓋洛陽，「志」不得放諸四海，不如放懷自適，用想象征服現實，顯得狂放不拘，富於諧趣。

> 子雲草玄時，載酒客常滿。君今慕若人，竹戶誰來欽。(〈載酒堂〉)

以今比古，援引揚雄寫太玄時居於草堂的典故，「載酒客常滿」之句相應於園亭裡「載酒堂」之名。今昔呼應，當年揚雄意氣風發之時，賓客友人往來絡繹不絕，今日想慕他年盛況，悽清之勢，問句結尾，引人深思。

> 潭潭百尺井，汲引鳴飛瀾。驚回午醉客，一漱齒煩寒。(〈漱醉亭〉)

首二句寫亭前的潭水清涼、深邃，旁寫他意，實欲引出第三句「驚回」醉酒的夢中客，客人猛醒忽飲潭水的糗樣，頓時冰冷的水使得齒頰打顫，末尾以拙趣點題，詩人妙想，不禁引人一笑。

> 君家十亭觀，棋置宛相望。是中富墨妙，偉哉蘇與黃。(〈頓有亭〉)

亭中空納虛，涵攝萬物，詩人以亭子開放的空間景觀，視野宛如一張畫紙、富筆墨之妙，於其中寫入顏色，極有禪趣。

> 扶疏陰佳木，五月風來徐。淵明方偃臥，亦是愛吾廬。(〈亦愛亭〉)

詩人以陶淵明〈讀山海經〉一首「孟夏草木長，遶屋樹扶疏。眾鳥欣有託，吾亦愛吾廬。」自比陶潛躬耕歸隱，閑淡自適的生活。「亦愛」，今人愛古人，抑或古人惜今人，生活情趣溢滿胸懷。

> 長安富貴人，歲月馬上催。岸巾怡永日，心事獨脩然。(〈永日亭〉)

對比手法形象鮮明的寫富貴之人忙碌終日，而心無罣礙之人，悠然自得才能怡然永日，以逸趣對那些汲汲追求外在積累的人物，寄寓同情和批評。

　　南華鑑止水，炯然見鬢眉。夫子果能定，物豈逃妍媸。(《求
　　定齋》)

第三句的「定」字，《大學》有云：「知止而後有定，定而後能靜，靜
而後能安，安而後能慮，慮而後能得。」彰明自己靈明之性，萬物一
切定然有序、媸研美醜無逃於定理。

　　宋代開始大量運用「景題」，並賦予園林標題的性質，來抒發園
林主人的思想情懷，傳達園林的美學意境。「景題」彷彿是畫的題款，
透過文學的形式，把造園藝術和文學詩畫的結合，推向更高層，這可
說是對開啓後代詩畫合一的文人園林的重要成就之一。

第二節　和合之美

　　中國古代哲學和合美學中，由於封建禮樂宗法制度的背景因素，
這種社會性的約束力把「和」當作是處理內部秩序與外在倫理矛盾組
合的必然方式。

　　《禮記・中庸》：「中也者，天下之大本也；和也者，天下
　　之達道也。至中和，天地位焉，萬物育焉。」

「中和」對古代「宇宙觀」、「人格觀」以及「思維方式」等傳統文化，
是放到「天人」體系中來建立的。故著眼於社會人群的「禮者，法之
大分，群類之綱紀也。」〔註16〕漢朝的積極承續拓展天人的外部框架。
魏晉以後，人們已不再傾盡全力於此，自覺意識的抬頭。宋儒以哲學
精神的理性和自由，繼承前代對文化的見解，從中吸取與改造，主張
「由異在、外超越的『理』，向內在的內超越的『心』轉化，從客體
絕對理性向主體意識良知轉向，這種轉向使心包容了理，理落到了心
中。」〔註17〕理學掛帥，實吸納了佛儒道三家，對中國文化來講，從
排斥、對立到融合，把禪宗、儒家、道家，甚至道教都和合在一起。

〔註16〕《荀子・勸學》。
〔註17〕張立文〈中國哲學形上和合的建構——和合形上學〉(三)，《中國文
　　　　化月刊》。

文化的包容力，使園林兼有禪的思維，詩歌的詩情，水墨的畫意，書法的空間藝術。司馬光〈迂叟‧兼容〉：

> 沱潛於江也，榛楛之於山也，兼容焉可也。

「創造人與自然生態環境的內在一致，對稱平衡的發展，使人、社會、自然關係達到一個新境界，這便是和合。」〔註18〕這種知性還原，比先秦儒家所講的「中和」透顯出更多自主的存在。「和合之美」可說是宋代美學突出的表現。

「和合之美」在園林詩要達到詩歌與其他藝術美感的共感。「宋人立足於詩歌本位，多方借禪學、繪畫、理學、老莊、仙道、戲劇、書法、經義、史筆等」〔註19〕技巧，對詩歌的內涵多所啟發，形成豐富多樣的詩歌特色。先看二首詩：

> 起行西園中，草木含幽香。榴花開一枝，桑棗沃以光。鳴鳩得美陰，困立忘飛翔。黃鳥亦自喜，新音變圓吭。杖籬觀物化，亦以觀我生。萬物各得時，我生日皇皇。(蘇軾〈西齋〉，《蘇軾詩集》卷十三)

> 西園日修整，竹樹相綴屬。春華猶未敷，氣象鬱函蓄。密雨昏遠林，輕寒傍脩竹。於此隱几坐，物我同一目。弟妹四五人，時來問幽獨。我云憂與樂，在志所徇逐。無厭萬鍾慊，有道一簞足。置是不須議，春醪滿樽綠。(韓維〈西園〉，《全宋詩》卷四一八)

「杖籬觀物化，亦以觀我生」、「於此隱几坐，物我同一目」，物我的共處以及物我美感的表現，都在一種自然無為的和諧之中。面對著園林中的草木、榴花、桑棗、禽鳥，驚覺他們都自得自在的存在於園中的一角。不論草木幽香和密雨遠林、鳩鳥與黃鳥的鳴叫聲，在詩人眼中，「籠天地於形內」，借用老莊學說、禪理來指陳園林景物各得其時，萬物所處的位置都是這麼的恰當，一切因為有「道」，自自然然。「禪」的無心任自化，「道家」的身與物逍遙，滲入園林詩中的不僅只是景

〔註18〕同上。
〔註19〕張高評《宋代文學研究叢刊》第二期，〈和合集成與宋詩之新變〉。

物的描摹，而是一種思想上的融合和生活經驗的指導。

如同韓維強調的「我云憂與樂，在志所徇逐。無厭萬鍾慊，有道一簞足」。「觀道」是理智和經驗統一的直觀，天地中冥冥有其秩序和法則。仕途不可強求，但是自樂卻是時時可得。詩人雖仕途不意，心有所憤懣，然天地萬物各有其所，各得其位，滿眼的綠意，勃發的生機，憂樂何足掛於心？蘇軾的「皇皇」，無不是如陶淵明般「何不委心任去留，胡爲乎皇皇欲何之？」〔註20〕的決心了。

園林的山水能有著和諧有序的美感。同樣，兀立在在郊野的園亭，也保持著和自然之間，協調而平衡的美感。

> 亭在西山積翠中，煙嵐氣象一重重。芰開簷際偏高竹，見得雲間最後峰。野色爲誰長鬱茂，物情於我似從容。年來已有林泉興，倚著闌干興轉濃。(呂陶〈登攬秀亭〉，《全宋詩》卷六六七)

> 常時洲島隔波瀾，故覓君山直上看。卷畫園林春減色，水晶宮闕畫添寒。州城斜引群峰小，湖面平吞數澤寬。坐久西風響喬木，扁舟思到武陵灘。(孔武仲〈登涵暉亭〉，《全宋詩》卷八八四)

詩歌的形象塑造，追求神韻，境界創造，追求意趣，是常常借用繪畫理論的。第一首詩用「積翠」、「煙嵐」濃淡不一、層層相次的墨色，寫的是烘托山中的一「亭」。「畫煙要得昏昏沈沈，朦朧不明意象。其墨色宜淡，近處略用顯明。」「凡畫煙霧，有內染外染之分，蓋一幅畫中非有四五層屯鎖，定有三層斷滅。」(《繪事微言》唐志契) 撥開簷際的遮蔽，雲氣氳氲中，遠處最高的山峰若隱若現，漸層的渲染，隨著水氣緩緩在空氣中暈開，如同在畫紙上放大擴散，形成水墨山水。「畫貴深遠，荒荒數筆，近耶遠耶？」〔註21〕中國山水畫中虛實

〔註20〕陶淵明〈歸去來辭〉。

〔註21〕惲格《甌香館畫跋》引自伯精等著《論山水畫》，頁 57（臺北：臺灣學生書局出版，1971 年）。

對比，放入詩歌意境中，更能襯顯「亭」孤立群山的形象。

次首詩，是由視覺上的變化，進而轉移到精神境界，產生視覺和想像的統一。「形勢卑崇，權衡小大，景色遠近，劑量淺深，山之旁脅亦寫，正面難工。」(《畫筌》) 〔註22〕「亭子」的位置應是園林中視線最佳之處。第五、六句州城「斜引」群峰小，角度上的傾斜，把山的面向扭轉，遠處的山峰陡面斜而小，迢遞而藏形；近處的湖面逶邐而開，吞攝江澤，「這種『遠』的觀念，是與玄學所追求的『超世絕俗』，山水形質直通向虛無，有限直接通向無限的意境。」〔註23〕詩中焦點一低一高、一上一下、一近一遠，無不和畫論產生了密切的聯繫，也還顯出寫作意識的精神企圖和修養。

> 古來興廢一愁人，白髮僧歸掩寺門。越相煙波空去鴈，吳王
> 宮闕辨啼猿。春風似舊花猶笑，往事多遺石不言。唯有延陵
> 逃遁去，清明高節老乾坤。(蘇舜欽〈遊靈巖寺〉，《蘇舜欽集》)

詩題下注「吳王之離宮也，下臨太湖」。此詩是一首古今興廢、今昔感懷之詩。詩中引用兩件史事，「范蠡助越擊敗吳王夫差，浮海出齊」、〔註24〕「延陵季札不繼帝位，季札讓，逃去。」〔註25〕《漫齋語錄》主張「詩語出入經史」，詩歌探史事史論，對史觀文化的「憂患意識」有正面的效果。也可看出宋代文化裡追求「和合」以「史筆寫詩」開創的詩歌新境界。

園林的多樣與變化，是園林能夠取代自然山水的地方。「亂中有序」〔註26〕和諧不雜亂的美學原則，使得園林景色具有知性之美。近

〔註22〕《畫論叢刊》上，頁165（臺北：華正書局，1984年）。

〔註23〕徐復觀《中國藝術精神》第八章〈山本畫創作體驗的總結──郭熙的《林泉高致》〉，頁345。

〔註24〕《史記》卷四十一〈越王句踐世家〉第十一。

〔註25〕《史記》卷三十一〈吳太伯世家〉第一「四年，王餘眛，欲授弟季札。季札讓，逃去。」

〔註26〕李奭學在〈從「巧奪天工」到「諧和自然」〉，《當代》59期，（1991年3月）中所提到：「缺乏秩序」的中國庭園，卻能以不規則的方式創造美，「渾然天成」在西方人眼裡，可能是「散亂無紀」。

景和遠山色調相容在一起，「因借」的原理，巧妙的將「芥子納須彌」的精神整合天人體系，建築體和自然景觀互相交融，不顯得突兀，詩人在動筆寫下詩歌的同時，更能感受到物我合一的美學境界。

第三節　妙造自然

　　荊浩說：「神者，亡有所為，任運成象。」

　　園林是濃縮的山水，而山水畫是園林景色的藍圖。「畫……大多在意不在象，在韻不在巧；巧則工，象則俗矣。」〔註27〕近人宗白華在其作〈中國詩畫中所表現的空間意識〉(《美學散步》) 提出了中國人觀景的透視方式，他說：「中國畫的透視法是提神太虛，從世外鳥瞰的立場觀照全體的律動的大自然。這種立於物像之上，所用經營位置之方法『模山範水』的要求在造園上能做到『雖由人作，宛自天開。』」

　　方士庶說得好，「山川草木，造化自然，此實境也。因心造境，以手運心，此虛境也。虛而為實，是在筆墨有無間。」(《天慵庵隨筆》)〔註28〕天地間山川景物，乃自然之造化，不可規模。作為人造第二自然的園林，「以手運心」必經「心匠自得為高」的把握，藝術家空盪冷眼的深情中「自得」於胸中丘壑，不是客觀機械的描摹「巧構形似」，要的是主體析剖「出神入意」的「心存目想」(宋迪)，而達活筆之韻致。

> 斷崖青松林，林下覆煙草。一徑捫綠蘿，數里尋芳藻，巖開野人屋，結構憑孤島。石斷寒泉流，亭幽翠巘繞。攫挐龍虎狀，宛若鬼神造。隔崖聞湍聲，當窗見夕照。巴南絕景處，勝似東溪好。萬籟清心胸，孤雲豁煩惱。罇邀驄馬

〔註27〕明岳正《博類菌木》引自《論山水畫》(臺北：學生書局，1971 年 10 月)，頁 38。

〔註28〕見《天慵庵筆記》《叢書集成初編》冊一六三九 (北京：中華書局，1985 年)。

客，寫物窮探討。琴匣閒時開，柴門不須鑰。孰云造化工，
永與天地保。長揖謝王侯，塵氛徒浩渺。(陸于城〈和孫氏池
亭〉，《全宋詩》卷六七八)

園林中的「借景」，是模山範水的人工園林向自然意境前進的一條路。
江蘇無錫「寄暢園」的「龍光寺」，「色借」惠山秋天的樹葉。明代名
園揚州的「平山堂」，與遠山平齊，「遠借」山色，使小園的空間能擴
大延伸出去。〔註29〕

　　詩人陸于城的眼中，孫氏池亭是個大型的山水園，利用天然的地
形位置和自然的山石組合，創造「攫拏龍虎狀，宛若鬼神造」的造景
藝術。一路的青翠，從青松林、覆煙草、捫綠蘿、尋芳藻，植被茂密，
以顏色和遠近距離，層層疊疊的在視覺上統一而和諧的產生了幽靜的
山林效果。石嶼配合山勢作為背景，借用了地形的高低彎曲，造成氣
勢上的磅礡，化靜為動，看似有如龍虎爭奪般生動的姿態，形成出神
入化的景色，非人工刻意所能為。「造化之工」如此巧妙，需要有獨
具慧眼的園林設計者，讓園林造景雖是人為創作，但卻宛如天然一般。

　　因地制宜是造園的第一步。園中不無山水。明・王世貞《藝苑卮
言》：「山水以氣韻為主，形模寓乎其中，乃為合作。」

1. 築山掇石

　　山石是園林中最能表現山林趣味的景物。而如何來築山掇石，如
何來巧構形似窮盡山水形貌，則需要費一番心思。「寫實主義是對自
然的模仿，而中國的山水畫，並非要模仿一山一水，而是從許多山水
的創造材料，創造出自己精神所要求的新地山水。」〔註30〕宋代大畫
家郭熙對山水的觀察，他說：「真山水之川谷，遠望以取其勢，近看
之以取其實。」放在園林造型裡中，園裡園外，遠、近景的交替和擬
造，可以創造新的美學視點。

　　郭熙《林泉高致》提出「三遠說」：「自山下而仰山巔，謂之高遠。

〔註29〕參見，邱師燮友《天山明月集》(臺北：東大圖書出版，1995年)。
〔註30〕徐復觀《中國藝術精神》第八章〈山水畫創作體驗的總結〉。

自山前而窺山後，謂之深遠。自近山而望遠山，謂之平遠。」徐復觀認為，「遠」是山水形質的延伸，是順著一個人的視覺，不其然而然的轉移到想像上面。〔註31〕這轉移從近到推遠，從遠而移近，在「聚」的焦點上，山水形質由於距離的烘襯下，視點的躍動，隱涵著大塊宇宙無限生機。形質之靈的把握，正是園林美感直接觸發的主因，不囿於世俗的體道精神，才能創造心靈自由的空間。

> 聚星休沐事依然，社臘安車不計年。五福何妨兼第宅，一壺元自有神仙。種來珍木如人立，移取名花奪地偏。聞道都城曾問卜，始知機石不虛傳。（劉攽〈陳通議園亭〉，《全宋詩》卷六一○）

私家園林裡，可居可遊，好比是壺中天地中的神仙。詩人鋪排園中「珍木」、「名花」透顯園主造的園用心，末尾以問卜過的「機石」來凸顯「石」在園林中的重要性。山石的存在，是園林的主體。

> 乞得林官就道閒，誅茅結宇即成灣。閉門自有林巒秀，不用辛勤作假山。（王存〈卻客致假山石〉，《全宋詩》卷六一七）

假山是園林中最常見的造型，也是最能表現山水意境的。王存的詩，就傳達出當時人築山掇石的風氣。假山是以「模山範水」為本，利用咫尺山林，創造「林巒之秀」，呈現自然山水的空間意象。寓無限於有限的象徵性自然中。自家園林裡就有山水畫意，於是刻意的人造山水也是多餘的。

　　現今位於蘇州城內的私家園「獅子林」，為元代所建，此園以「假山」著稱。「其令人矚目的主要山區採用湖石疊掇，其特點是形體空靈剔透，內容引人入勝的導引。其頂部有『含暉』、『吐月』、『玄玉』、『昂霄』等石峰林立，點題的『獅子峰』為群峰之首。湖石空架，所形成的洞隧與澗峪、嶝道穿插交替，迂迴高下。」〔註32〕由此可以想見宋代當時山石堆疊的用心和要求。

〔註31〕同上，頁 346。
〔註32〕　楊鴻勛《江南園林論》（上海：人民出版社，1996 年 4 月），頁 328。

匠智無遺巧，天形極幽探。謂我愛山者，爲山列前顓。頹
坦不數尺，萬嶮由心潛，或開如斷裂，土或似谽谺。或長
隨靡迤，或瘦露崆嵌。陰穴覷杳杳，高屛立巉巉。後出忽
孤聳，群奔杳相參。靉若氣融結，突如鬼鐫鑱。……（歐陽
脩〈和徐生假山〉，《歐陽脩全集》卷二）

假山嶙峋奇兀的山形，捕捉了自然山峰雄偉的神韻，造出岑崟峻嶒的
山勢。遨遊於片山塊石之間，是造園者對山水之情的延續。詩人寫徐
生假山得天然樣態，從山的高度、形體、形狀上摹寫想像。先寫假山
穿漏瘦透的醜態，再寫山形高低的姿態。從山的單體及全體來觀察，
若孤出聳立，若群奔疊沓。刻意做成煙霧繚繞〔註33〕、迷濛搖蕩，雲
氣靉靆，彷若身置仙山；奇突巉削之狀，宛如鬼斧神工，鬼剜神劃。
　　以煙霧模仿山嵐，增加假山的眞實性，在陳與義詩中也有記錄。
「君家蒼石三峰樣，磅礴乾坤氣象橫。……。爐煙巧作公超霧，書冊
尙避秦皇城。」（〈趙虛中有石山名小華山以詩借之〉，陳與義《簡齋
詩集》卷八）郭熙繪畫理論中「山水以草木爲毛髮，以煙雲爲神采」，
造園除了模仿山形的神韻外，人爲刻意的造作亦可增添其眞實性。

太湖萬穴古山骨，人結峰嵐勢不孤。苔徑三層平木末，河
流一道接牆隅。……（梅堯臣〈寄題徐都官新居假山〉，《全宋詩》
卷二四四）

凹凸不平、稜角參差的太湖石正具備了豐富的姿態。第一句以骨的
堅硬和形的多穴，來形容太湖石。第二句從形勢上，結合「峰」「嵐」
把假山放大到自然的眞山中。再縮小範圍到假山本身，有蒼翠的綠

〔註33〕陳謹《捫燈脞存》引《五雜俎》云：「宋時巨室治園作假山，多用雄
黃、焰硝和土築之，蓋雄黃能避蛇虺，焰硝能生煙霧，每陰雨之後，
雲氣浮鬱，不啻眞山矣」，以上引自蔣錦繡《湖天縮影見石趣》，（師
大國文所碩士論文，1994年12月）。《汴京遺跡志》引《癸辛雜識》
記載：「萬歲山大洞數十，其洞中皆築以雄黃及爐甘石。雄黃則辟蛇
蝎，甘石則天陰能致雲霧。」又「艮嶽初成，令有司多造油絹囊加
水濕之，曉張於危巒絕巘之間，既而雲盡入焉，遂括囊滿貯，每車
駕所臨，輒開縱之須史，溶然充塞，名曰貢雲。」見《宋稗類抄》
卷七，《四庫全書》冊一○三四。

意和飛瀑般的河流，寫形象的準確逼眞和意追求。「石山難以種樹，可行的辦法是培植苔蘚，……同時引來泉水，既可以滋潤石頭，助於苔蘚生長，又可懸垂作飛瀑。」〔註34〕第五六句的頓挫，最後寫己志結束。

「園林的寫意山林，必須用物質實體的『石』來構成，這種『石』，非一般之石，而是『醜而雄，醜而秀』的怪石。」〔註35〕「中國人非常喜歡湖石，正因爲它打破了石頭『團塊』的頑笨。它『嵌空轉眼，宛轉險怪』，千竅百孔，有虛有實，千姿百態，具有一種奇特的空靈之美。」〔註36〕再看畫家米芾寫〈僧舍假山〉：

> 玉峰高愛攙天碧，過眼雲關無處覓。繞將呀豁向踈窗，以見峰稜翻瘦脊。明月照出溪中水，清風掃遍巖邊石。懸崖絕磴疑可攬，白露蒼煙俱咫尺。天陰未徹山陰寒，雨聲欲絕泉聲乾……，萬象森嚴掌握內，大塊俯仰毫芒間。……（《寶晉英光集》卷二）

詩人以人工和自然的山體，從「比擬」、「對照」的角度來寫假山。首句寫假山的高聳卓拔，氣勢超邁。接著寫山的峰稜嶙峋，巉刻巖削。以「明月」、「清風」兩句，旁寫假山附近的溪水、巖石；「懸崖」，「白露」實寫假山彷似眞山的姿態。下二句處寫假山猶如眞山一般。末尾以小見大，大塊天地全部聚集在「毫芒假山」之間。

> 夫子絕俗姿，趣尚豁雲海。花移洛下品，池割天潢派。中間嵯峨石，石骨紛磊磊。功侔一簣始，正爾臨爽塏。羅浮窮南勢，迎目出巧怪。洗昏新蟀發，秘匱若有待。騫騰天吳揖，聳削虯尾擺。當頭七八峰，縹緲散青靄。直下三四溪，何年取東匯。……（劉弇〈李宰新成假山〉，《龍雲集》卷四）

詩人從李宰的品味不凡起興，來說他所造之假山的獨特。先寫假山的

〔註34〕侯迺慧《詩情與幽境》，〈唐代文人的山水美感與造園理念〉（臺北：東大圖書，1991年），頁184。

〔註35〕張家驥《中國造園論》，頁105（山西人民出版社，1991年8月）。

〔註36〕張家驥《中國造園論》，頁117。

種類和形貌。第七句始，寫造山的經過。從抽象的視覺意象上，從外
部描寫山的姿態以及內寫假山的深邃。下兩句具體從山的側面、正
面，逐一實寫。下兩句虛寫描繪假山臨泉奔流，所形成的山水美。再
看一首疊石所成的假山：〔註37〕

> 叢石競嶄巖，當軒翠撲嵐。疑峰何杳久，仙島迥伻三。潤
> 極雲猶抱，溫多玉尚含。樓高憊引望，坐看小終南。(韓琦
> 〈長安府舍十詠──石林〉,《全宋詩》三二八)

第一句點題寫石林，接著以實寫虛，虛擬「仙島」爲境。而後寫石的
「潤澤」、「溫滑」之感。下寫實景，「小終南」回應「叢石」，緊扣「石
林」。

> 疊山墮勢危相挨，木人圍棋或負柴。虎臥洞壑猿攀崖，好
> 鳥上下鳴聲喈。眞假造物微毫差，玉葩照水絕纖埃。絲篁
> 調音眾伎俳，水沈焚烟凝晝霾。……(郭祥正〈留題方仮秀才
> 壽樂亭〉,《全宋詩》卷七五〇)

山石是園林佈置不可缺少的裝飾之一，以雕飾作爲陪襯，在郭祥正的
詩中就有記載了。疊石相挨，周圍立有雕刻成的木人，或圍觀或負柴，
動物造型或臥或攀，好鳥在一旁啁啾，模擬之物，幾可亂眞。在虛實
之間，以「玉葩照水」一句跳出。下面兩個對句烘托靜態和動態的聲
響，一放一收（凝），增添人工造景中的流動之美。

2. 蒔花植木

「花」、「木」都是有生命的實體，色彩會隨著季節變換，而生命
也隨時間有榮枯開落。生長與凋零，是一種自然的美感，植物與無生
命的建築體在園林中互相映襯對照，不致顯得死氣嚴肅。花木在園中
佔有大部份的面積，它們的形態、色澤和氣味，最容易讓人感到它們
的變化。

> 東國春歸早，南園百卉宜。萱芽開翠穎，杏萼破煙姿。……

〔註37〕「山與石之間有一種『量』的關係，故疊石一般就叫做『假山』」。
　　　　見李允鉌《華夏意匠──中國古典建築設計原理分析》，頁325。

（梅堯臣〈早春遊南園〉，《全宋詩》卷二四四）

擬人化的手法，用動詞「開」、「破」，生動的傳達花卉內在旺盛、勃發的生命力量。花卉的栽植，可以削減建築物帶來的壓迫感和沈重感，顏色的變化，時時予人充沛的活力，感受自然造化的偉大。

> 花行竹逕緊相挨，每日須行四五迴。因把花行侵竹種，且圖竹逕對花開。花香遠遠隨衣袂，竹影重重上酒盅。（邵雍〈南園花竹〉，《全宋詩》卷三六八）

全詩「花」、「竹」各出現四次，詩人把「花」、「竹」一前一後對舉遞進。「花行侵竹種，竹逕對花開」兩兩相對關係，充滿諧趣。末尾「花香」、「竹影」採疊字方式，緩慢的以「嗅覺」、「視覺」相替，諧和的統一在一起。

> 人皆種榆柳，坐待十畝陰。我獨種松柏，守此一片心。君看閭里間，盛衰日駸駸。種木不種德，聚散如飛禽。老時吾不識，用意一何深。知人得數士，重義忘千金。西園手所開，珍木來千岑。……（蘇軾〈滕縣時同年西園〉，《全宋詩》卷八○○）

詩人以「榆柳」與「松柏」對舉，松柏象徵堅貞永固，來比附園主的人格操守。下四句把閭里中風氣的好壞，持論說明「種木應種德」，以下立論，有德故能「重義忘千金」。西園所種以珍木為主，花木的「比德」觀，對士人的影響是很深遠的。

3. 曲池理水

造園祖師白居易 [註38] 在〈池上篇〉并序裡，對他在洛陽所居的「履道園」，一番心思的設計有這樣的見解：

> 地方十七畝，屋室三之一，水五之一，竹九之一，而島樹橋道間之。

近人樂嘉藻認為園林建築佈置配當為「三分水，二分竹，一分屋」，

〔註38〕侯迺慧在《詩情與幽境》第二章第三節〈造園祖師白居易與其園林〉中，引日人村杉勇造對白居易為造園祖師的肯認，並論述了他的造園成就。

〔註39〕園林布置中，「水」無經濟價值，實用價值也不大，然所佔比例之重，可與屋宇和花木兩者等量齊觀，流動的水它在園林觀賞上所居靈魂要角的地位。

> 有水園亭活，無風草木閑。（邵雍〈小圃睡起〉，《全宋詩》三六二）

物不役於物，不凝於物，不受拘束，不流於單板，在靜態空間強調流動感的轉圜，必須靠水體柔媚多變的本質來變化。一泓清泉流過山岡，一池曲水浮雲倒映，中國畫論上都視水是「活物」也，是畫作中的靈魂要角。郭熙《林泉高致》：「水活物也。其形欲深靜，欲柔滑，欲汪洋，欲回還，欲肥膩，欲噴薄，欲積射，欲多泉，欲遠流，……欲挾煙雲而秀媚……。」水的樣態多變，形狀不一，可柔媚、可剛強、可細緩、可粗急，它的流動感，使得整個靜態的園景動了起來。

老子曾說「上善若水。水善利萬物而不爭，處眾人之所惡，故幾於道。」（《老子‧第八章》）。聖人之德如水，水含有「德性」之義。以水在園林中流動，也象徵著德性生命的生生不息、循環不已。孔子也說：「逝者如斯夫，不舍晝夜。」時光飛逝，如流水般匆匆，一去不回頭，從景色的欣賞觀看中，若能得到對生命流逝的感慨和珍惜，這當是人生的智慧。

> 元巳開樽處，垂蘿碧洞前。綺羅明浩渺，臺榭插漪漣。曲水來如篆，輕橈去若仙。（韓琦〈上巳會興慶池〉之一，《全宋詩》卷三二八）

> 迢遞穿花出，彎環作篆來。（韓琦〈常安府舍十詠——流杯〉，《全宋詩》卷三二八）

「水的來源和方向以隱蔽為佳，水流本身也要忽隱忽現，產生一種深遠幽奧的效果。」〔註40〕因此「曲水如篆」、「彎環作篆」，「篆」形的曲而不直，流水從臺榭、花叢中忽然出現，造成心理上的驚喜帶來的

〔註39〕樂嘉藻《中國建築史》（臺北：華世，1977年），頁131。
〔註40〕《中國園林藝術辭典——園林規劃設計》，頁140，〈掇山理水〉，湖北人民出版社。

趣味，回環寫意，曲隱的設計就成了極佳的水流方向。

> 南洋一派通機磨，更引餘波遶曲池。（趙抃〈次韻孔宗翰水磨
> 園亭〉，《全宋詩》卷三四二）

> 綠圃煙深迷蛺蝶，曲池波暖睡鴛鴦。（陳襄〈春日宴林亭〉，《全
> 宋詩》卷四一四）

流水要「曲」，虛實相濟，有著以藏為顯的畫趣。不似皇家園匠氣，
多模擬漢武帝上林苑昆明池置方丈、蓬萊、瀛洲，以象海外仙山。私
家小園多能以把握住「自然」的原則，把「宛自天開」的創作思想，
將造園的理想放到盆池的藝術中。看王安石〈懷府園〉詩：

> 槐陰過雨盡新秋，盆底看雲映水流。忽憶小金山下路，綠
> 蘋稀處看游儵。（《臨川先生文集》卷二八）

詩中「盆底看雲映水流」，盆池埋在覆蓋的土地上，水面平靜如鏡，
常常可以映照出天空中一片景致。而早在唐代就有類似岸上清池一樣
的水池觀，名曰：盆池。〔註41〕它是一個盆子或一方小水池，形狀可
以隨心而易，尤其水中幽靜，極富禪意。盆池可以反映天光，旁邊遠
處配以植物點綴，將再現湖光山色的景致。

> 環環清泚旱猶深，柄柄芙蓉近可尋。蒼壁巧藏雲影入，翠奩
> 微帶蘚痕侵。能供水石三秋興，不負江湖萬里心。照影獨憐
> 身老去，日添華髮已盈簪。（曾鞏〈盆池〉，《曾南豐詩集》卷五）

「蒼壁巧藏雲影入，翠奩微帶蘚痕侵。」盆池有桌面山水的功用，以
小見大，有臥遊名山大澤之趣。裝飾用的盆池，「在精神上不是比擬
自然或表達自然，而是一種心境。」〔註42〕靜觀式的修養精神，濡蘊
內在的涵養，提昇心靈境界。如文人雅致的休閒，詩書琴棋等藝術般，
重視心性的涵藏。園林景致的造景，進入抽象的表態思維和心境的表
現，為文人園獨特的意境。

〔註41〕漢寶德《物象與心境——中國的園林》，頁 75，〈唐人的「盆池」〉。唐
　　　人有一篇〈盆池賦〉：「達士無羈，居閒捌奇。陶彼陷器，疏為曲池。……
　　　深淺隨心，方圓任器。……」（臺北：幼獅文化事業公司，1990 年）。
〔註42〕同上註。

第四節　寫意傳神

　　觀物取象、立象見意、境生象外，是從純粹客觀欣賞走向有意的創造的三部曲。〔註43〕受到文人畫及禪學傳入的影響，金碧山水的風格不再受到喜愛，代之而起的是清淡悠遠的園林意境。「精而造疏，簡而意足。」(《宣和畫譜》)的意象捕捉爲園林詩追求傳神寫意的詩歌風格。

　　　夫象物必在於形似，形似須全其骨氣，骨氣形似皆本於立
　　　意，而歸乎用筆。(張彥遠《歷代名畫記》)

畫是園林的「意氣所到」，〔註44〕歷代畫論的演變對古典園林意境產生很大的影響。唐張彥遠《歷代名畫記》說到：「山水之變，始於吳，成于二李」。「山水之變」乃是指中國山水畫由人物爲主走向以山水爲主的變化。荊浩在《筆法記》談到：「夫隨類賦形，自古有能。如水暈墨章，與我唐代」。隨著繪畫藝術的發展，六朝人物要求神似，山水畫也要求神似，重神不重形，王維重象外之意的「寫意畫」，成爲南宗潑墨山水的先聲。從李思訓、李昭道父子的金粉山水過渡到鋪淺設色的水墨山水，它的過程跟隨著士大夫的審美心理和社會思潮而改變。

　　大批懂得書畫的文人學士提倡士人畫，所謂「古來畫工非俗士」，文人畫講求簡、淡、雅，輕形似而重精神，可說是滿載著超世、遁世的特色。莊禪意蘊、形神理論的重視，加上「山水」被賦予獨立的審美形象，它不再是背景襯托和主體感情的承載體，此一思想的轉變，讓宋代水墨山水得到成熟的契機。

　　　古畫畫意不畫形，梅詩詠物無隱情。忘形得意知者寡，不
　　　若見詩如圖畫。(歐陽脩〈盤車圖〉)

　　　觀士人畫，如閱天下馬，取其意氣所到。((蘇軾〈跋漢傑畫山〉
　　　二首之二《蘇軾文集》卷七十)

　　　唯畫造其理者，能因性之自然，窮物之微妙，心會神融，

〔註43〕朱良志《中國藝術的生命精神》，頁154，談到中國藝術論的基元「象」(安徽教育出版社)。

〔註44〕郭若虛《圖畫見聞志》提到「用筆得失」：「意存筆先，筆周意內。畫盡意在，像應神全。」

默契動靜于一毫。(張懷《論畫》)

沈括也說:「書畫之妙,當以神會,難可以形氣求也。」(《夢溪筆談》)「忘形得意」、「意氣所到」、「心會神融」的繪畫理論都是「阿堵傳神」的精進表現,在文士看來以形寫神,主要是表現作者的情趣和逸思。蘇軾畫〈枯木怪石圖〉。畫面由一塊形狀拳縮的石塊和右端有一株虯曲的枯枝,構圖而成。畫面簡單,筆法簡潔卻又饒有趣味。米芾《畫史》論曰:「子瞻作枯木圖,枝幹虯曲無端,石皴硬,亦怪怪奇奇無端,如其胸中盤郁也。」畫面的構圖筆法只是其次,最重要的是全幅表現出的韻致。

文人畫都強調繪畫必須表現作者的理想和人格,重畫中境界和涵意,描寫文人園中景物的詩歌,自然也能抓住傳神的韻味。

……荒煙古木蔚遺墟,我來嗟袛得其餘。柏槐端莊偉丈夫,蒼顏鬱鬱老不枯。靚容新麗一何姝,清池翠蓋擁紅蕖。……

(歐陽脩〈絳守居園池〉)

……園中索寞不可狀,唯視眾木攢枯槎。有如漢將肅行陣,遠涉大漠平番家。貔貅凍列樹營壁,巨矛長戟何交加。老松一二柯葉在,外皮皴裂埋僵蛇。……(韓琦〈後園寒步〉,《全宋詩》卷三一八)

「柏槐」的聳拔好似端莊偉丈夫,蒼顏鬱鬱,對比著荷花池邊的「紅蕖」,被翠蓋簇擁著的「靚容新麗」。老古的柏槐枝葉茂盛,英姿勃發,氣勢不凡,垂下的絲絲根鬚,像極了蓄勢待發的虎姿,隨時都會翻轉下來。歐陽脩把這棵古木描繪得極為生動。一旁的荷花則像個羞怯的小姑娘,靜靜立於水中。「蒼顏」配「紅蕖」,絳守居的園池中時間流動的長短,事物新舊的交替,讓無言的草木代為回答。韓琦〈後園寒步〉中對草木的描繪則又是另一種表現。

韓琦是一代名將,功勳彪炳,長年駐守在邊疆。戰地風光不及中原地區,大漠一片蕭索蒼茫,尤其在萬物凋零之際,「唯視眾木攢枯槎。有如漢將肅行陣,遠涉大漠平番家」,那些枯枝禿木,在畫面上簡單幾

筆的勾勒，有序的如軍士行陣，不禁聯想起戍守在外平番衛國的將士，樹木皴皴的外衣下，是淒寒的園中景色。傳達的是邊塞蕭瑟的哀戚之情。

再看三首單詠園中景物的描寫。（《全宋詩》卷六二四）

鮮葩嫩蕊吐香濃，千朵妖饒顫晚風。卻想許園儔品盛，姝衣輕透玉肌紅。（范純仁〈和子華遊韓王園懷故園池蓮紅薇〉二首之二）

玉豔霜葩萬朵攢，曾陪宴席醉中看。西州縱有尋花處，亦待頑童格舞干。（范純仁〈和子華相公王園賞梅〉）

奪盡春光勝盡花，都人巧植鬥鮮華。搜奇不憚過民舍，醉賞唯愁污相車。密蕊攢心承曉露，繁紅添色映朝霞。何妨縱步家家到，園圃相望幸不賒。（范純仁〈牡丹〉）

花的嬌媚多態比起樹木可是活潑且變化多端，所以要使園林能活絡起來，花的重要性可說是具有畫龍點睛的效果。以「姝衣輕透玉肌紅」來形容的紅薇，比擬成吹彈可破的肌膚在薄薄的輕紗覆蓋下，以花的顏色姿態比擬人的肌膚，若隱若現，如此的生動貼切，靈動的傳達了寫意的技巧。嬌豔的紅薇，在韓王園裡花卉品類中，無疑的，絕對是拔得頭籌。

另一首詠牡丹。牡丹，花大色豔麗，雍容華貴，爲花中之王。「密蕊攢心承曉露，繁紅添色映朝霞」。「心承曉露」、「色映朝霞」，不言牡丹，卻自有國色天香之姿。「西州縱有尋花處，亦待頑童格舞干。」一風飛舞，滿城飛花如絮，「頑童」譬喻風的淘氣又任性，暗想如孩童般揮舞著棒子把枝椏上的梅花紛紛吹落，飄得滿城梅花片片。「賞梅」之「賞」帶有童心和玩性，主角是梅，卻因「風」而得神韻。

城上飛檐出百尋，回環古木自成陰。涼生白畫收團扇，影入斜陽剪碎金。（孔武仲〈逍遙亭獨遊〉，《全宋詩》卷八八三）

第一、二句從詠物寫起。「飛檐」，檐向外延伸，形成振翅欲飛的靈動之美。古木蓊鬱，自成內向回環的沈鬱穩重。四句以寫意的筆法，描摹物象神韻。天「涼」本不需團扇，以涼寫扇，是以反寫主。「影入斜陽剪碎金」，一方面表現斜陽的金光燦爛，影子的移動比喻成一把剪刀，在光影中穿梭，又如詩人心境上的逍遙。「剪」字總結全詩，

下得十分傳神。

> 一抹生紅畫杏腮，半圍沈綠鎖桐材。……（錢昭度〈野墅夏晚〉，
>
> 《全宋詩》卷五四）

擬物爲人的技巧，是詠物的方法之一。杏花如人，一抹胭紅染上杏腮，黛綠團團籠罩住桐木，如同一把「鎖」，緊緊環扣；一亮一暗的色彩，加上生動的比擬，園中景色悄然如佳人上粧，令人陶醉。

> ……濛濛點滴夜連曉，園館寂寞生青苔。墨雲四卷山露碧，
>
> 日轂照耀天衢開。妖桃映竹烟酩酊，細柳拂水風徘徊。……
>
> （郭祥正〈二月十一日倪倅敦復小園留飲〉，《全宋詩》卷七五二）

朦朧寂寞的小園景色以畫意展開來，潑墨似的雲彩如畫卷般的披露，陽光照射下天空爲之一亮。「妖桃映竹煙酩酊」句，「紅」、「綠」相映，把煙的浮晃搖曳，想像成醉酒的飲客，不論在意象或意境上，都能掌握那種微醺、半醉半醒的動態感。視線由下而上，復上而下，細長的柳條隨風擺盪徘徊，正如詩人飲宴留連不去。再看下一首：

> 海棠冠蜀花，此軒花尤冠。紅雲簇蕊細，淥水照葉嫩。倚
>
> 粧宮粉聚，疊綺霞光散。雨淚點春風，應懷上林怨。（許將
>
> 〈成都運司西園亭詩——海棠軒〉，《全宋詩》卷八四〇）

海棠是蜀地名花。〔註45〕首聯說明此軒題名之來自。頷聯實寫海棠姿態、顏色；頸聯虛寫，以擬人化把花比喻人。末聯承上加以想像，以「雨」起興，連結「淚」的意象，寫出漢武帝皇后阿嬌深居後宮滿腹哀怨的心情。

　　遺貌取神，離形得似，是中國寫意畫重要論點，傳神的描畫園中景物，也是宋代園林詩的重要特點之一。「在唐詩中的山、水、草、木、花、鳥等這些『總稱形象』，大大超過了松、桂、蘭、菊等『特稱形象』」，〔註46〕而在宋代則是相反的，對景物進行細膩的筆觸描

〔註45〕沈立〈海棠記序〉：「蜀花稱美者有海棠焉，然記牒多所不錄，蓋恐近代有之。……」

〔註46〕參看龍協濤《文學解讀與美的再創造》第二章〈語言潛能的釋放〉，頁 102 所引用《文藝理論研究》，頁 38，1983 年第四期的論點（臺

繪，多於籠統的概述。除了因為詠物範圍的擴大外，擺脫掉文學上象徵性的暗示原則，而能「超以象外」，更加縱情自由的發揮藝術創造的作用。

　　松、桂、蘭、竹、菊這些「特稱形象」，也正符合了宋人對品德的要求和比德作用。「神韻」的把握在園林詩中「意氣」精神旨趣的揭櫫，融合老莊禪學和儒家士大夫人格美善的成熟結合。

第五節　詩情畫意

　　「詩是無形畫，畫是有形詩」。園林的景致充滿詩情畫意，詩、畫、景三者緊密結合，是形式和內容的統一。園林山水每每借用山水畫論，而其園景意境構思，又往往從詩文中得到啟發與靈感，使得園林內涵充滿詩情與畫意。

　　宋郭熙《林泉高致》：「謂山水有可行者、有可望者、可游者、可居者。」可游、可望、可行、可居的理想，正是園林結合各種藝術的表現。郭熙以畫家的審美觀，對袖珍山水的園林寄予了高度的理想。園林藝術就開展出「妙想隨心」的韻致。

　　文人園林的範圍一般都不大，為了在有限的自然環境中，創造「咫尺山林」的效果，人們運用「不同的形、色、質等特徵，巧用平衡、對立、統一、連續、重現、韻律等美學規律，利用大自然光影變化、四季時序、自然景物，甚至風雪、花鳥蟲魚鳥獸的活動，藉助感官知覺，來擴大園林的空間感。」〔註47〕所以不僅利用了分景區，還用「借景」——應時而借、仰借、俯借、遠借、鄰借、聲借等，「框景」、「對景」、「隔景」等技巧，〔註48〕以曲折、含蓄的手法，相互引借，連串

北：時報文化，1993 年 8 月）。

〔註47〕劉奇俊〈繪畫與文學結晶而成的美景——中國園林藝術〉，《藝術家》第二二卷，第 4 期，1986 年 3 月。

〔註48〕參看黃明美《中國庭園與文人思想》，頁 129「對景與借景的方法」（臺北：明文書局），以及余樹勳《園林美與園林藝術》，頁 61～68，〈造景與賞景〉（臺北：地景企業有限公司，1989 年）。

空間，將空間連續起來，以景點的轉移，達到虛實相生、以小見大，
氣韻生動的美感。

園林詩中處處可見詩人對觀景上的用心，在園林景色的描寫上
面，除了文字對仗、排比、層遞等形式設計外，造成內容詩情畫意的
藝術手法，有以下幾點：

1. 藏　露

園林的景在風水上最忌開門直通到底。「住房貴曲折，門外一望
如直腸，大不利」（宋‧趙希鵠《調燮類編》卷一）。在園林路線中「藏」
「露」即隨隱隨現的觀賞樂趣，曲徑通幽，「柳暗花明又一春」的視
覺驚喜。

> 青螺萬嶺前為障，碧玉千竿近作籬。（韓琦〈會故集賢崔侍郎
> 園池〉，《全宋詩》卷三二八）

「障景又稱抑景，將全園風景作適當的遮掩」。〔註49〕「青螺萬嶺」
橫在前面，是一種仰視角度的借景，由遠而近，碧玉千竿圍作籬笆，
視線由高而低，為俯借，「障」、「籬」都是一種障景，以藏抑露，為
背後空間增添許多想像。此為兩個對句，詩句對仗，畫面上距離上的
美感，一遠一近的前後呼應，景色交疊，音韻相合。

> 登臨不憚遠，枉徑入重復。已見數種花，參差隔脩竹。（孔
> 武仲〈遊城北李氏園池〉，《全宋詩》卷八八一）

全詩以賓寫主，登臨不怕路途遠，就怕迷於小徑中，走了許多冤枉路，
只因為景「藏」故「入重復」，「已見」景象豁然開朗，脩竹參差背後
的「數種花」，是一種「藏中見露」的趣味。

> 溪隨方榭轉，門入翠嵐開。（呂陶〈過羅氏園亭〉，《全宋詩》卷
> 六）

溪水環繞芳榭而改變視角，有「抑」；門入翠嵐開，眼前門張開，翠
嵐顯露，是「揚」。露中有藏，藏中有露。以「溪」、「門」兩名詞作
為開頭，視線層層轉進，由外入內，門的開閉，正是園亭景色藏露的

〔註49〕余樹勳《園林美與園林藝術》，頁65。

特色所在。

2. 動　靜

園林是一個遊賞空間，遊覽者必須一步一步，一個景點一個景點
的往前移進，像是觀看一幅山水畫卷，對於園中每一個形式構圖，都
有它獨立生命型態的變化。園林大師陳從周指出「園有靜觀、動觀之
分。何謂是靜觀？就是園中予遊者多駐足的觀賞點，動觀就是要有較
長的遊覽線。二者說來，小園應以靜觀爲主、動觀爲輔；大園則以動
觀爲主，靜觀爲輔。」〔註50〕

> ……入門所見夥，十步九移目。異花兼四方，野鳥喧百族。
> 其西引溪水，活活轉牆曲。東注入深林，林深窗戶綠。水
> 光兼竹淨，時有獨立鵠。林中百尺松，歲久蒼鱗甕。豈惟
> 此地少，意恐關中獨。小橋過南浦，夾道多喬木。隱如城
> 百雉，挺若舟千斛。陰陰日光淡，黯黯秋氣蓄。盡東爲方
> 池，野雁雜家鶩。紅梨驚合抱，映島孤雲馥。春光水溶漾，
> 雪陣風翻撲。其北臨長溪，波聲卷平陸。北山臥可見，蒼
> 翠間巑岏。我時來周覽，問此誰所築？……（蘇軾〈李氏園〉，
> 《全宋詩》七八六）

李氏園是個動線多的大園。爲了避免園內景物一眼看穿，觀賞景物通
常都有主景、配景，各種空間層次的變化，讓觀賞者能稍加駐足，仔
細瀏覽。詩人從園中西、東、北三個方向分別描述。西方主要是一條
小溪以遞進的方式逐一描寫深林、竹、鵠、松、小橋、喬木；東邊爲
一方水池，中有孤島，再襯以旁物。北邊臨長溪，以聲借和遠借，來
增加園內空間的變化。「十步九移目」，豐富的動線讓遊覽者目不暇
給。全詩採層遞方式依照園林遊賞的動線來描寫，用得最多的是對偶
句。「異花兼四方，野鳥喧百族」、「春光水溶漾，雪陣風翻撲」、「隱
如城百雉，挺若舟千斛。陰陰日光淡，黯黯秋氣蓄。」動靜對比，使
文字更加生動。其中用了「頂眞」修辭，「東注入深林，林深窗戶綠」

〔註50〕陳從周《說園》，頁 1（上海：同濟大學出版社，1994 年 8 月）。

來增加長句的變化。

> 晰晰池沼儵，綠萍隨上下。翳翳堂廡燕，白晝容俛仰。顧
> 我亦晏如，環廬花藥長。無材助太平，得地幸閒曠。……(王
> 安國〈夏日獨居〉，《全宋詩》卷六三一)

比起上一首，此詩景物就顯得較清幽些。視線由近而遠，層層向外展
開，池沼的綠萍，堂廡的飛燕，環廬的花藥，可供觀看的地方寬闊，
都是需要放慢腳步仔細欣賞的景觀。

> 嘗聞東園遊觀嘉，晚趁時節亦自到。東風不知來者多，一日
> 芳蹊踏無草。山櫻著子寒尚遲，江梅殞蘀香可弔。扶疏枝葉
> 未成陰，偶來正值斜陽照。千株紅杏暖自酣，風引高炬燒晴
> 燥。夭桃未老已抽青，略略朱旗冠翠纛。雖然素李不爭華，
> 似洗朱丹誇瑩皓。其他百種不可名，如列錦繡快晴曝。何低
> 何高何後先，一一盡解承春笑。楊花輕佻最得力，飛過青天
> 去何冒。弱柳低垂弗辭賤，以力憑風為春掃。黃鸝嘲啁聲語
> 和，似對遊人見情抱。蝴蝶填委不知數，飛亂人眼漫顛倒。
> 黃蜂雖忙不為身，以甘遺人竟何道。子規終日勸客歸，吾無
> 間然念何報。……(王令〈東園贈周翊〉，《全宋詩》卷六九六)

全詩以類疊手法寫成，同一語法，重複的使用。冬去春來，萬物萌生，
草木發芽，大地蠢蠢欲動充滿一片生機。詩人極力描寫植物蟲鳥的各
種樣態。「山櫻」、「江梅」、「紅杏」、「夭桃」、「弱柳」、「楊花」、「素
李」形成滿眼紅、綠濃淡的各種顏色，視覺感官是靜態的，而對比的
生命氣息是動態的。花有「著」、「殞」、「酣」、「抽」、「洗」的意態，
花木四時各有姿態，可說是一種「應四時而借景」，動中有靜，靜中
有動。而另一方面，靜態的花木，對此動態的蟲鳥，虛擬想像對應聲
音動作，一靜一動，也形成詩畫的節奏美感。

3. 虛　實

> 竹間水榭涵虛碧，林外山堂對沉瀏。(呂希純〈江氏園〉，《全
> 宋詩》卷八四三)

「竹間水榭涵虛碧」，榭是「實」，水影虛碧是「虛」。山堂是「實」，

沕漻是「虛」，以實景「鄰借」虛景。林間陰影，無處營心；水中清光，何處著筆？《畫筌》說：「位置相戾，有畫處多屬贅疣。虛實相生，無畫處皆成妙境。」有無相生的妙處，就在虛實中。對句的使用，藉由互相比照，最能達到摹景圖似烘托景色的層次感。

> 貪看翠蓋擁紅粧，不覺湖邊一夜霜。卷卻天機雲錦段，從
> 教匹練寫秋光。(蘇軾〈和文與可洋川園池三十首——橫湖〉，《全
> 宋詩》卷七九七)

園中湖面上的荷花，湖邊凝凍的白霜，視覺感官上的刺激，「翠蓋」、「紅粧」、「白霜」相映，顏色堆疊，十分美麗。詩人以「錦段」比喻雲朵，是實寫；無邊的秋光，難以描摹，是虛；抽象的秋光在有形的意境中，似離而合，「混沌虛空，一切物象紛紜節奏從它裡面流出來」，〔註51〕產生一種「山水實而趨靈」〔註52〕的境界。

再看李質、曹組的〈艮嶽百詠詩〉(《古今圖書集成》第五十五卷〈苑囿部〉)。

> 穿雲透石落潺潺，戀浦餘波尚繞山。只怪嵐光迷向背，不
> 知流水正回環。(〈回溪〉)

溪水的天光雲影，是實中有虛，流水亦趨亦進的前行。虛邈的嵐光迷濛，在一片虛實影像中，「不知」二字，透出萬物自在，無言、無意、無我的妙趣。

> 水天澄澈瑩寒光，一片平波六月涼。移得會稽三百里，不
> 教全屬賀知章。(〈鑑湖〉)

水中倒影，遠借天上雲景，「寒光」是視覺和觸覺的交會，「涼」是觸覺的感受。兩句中，水墨似的畫意，揚虛而抑實。最後轉筆用典寫賀知章辭歸會稽之事，〔註53〕以事對景，意於言外。

〔註51〕宗白華〈中國詩畫中所表現的空間意識〉，《美學散步》(臺北：洪範，1981年)，頁49。

〔註52〕宗炳〈畫山水序〉。

〔註53〕《全唐詩話》卷一「賀知章，年八十六，臥病冥然無知疾損，上表乞爲道士還鄉，明皇許之，捨宅爲觀，賜名千秋，名其男曾子會稽郡司馬賜鑑湖剡川一曲。……天寶三年，太子賓客賀知章鑒止足之

4. 開　合

> 茅檐長掃靜無苔，花木成畦手自栽。一水護田將綠繞，兩
> 山排闥送青來。（王安石〈書湖陰先生壁〉，《全宋詩》卷五六六）
>
> 誰茲敞高亭，磴道繞千蹐。江山接平遠，百里俱會合。人
> 間最佳景，窗戶供遠納。烟雲互蔽虧，蟲鳥相應答。吟箋
> 摘奇勝，畫筆寫紛雜。……。（文同〈子駿運使八詠堂──會景
> 亭〉，《全宋詩》卷四四四）

第一首詩中，由近而遠，先寫近景，再描寫遠景。詩人只管眼前居處
的潔淨和園圃裡花木扶疏之景，卻猛然抬眼一望，發現遠山張開臂膀
的向前聚景。首句及次句先寫眼前所見景況，接著三、四句將遠處的
景色（兩山排闥）移到近處來，這是園林造景中的「遠借」，視覺上
不但有層次感，而且山水與欣賞者之間的「距離」，使得景色又連又
隔，互相依存。

　　文同是宋代有名的詩人及畫家，尤以墨竹知名，畫家稱文湖州竹
派。亭子在園林裡通常都是視野最好的地方，第二首〈會景亭〉詩裡，
詩人「遠借」了江山、煙雲，「聲借」了蟲鳥聲，窗戶的「框景」，固
定的窗框中呈現一幕幕活動的景色，圖畫隨時變換，如詩如畫的意
境，讀此詩讓人不由融入畫境中。再看一首文同的詩：

> 汀洲烟雨卷輕霏，遙望軒窗隱翠圍。萬嶺西來供曉色，一
> 江南下載晴暉。鳧鷗慣入闌干宿，魚蟹長隨舴艋歸。我亦
> 舊多滄海思，幾時如此得苔磯。（文同〈成都楊氏江亭〉，《全宋
> 詩》卷四三九）

首句透過「軒窗」描寫遠處的濛濛的煙雨。窗框的方格正是一種「框
景」，把景色框住，如同一幅畫。這幅畫隨氣候、時間不同而有變換，
一下子「供曉色」一會兒「載晴暉」，也有「鳥鷗」和「魚、蟹」的
適時點染。末尾以「滄海之思」來結語，充滿詩人閒適的心情，詩情
中有畫意。

分，抗歸老之疏，解組辭榮，志期入道。……正月五日將歸會稽，
遂餞東路。……」

　　詩是一幅畫，畫是一首詩，園林詩中充滿詩情畫意。

　　不論園林造景藝術是藏露、動靜、虛實、開合，透過詩歌技巧的表達，都能生動的傳達園林詩歌的美學意境。

第六章　北宋園林詩的藝術技巧

　　中國古典園林的空間組合，形式多變，參差曲折，錯綜有致，各景點間互相呼應，靈活多變，或顯或隱，若實若虛，使得園林景色十分豐富，而且饒富趣味。「可居、可遊、可望、可行」的居處和西方幾何形式的對稱構圖、一覽無遺的園林設計截然不同。

　　「園林詩」是以寫景詠物爲主，吸收了宋詩本具的藝術特色，包融書畫理論和詩歌比興手法，成爲獨樹一格的詩歌體類。宋代詩人在園林中頻繁的活動，從而創作出大量以歌詠園林亭池的詩歌作品，從實景、意象的醞釀再轉化爲作品，加入許多意念的轉譯過程。

　　「詩中有畫」爲園林詩最主要的形象表徵。《西清詩話》:「丹青吟詠，妙處相資。昔人謂『詩中有畫，畫中有詩』者，蓋畫手能狀，而詩人能言之。」〔註1〕「士大夫詠性情，寫物狀，不托之詩，則托之畫，故詩中有畫，畫中有詩。得之心，應之口，可以奪造心，寓高興也。」〔註2〕葉燮說:「畫者形也，形依情則深；詩者，情也，情附形則顯。」（〈赤霞樓詩集序〉）詩與畫是兩門不同的藝術，然共通之處將詩畫的互相滲透，相互交融，在寫景狀物的園林詩中表現得最爲明顯。

〔註 1〕胡仔《苕溪漁隱詩話》前集卷十五，魏慶之《詩人玉屑》卷十三。
〔註 2〕金・李俊民〈錦堂賦詩序〉，《金文最》卷四十二（臺北：成文，1967年）。

本章從園林詩的意象烘托、時空設計、氣韻的展現三方向，來探討園林詩的藝術技巧。

一、北宋園林詩意象的烘托

「言微實則寡餘味，情直致則難動物也，故示之以意象，使人思而咀之，感而契之，邈哉深矣，此詩之大致也。」（王廷相〈與郭价夫學士論詩書〉）「詩的境界是情與景的契合」。〔註3〕情、景是詩歌審美不可分割的兩個要素。「情景名爲二，而實不可離。神於詩者，妙合無垠。巧者則有情中景、景中情。」（王夫之《薑齋詩話》卷二）。「敘述情景，須得畫意，爲最上乘。」（《昭昧詹言》）可知詩歌意象必須是情景的結合，內在統一的聯繫所開闢的理解空間。

（一）規摹點染

錢詠論造園說：「造園如作詩文，必使曲折有法，前呼後應，最忌堆砌，最忌錯雜，方稱佳構」（《履園叢話》）。園林視點景觀的開闊收放，隨著空間角度的轉移和遊園動線的前進，產生不同的感官享受。詩人在面對自然、人工的美景，興發的逸趣感懷，都必須透過園中景物的襯托點染。園林設計如詩文體制般有起、承、轉、合，詩歌寫作同樣也須區別先後輕重，才能凸顯主題。

「凡作一圖，若不先立主見，漫爲填補，東添西湊，使一局物色，各不相顧，最是大病」（《芥舟學畫編——布置》）。名爲「主見」，實是繪畫理論的「經營位置」，〔註4〕簡單的說就是布局。詩歌的中心意旨先確立，渲染般的背景圖染，再將主題帶出。

> 青山在屋上，流水在屋下，中有五畝園，花竹秀而野。花香襲杖屨，竹色侵杯斝。樽酒樂餘春，棋局消長夏。洛陽多古士，風俗猶爾雅。先生臥不出，冠蓋傾洛社。雖云與眾樂，中有獨樂者。才全德不形，所貴知我寡。先生獨何

〔註3〕〈詩的境界〉，見朱光潛《詩論》（臺北：漢京，1982年）。
〔註4〕南齊謝赫《古畫品錄》，見《四庫全書》冊二六九。

事,四海望陶冶。兒童誦君實,走卒知司馬。持此欲安歸,
造物不我捨。名聲逐吾輩,此病天所赭。撫掌笑先生,年
來笑瘖啞。(蘇軾〈司馬君實獨樂園〉,《全宋詩》卷七九八)

《古今詩話》「東坡〈獨樂園詩〉」一條即評讚蘇軾寫景氣氛拿捏得宜,
襯顯主題。「『青山在屋上,流水在屋下,中有五畝園,花竹秀而野』只
頭四句已都說盡,便可以入圖畫矣。」(《宋詩話輯佚》)司馬光在政治
上理念和王安石不合,便辭官退隱,寓居洛陽「獨樂園」。此詩前四句
先以「青山」、「流水」遠寫,勾勒一片山光水色,後寫近景,園林四周
滿是秀麗的雲朵和勁拔的竹林。接著後四句描寫園林生活的情趣,司馬
溫公倚杖穿梭於花叢間,揖讓月在手,動搖風滿懷,飲酒奕棋,消磨時
光。詩人鋪排了八句平凡的生活描寫起頭,實是欲烘托氣氛引起下句,
緊跟著十八句寫司馬君實的人格風範受到洛陽人士的景仰和愛戴。「雖
云與眾樂,中有獨樂者。才全德不形,所貴知我寡」、「先生臥不出,冠
蓋傾洛社」、「兒童誦君實,走卒知司馬」,以「眾」對「獨」,園林景色
不是此詩重點,而是一種氛圍的烘托,與司馬君實人格相映照的表現技
巧。

另一首黃庭堅的〈玉芝圃〉也以同樣的手法入題。

春生瀟湘水,風鳴澗谷泉。過雨花漠漠,弄晴絮翩翩。名
園上朱閣,觀後復觀前。借問昔居人,岑絕無炊煙。人生
須富貴,河水清且漣。百年共如此,安用涕潺湲。蔣侯真
好事,杖屨喜接連。⋯⋯感君勸我醉,吾亦無間然。亂我
朱碧眼,空花墜便翩。⋯⋯(《黃山谷詩集‧內集》卷二十)

起首四句對仗工整的寫景句切入,情緒的翻轉,一波三折。詩意從懷
古心情,想到人生當富貴的名和心。承接蔣侯消散曠達的心胸,勸詩
人「醉眼看人生」,凡事不必太計較。人生苦短,而知音幾何?萬物
的生滅,世事的無常,看那春去春來,花謝花開,又有多少的無奈?

《苕溪漁隱詩話》云:「於竊謂豫章自出機杼,別成一家,清新
奇巧,是其所長。」江西詩派的中堅黃山谷,於此展現寫作技巧的用
心。

　　再看梅堯臣寫與友人在園林中遊宴，流露出的相知相惜之情。

> 性僻交游寡，所從天下才。今朝誰出祖，親戚持樽罍。晚
> 節相知人，唯有胥宋裴。所欠謝夫子，歸穫尚未迴。岸傍
> 逢名園，繫舟共徘徊。嘉蓮如笑迎，照水呈丹腮。南庭葡
> 萄架，萬乳纍將磓。群卉競瑣細，紫紅相低偎。尋常固邂
> 逅，孰辨落與開。酒闌各分散，白日將西頹。城隅遂有隔，
> 北首望吹臺。(〈乙酉六月二十一日予應辟許昌京師內外之親則有習
> 氏昆弟蔡氏子予之季友人則胥平叔、宋中道、裴如晦各攜肴酒送我于
> 王氏之園盡懽而去明日予作詩以寄焉〉,《全宋詩》卷二四六)

眼前不就是一幅以人物為主，景物為輔的「飲宴圖」。畫卷上一直出
現觥籌交錯、酒酣耳熱的熱鬧畫面。詩中以六句寫景，區隔開飲宴前
後的心理變化，人的聚散、相知都是無可掌握的。「如笑迎」、「呈丹
腮」、「相低偎」、「固邂逅」等擬人化的筆調，讓園中景物活脫脫的生
動起來，在詩人落寞情緒中，幾抹淡筆的色彩下，這也達到寫景寓情
的效果。

　　園林景物總會勾人許多遐想和感慨。人生短暫，何不及時行樂？

> 青青石上蘖，霜至亦以凋。冉冉水中蒲，爾生信無聊。感
> 此歲云晚，欲懽念誰邀。嘉我二三子，為回東城鑣。幽菊
> 尚可泛，取魚繁榆條。毋為百年憂，一日以逍遙。(王安石
> 〈招同官遊東園〉,《臨川先生文集》卷十二)

疊字的運用，最易於描寫自然景物之美和表達細膩曲折的感情。詩人
用「青青」「冉冉」狀物，一平一仄，聲調的起伏，正如詩人擺盪的
情思。東園場景有石、蘖、水、蒲、菊、魚、榆，而石、蘖、菊等入
聲字的短促，營造出窘迫、困頓的心理意象。末尾以「毋為百年憂，
一日以逍遙」作結，總束比興，開拓一境，實為高妙。

　　寺廟園林特有的疏淡空靈的色彩，又別有一番味道。

> 高僧欲縱目，橋上建橫亭。野水茫茫白，群山點點青。客
> 帆風送葉，漁火夜遺星。看盡朝昏景，天涯一畫屏。(李甲
> 〈超果教院見遠亭〉,《全宋詩》卷八三九)

野水茫茫煙霧四起，遠望群山側筆點點黛綠，山水隱然可見。年年月月，月月年年，人生舞臺上演著悲歡離合，看那漁火灑向滿天的星辰，面對朝夕這一幕幕如畫的風景，在詩人寧靜安詳的心中恬適疏朗的情志，充滿對自然的包容和寬待。

　　園林詩的意象烘托，透過取畫法定格規摹來圖形寫貌，追求圖畫詩的美學效果。

（二）側筆寫意

　　《彥周詩話》評王安石：「荊公愛看水中影」（《歷代詩話》），所謂「影中取影，曲盡人情之極至」，〔註5〕不從正面著眼，而旁以寫意，興此見彼，反而更能曲盡其意。劉熙載《藝概》說：「正面不寫，寫反面；本面不寫，寫對面旁面，須知觀影知竿之妙。」〔註6〕正面寫景易流於描寫太過，直露明顯。故以反面代之，從另類角度觀看，增加了轉圜的想像空間。對於詩畫合一追求的「意在象外」、「思與境偕」能有不盡餘味的作用。先看王安石的〈長干寺〉詩：

> 梵館清閒側布金，小塘回曲翠文深。柳條不動千絲直，荷葉相依萬蓋陰。漠漠岑雲相上下，翩翩沙鳥自浮沈。羈人樂此忘歸思，忍向西風學越吟。（《臨川先生文集》卷二十三）

歷代寺廟園林常建在風景優美的名山勝境。王安石在此詩中，以「長干寺」裡「梵館」、「小塘」、「柳條」、「荷葉」群體建築的部份個體，來烘托長干寺遠近景的園林風光。「梵館」是寺園的主體，「小塘」、「荷葉」、「柳條」以烘雲托月之姿，在池畔以線條、塊面分割眼前視線，遠處淡淡的氳氤，幾抹飛影，把「長干寺」幽渺空靈又不失莊重的形象襯顯出來。再以下兩首寺廟園林的詩：。

> 先望巖端金碧明，久穿蔥蒨踏崢嶸。山疑圖畫曾經見，地

〔註5〕王夫之《薑齋詩話》。

〔註6〕參看張高評〈宋代「詩中有畫」技巧之創格——側筆見態〉，《宋詩之傳承與開拓》第四章頁456～461（臺北：文史哲出版社，1990年）。張高評〈不犯正位與宋詩特色〉，《宋詩之新變與代雄》，第八章，頁478～483（臺北：紅葉文化事業有限公司，1995年）。

喜生平所未行。隨處石泉春渴解,上方雲屋夜寒生。主人
著意開佳境,無負千年四絕名。(劉摯〈靈巖寺〉,《全宋詩》卷
六八一)

寶界香園接翠微,此焉空寂遠塵機。寒冰扣曉人無垢,古
劍藏秋谷有輝。水石潺頑迷客徑,松雲灑落護禪扉。我來
笑被名韁鎖,斜日匆匆策馬歸。(趙抃〈題瑞巖聖壽寺〉,《全宋
詩》卷三四四)

這兩首詩以「寺」為題,卻通篇不見「寺」字。「詩有從題中寫出,
有從題外寫入;有從虛處實寫,有從實處虛寫;有從此寫彼,有從彼
寫此,有從題前搖曳而來,題後迤邐而去,風雲變幻,不一其態。」
〔註7〕

　　第一首詩以末句「四絕名」挑起詩中「山」、「地」、「石泉」、「雲」
四絕,來總括靈巖寺優美的風景。遠景的虛寫,似乎不著主題邊際,事
實是實寫,人在寺中,抬頭遠望山色,低頭俯視屈曲的小徑,近處流泉
清涼解渴,天際迎接黑暗的來臨,一上一下,一近一遠,白晝和夜晚的
變化,不直接寫寺中景色如何,地處如何高遠,能以寺中主人「開佳境」
的不凡眼光來證明寺的風景獨絕,無疑增加了靈巖寺獨特的魅力。

　　第二首則先虛筆寺景點題,重點放在「詩人」身上。遠離塵世的
禪地一直是僧人養生修行的所在,詩人用「含冰」、「古劍」兩個意象
從題中破出,直插入象徵寺廟的清幽和神聖。世俗之人如何能掙脫紅
塵煩惱,於是為名利所韁鎖的詩人,心裡的矛盾衝突交戰,只得匆匆
策馬歸去。對於詩人的逃避心理,不難使讀者體會出寺廟園林在賞覽
之餘,在心境上所給予的衝擊。

　　文人喜愛登臨禪地,對公共園林,尤其是西湖,更是情有獨鍾。

金山亭榭遍林泉,獨有湖山占得先。一鑑靜開塵外境,數
峰高插水中天。避人幽鳥聲如剪,隔岸奇花色欲然。太守
與民同樂事,公餘不惜綺為筵。(林東美〈西湖亭〉,《全宋詩》

─────────────

〔註7〕 薛雪《一瓢詩話》,見郭紹虞輯《清詩話》(臺北:西南書局,1979
年)。

卷六六○）

整首詩點景寫景均是作者刻意著墨處。特從側筆詠西湖亭上四望可見的自然景色，來寫公共園林是「眾人」之園，與關懷民間「同樂事」的太守相呼應，一邊寫景色的公共性，一邊寫太守胸懷「眾心」的偉大。白居易、蘇軾等人都曾經在杭州當官，對西湖的景色更是十分喜愛。詩人把西湖之美藉著標誌人文之美，儒家士子載德厚物的精神，傳達到「西湖亭」的詩境裡。

「詩意」的翻進轉折，「側筆」的寫作技巧，爲詩作帶來富有變化的藝術境界。

（三）比擬巧妙

藉著巧妙的譬喻，可以延展想像的空間，增加詩歌語言的豐富性，使寫景生動活潑，並可產生畫龍點睛的效果，增加藝術感染力。昔人有言：「有比物以意而不言物，謂之象外句。……用事琢句，妙在言其用，而不言其名。」〔註8〕

王安石〈洊亭〉詩就極能傳達其中之妙。

　朝尋東郭來，西路歷洊亭。眾山若怨思，慘澹長眉青。逬
　水泣幽咽，復如語丁寧。豈予久忘之，而欲我小停。……（《臨
　川先生文集》卷第二）

詩人將綿延的眾山，想像是心有哀怨的一雙長眉，愁顏不展，怨思長且深。不言自己心極怨恨，卻說群山哀怨，慘澹的容顏，眉頭深鎖。逬水的斷斷續續，如哭泣般，又如人語呢喃的叮嚀聲。這都是詩人主觀的想像，巧妙的以物比物，融入情思，把無情的山水和人的感官結合，形成「我見青山多嫵媚，料青山見我亦如是」的映襯，造語貼切生動，有很強的藝術概括力，若易之平淡的鋪排敘述，眾多的山亭，讀之也索然無味。

蘇軾造語精闢詼諧，巧於譬喻，〔註9〕是善於運用語言文字遊戲

〔註8〕《詩史》七十五條「象外句」，《宋詩話輯佚》卷下，頁443。
〔註9〕《東坡詩話錄》卷下，陳秀明編。

的能手。

> 小圃傍城郭，閉門芝朮香。名隨市人隱，德與佳木長。……
> 但喜賓客來，置酒花滿堂。我欲東南去，再觀雙檜蒼。山
> 茶想出屋，湖橘應過牆。木老德亦熟，吾言豈荒唐。(〈種德
> 亭〉，《全宋詩》卷七九九)
>
> ……全家依畫舫，極目亂紅妝。激激波頭細，疏疏雨腳長。
> 我來聞濯足，溪漲欲浮牀。(〈城南縣尉水亭得長字〉，《全宋詩》
> 卷八○二)

宋人作詩的素材比起唐人可說是寬廣許多，一些俚語、俗語的字眼都
被網羅入句，經過巧妙安排，都能產生出人意外的新奇，形成「以俗
為雅」的宋詩特色。〔註10〕第一首詩裡，蘇軾寫處士王復，為人多技
能而醫術尤精，期於活人而不志於利，治園圃，其所種為德也。〔註11〕

詩人不選「比德」形象的植物為象徵，透過「山茶」、「湖橘」等
為民間到處可見的植物，以物擬人化的「想出屋」、「應過牆」，鮮活
的將靜態的植物化為有生命的形象，也「想」到「應」一步一步描繪
出它們迫不及待的和「有德之人」同進退的樣子，蘇軾敬崇處士的人
格，也暗示自己是物以類聚，不需教條說理，卻已掌握住整個形而上
的精神特質。

第二首「波頭細」、「雨腳長」之語，「頭」、「腳」這樣的詞在前代
詩歌中，被認為是難登大雅之堂的語彙。但詩人巧喻把毫不起眼的「水
波」、「雨絲」如再造般的增添幾許俏皮和奇趣。再看一首〈題翠麓亭〉
詩：

> 素虯盤屈走靈泉，槲葉塗紅作畫船。幡轉玉繩光影旋，杯銜
> 金鏡酒痕圓。篆形綵字方傳世，星落光纏忽下天。……翰墨
> 主人今獨步，雙鵝應復降飛仙。(釋仲殊，《全宋詩》卷八三九)

翠麓亭座落在一片煙雲裊繞、青山綠水之際。詩人善用譬喻，古木盤
繞的形象是虯龍的纏繞，那槲葉變色染紅樹林，那具象實質的「紅」，

〔註10〕張高評〈化俗為雅與宋詩特色〉，《宋詩之新變與代雄》，頁318。
〔註11〕註〈種德亭〉並序。

鮮豔得可以當畫料塗紅畫船。詩人經過兩層意念的轉換，先是單純的概念化事實的陳述，再主觀從理解上去做形象詮釋的連結變化。故醉看幡旗和玉繩光影晃動，一飲斟滿杯的湖光山色，把眼前美景不露痕跡的寫入畫船、酒杯。

> 嘗聞東園游觀嘉，晚趁時節亦自到。……楊花輕佻最得力，
> 飛過青天去何冒。弱柳低垂弗辭賤，以力憑風爲春掃。黃
> 鸝喞啾聲語和，似對遊人見情抱。……（王令〈東園贈周翊〉，
> 《全宋詩》卷六九六）

「輕佻」多是比喻嬌豔女子輕浮的動作，用來形容楊花媚惑動人，讓我們眼前馬上浮起一個女子，身材姣好，容貌美麗，搔手擺尾都足以挑起人的注意，充滿青春魅力。柳條絲絲，輕柔如袂，風一吹起，四處擺動，嬌柔無力，輕拂人們的臉頰，惹起詩人心裡無限憐愛。除了視覺、聽覺上，嘰嘰喳喳的鳥叫聲，如同一曲樂章，盡情的擁抱著這些賞園的遊人。弱柳的「掃」、喞啾聲的「抱」，不但可以從形象上來聯想，視聽的語言組合也使景物表現得更是生動。

> 太湖萬穴骨山枯，人結峰嵐勢不孤。苔徑三層平木末，河
> 流一道接墙隅。……（梅堯臣〈寄題徐都官新居假山〉，《全宋詩》
> 卷二四四）

太湖石是園林最常用的石材之一。太湖石「漏、透、瘦、皺」的特性，〔註12〕在宋人看來，最具特色。〔註13〕江南之人看中那一塊太湖石，就先把它雕琢一番，再放入太湖中，接受湖水的侵蝕沖刷，經過一段時間再撈起，就成了坑坑洞洞，凹凸不平，可供觀賞的石頭了。〔註14〕

〔註12〕李漁《閒情偶記》卷之九「居室部」山石第五：「山石之美者，俱在
　　　　透露瘦三字。此通于彼，彼通于此，若有道路可行，所謂『透』也。
　　　　石上有眼，四面玲瓏，所謂『漏』也。壁立當空，孤時無倚，所謂
　　　　『瘦』也。」（臺北：長安出版社，1992年）。

〔註13〕蔣錦繡《壺天縮影見石趣》中對宋人愛石成癖的癖好，多所著墨。
　　　　太湖石的漏、透、瘦、皺最爲特色。臺灣師大國文研究所碩士論文，
　　　　1994年12月。

〔註14〕杜綰《雲林石譜》上卷「太湖石」一條。「平江府太湖石產洞庭水中，
　　　　性堅而潤，有嵌空穿眼宛轉嶮怪勢。……採人攜鎚鏨入深水中，頗

白居易〈太湖石記〉云:「厥狀非一,有盤坳秀出邱鮮雲者,有端嚴挺立如真官神人者,……撮要而言,則三山五岳,百洞千壑,覼縷蔟縮,盡在其中。」〔註15〕、李漁也強調太湖石之美。詩人用「萬穴」、「骨山」,比擬石頭崢嶸嶙峋的瘦乾感,以小見大醞釀了聳拔壯麗的「氣勢」。

　　不論是「規摹點染」、「側筆寫意」或是「比擬巧妙」都是北宋園林詩納入詩畫特色,凸顯意象烘托的藝術技巧。

二、北宋園林詩的時空設計

　　義大利建築美學家布魯諾‧賽維指出「空間」是指「人可進入其中,並在行進中感受它的效果。除了一種將人包圍在內的三度空間,還兼指所謂『第四度空間』,即時間因素。」〔註16〕「時空結構是藝術感知最基本的型態」,〔註17〕「時間具有過去、現在以及未來三相,是前後相續的連續體,空間是時間的一種遲緩,是廣大空虛而又無所不包的。」〔註18〕古往今來,歲月的交替與空間上下四方,為客觀形勢的存在,人類處在大化流行的時空量度之中,人的性格和生活環境互動,產生影響。而唯有在時空兼濟,人物並包之下,一切的討論才有意義。

　　《古今詩話》有一則品評杜詩之語,認知的觀點在於作品意境的優劣高下,是離不開時空意識的探討。「楊大年不喜杜子美詩,謂之

　　　艱辛。度其奇巧取鑿,貫以巨索,浮大舟,設木架,絞而出之。其
　　　間稍有礐嚴特勢,則就加鐫礱取巧,復沈水中經久,為風水沖刷,
　　　石理如生。此石最高有三五丈,低不踰十數尺。」見《叢書集成初
　　　編》一五〇七。
〔註15〕《全唐文》卷六七六。
〔註16〕王振復《建築美學》,頁15(臺北:地景企業有限公司,1993年2
　　　月)。
〔註17〕黃河濤〈藝術的時空結構與藝術的感知〉,《文藝研究》,1988年6
　　　月。
〔註18〕參看陳清俊《盛唐詩時空意識研究》第二章〈時間與空間的涵義〉
　　　中採取各家說法歸納整理的論點(臺灣師大國文研究所博士論文)。

村夫子。有鄉人以子美詩強大年曰：『公試爲我續 "江漢思歸客" 一
句』。大年亦爲屬對。鄉人曰：『乾坤一腐儒』。大年默然」（《宋詩話
輯佚》卷上）

「江漢」，壯闊的空間感，對應「乾坤」天地間恆長的時間性，
時空交錯的運用所造成的震撼力，不得不讓人感到時間、空間無邊際
的偉大，和自己的渺小，因此對時空設計的要求，在園林詩中更形重
要了。

詩是時空交綜的藝術。〔註19〕園林詩的主體，一爲人，一爲景，
不論詩中抒情、敘事、議論或寫景，時空必然的連結，每每透過情感
的交貫投射而呈顯出來。園林詩的時空設計則分爲：小大互見、意想
天開、移形換位等三項來分析其藝術手法。

（一）小大互見

園林是個封閉的空間，公共園林和寺廟園林由於土地廣大，加以
向鄰近山水借景，因此空間感要比拘限於一方的小園開闊得多，但仍
不出此一範圍。以詩人的所在來看，空間畫面由一點開展出去，或由
小空間含攝全幅景象（小中有大）；抑或是由遠處推進逼來；全幅景
色凝聚在一點（大中有小），這都是園林詩中「小大互見」時空設計
的美學原則。「見」是含攝、概括。

> 萬古淵源會，憑欄試一觀。雪濤誰可際，勺水自爲難。日
> 月閒中永，乾坤物外寬。幽人休悵望，平地亦波瀾。（林旦
> 〈觀瀾亭〉，《全宋詩》卷七四八）

「萬古淵源會，憑欄試一觀」，詩人欲以時空對比，用一「亭」之小
欲觀萬古之大，欲以渺小之「人」觀浩瀚之「千古事」，這是一種小
中見大的設計。西方有哲語「一粒沙中見世界」，由小處想見大處。

〔註19〕黃永武《中國詩學——設計篇》：「詩的時空設計」一章將時空關係
　　　　分成幾種形式：時間的漸蹙、時間的漸長、時間的速率、時間的改
　　　　造、時間的壓縮、空間的擴張、空間的凝聚、空間的轉向、空間的
　　　　深度、空間的改造、空間的簡化、時空的換位、時空的溶合、時空
　　　　約分設、詩空的交感（臺北：巨流，1976 年）。

集虛合物的「亭」，將古今事都匯聚在此，看那浩浩流水、想那風流人物，日復一日，年復一年，天地間的物換星移都不過是過眼雲煙，落爲日後人們閒話家常的對象罷了。

另首小中見大的例子，是楊怡〈成都運司園亭十首──茅庵〉：

> 緝茅如蝸廬，容膝縺一丈。規圓無四隅，空廓含萬象。繩牀每宴坐，不與物俯仰。惟許歲寒君，虛心環几杖。（《全宋詩》卷八四一）

「規圓無四隅，空廓含萬象」，楊怡形容運司園亭的狹小，如蝸廬般的壅塞，給人侷促之感，但下句卻以納萬象之空廓，欲把客觀空間限制住主觀空間，反而透出掙脫後的自由，動態的生命美，讓人存在的時空增加了厚度和深度。不爲現實環境所屈、不隨波逐流，正是宋代讀書人對精神品格的要求下顯現的「人文之美」。除了以較抽象的手法來透視立體時空，具象的實景描寫，最爲常見。

> 岡陵來勢遠，幽處更依山。一片湖景內，千家市井間。（蘇軾〈題陳公園〉，《全宋詩》卷八三二）

遠處綿亙的山峰一層又一層，「依」字妥貼的擴大聯想的空間，下句空間距離突然變換，一片湖景聚焦收束住「千家市井」，小中有大。再看以下一首詩：

> ……此亭聊可喜，修徑豈辭捫。谷映朱欄秀，山含古木尊。路窮驚石斷，林缺見河奔。……（蘇軾〈是日自磻溪將往陽平憩於麻田青峰寺之下院翠麓亭〉，《全宋詩》卷七八七）

「取眞實山水的精華部份和一角，經造園家的創造再現於園中」，[註20] 這樣以部份代全體所呈現的景色，這是擷取繪畫技巧而來的。而這「一角」的視點變化，也可以在敏感的詩人眼中出現。「路窮」發現「石斷」，「林缺」才見「河奔」，視野盡頭之處是被切割斷的空間

〔註20〕「在繪畫中，宋人小品展示了微小的藝術構製的獨特韻味，這一思潮甚至影響整個繪畫領城，如山水畫在構圖上出現了『馬一角』（馬遠）『夏半邊』（夏珪）的表現方法」。朱良志《中國藝術的生命精神》，頁284，〈中國園林的生命精神〉（安徽教育出版社，1995年，9月）。

斷面，代之而起是另一種空間的轉向，以半壁斷部想見路的整形，以壓縮的角落想見樹林的的全貌，是極富立體空間的概念。

反過來說，由大聚小，大景涵蓋小景，是另一種時空的組合。

……逕草侵芒屨，庭花墮石臺。小亭幽事足，野色向人來。……（蘇轍〈題李簡夫葆光亭〉，《全宋詩》卷七八七）

虛亭面疏篁，窈窕眾景聚。更與坐中人，行尋望來處。（蘇轍〈涵虛亭〉，《全宋詩》卷八五四）

蘇轍在兩首詩中「野色向人來」的「來」，「窈窕眾景聚」的「聚」，都是有方向性的將全部景色聚集到坐在亭裡的詩人眼中，迎面是看不完的山色。四周的大景向一個亭子靠攏過來，大中有小，以虛會實。這也是觀賞風景的遊人常有的一種心靈感受。

由於園林空間的有限性，為了增加空間的深度和層次感，因此常應用「隔」〔註21〕的技巧於造園布景上。

湖水入蘿山遠舍，隱居應與世相違。……（林逋〈湖上隱居〉，《林和靖詩集》卷二）

蓬萊楚山底，傍舍竹四圍。……（黃庶〈憶竹亭〉，《全宋詩》卷四五三）

亭前流水醒客耳，亭上白雲開客眼。老僧有意厚來往，四面更令看好山。（黃庶〈和百塔寺四首——四開亭〉，《全宋詩》卷四五三）

……隱隱湖山藏故國，漫漫煙水隔都城。低迷疊嶂回峰抱，繚繞芳叢列豔迎。……縈紆碧沚通潮浦，左右修篁拂畫楹。……（喬孝本〈題三山郡圃會稽亭〉，《全宋詩》卷六七一）

一般說來，處於自然環境中的園林，都與外圍山水有密不可分的關

〔註21〕 「隔景的目的是為了增加景色的曲折變化，或為了某種功能上的需要，事實上空間被劃分後，分隔的景區之間仍有聯繫。」見於于樹勛《園林美與園林藝術》，頁 67。「藝術品要和環境相協調，也必定和環境有個較明確的分界。……無論是山水、田園、還是城市環境，造園家必定要以某種手段將創造的山水景色同周圍的自然區分。」語見劉天華《園林美學》，頁 173（臺北：地景企業有限公司，1992 年 2 月）。

係。但為了不影響彼此之間的交流，所以園林常利用地勢的高低、欄杆、小籬笆、河流、花叢作為自然性的區隔。如此不但不顯得造作，而且又能兼顧獨立性和隱蔽性。

林逋隱居在西湖旁的孤山上，湖光山色圍繞著詩人獨立的小園，湖水和山巒就成了園林自然的屏障，地形上的差距，視線能完全敞開，如同黃庶所寫的「憶竹亭」，蓬萊楚山環繞小舍，小舍又為竹林圍繞，邊界一層一層的往上分隔。第三首詩寫寺廟園林，亭前亭上的景，不設圍牆虛景透入，而四面好山就像是環帶一樣在周圍，以大環小，以小依大。「隱隱湖山」、「漫漫煙水」、「疊嶂回峰」，小亭和園外的湖水分隔，空間遠近伸縮，形成「小大」互見的空間感受。

（二）妙想天開

所謂「思接千載」、「視通萬里」，〔註22〕這種時空的超越，就是「妙想天開」，意之所至，天地為開。心有多遠，天地就有多大。《貞一齋詩話》：「論山水奇妙曰：『徑路絕而風雲通』。徑路絕者，人之所不能通也。如是而風雲又通，其為通也至矣。」（《清詩話》）空間的路徑可以轉彎，人的內在思維無法限制在固定的範圍。人有情感、有思想，以人類主觀能動性去掌控時空深度和密度，宋是繼唐之後，講究情韻風致、人文氣象的朝代。

> 千峰凌紫煙，中有梵宮闕。靈晾極幽棲，塵心自超越。松篁發春靄，桂實墜秋月。爭得謝世人，茲焉老華髮。（梅詢〈靈隱寺〉，《全宋詩》卷九九）

> 古屋蕭蕭臥不周，披裘起坐興綢繆。千山月午乾坤晝，一壑泉鳴風雨秋。跡入塵中慚有累，心期物外欲何求。明朝松路須惆悵，忍更無詩向此遊。（王安國〈游廬山宿棲賢寺〉，《全宋詩》卷六三一）

西湖旁的靈隱寺遠近知名。廬山佛寺頗多，棲賢寺是其中之一。詩人

―――――――――――――――――――――――――――――――――――――――

〔註22〕《文心雕龍・神思》：「故寂然凝慮，思接千載；悄然動容，視通萬里；吟詠之間，吐納珠玉之聲；眉睫之前，卷舒風雲之色」。

沈浸在環境悠美、幽深出塵的禪地，自然俗念藏形，雜慮頓釋。第一首詩以「千峰凌紫煙，中有梵宮闕」，營造了虛無縹緲的仙山形象，下一首則以山中月色訴諸視覺，和一壑鳴泉訴諸聽覺，建構清寂幽靜的靈山勝境。凡塵俗世中人生不免有些牽掛和羈絆，若能以「塵心自超越」置身物外，得精神的超越和豁達，無所罣礙，那麼天地之大，將無遠弗屆。故王安國說「心期物外欲何求」，心中無欲無求，不為物役，不為物使，身心恬然，海闊天空。

　　佛家說「自性」，每個人自有靈明的本心。在充滿禪意的詩歌中，心靈與大自然的融合，自然的將情感消融於不朽的佛性裡。不凝於景的觀照，對人生、宇宙現象就會有比較透徹的理解。

　　　　翩然溝上亭，左右相映帶。修梃列翠幄，長松偃高蓋。地
　　　　褊景逾寬，處約志彌泰。誰知坐嘯間，心遊萬物外。(許將
　　　〈成都運司西園亭詩——小亭〉，《全宋詩》卷八四〇)

「地褊景逾寬」這是一種心理作用；「處約志彌泰」這是一種人格表現。令人不禁想起隱逸詩人陶淵明躬耕田畝、心遊物外的精神特質，「問君何能爾？心遠地自偏」(〈飲酒〉)。生命自覺的超越情懷，將無限生機和對壺中天寄寓之情統攝於逍遙的心境上。園林的寬廣不在面積實際的小大，而在園主心境的大小。

　　　　林霭波光秀可餐，登臨都付一亭間。坐違世路塵埃遠，靜
　　　　入湖天日月閒。對岸鶯花迷閬苑，隔煙洲激切蓬山。習池
　　　　勝事無多較，只負襄陽到載還。(滿維瑞〈挹秀亭〉，《全宋詩》
　　　　卷六七一)

詩人在亭上飽覽秀麗的湖光山色，心中清靜無所罣滯，便覺歲月悠悠，離世俗紛擾遙遠。也因為「靜」，「天門開闔」，〔註23〕人的一切官能達於感官限制範圍之外。現實性空間「塵埃」、「日月」的遠、閒，都是一種知覺的感受，以自己的園林比擬縹緲的海上仙山，「閬苑」、「蓬山」想像性的空間，跨越真實，虛擬一個另類空間，讓空間在沒

〔註23〕《老子》第十章，「天門開闔，能為雌乎。」

有時間的混沌中，無限的延長，達到一種距離的美感。

> 縹紗飛亭倚半空，景來酬對不知窮，天開雲嶂輪環外，地
> 壓林丘尺寸中。時有桂花飄馥烈，恨無泉玉瀉玲瓏。楚人
> 不識靈均意，江上年年費粽筒。(劉摯〈次韻孫景修題萃景亭〉
> 又次韻四首之二，《全宋詩》卷六八二)

「天開雲嶂輪環外，地壓林丘尺寸中」二句，點明亭的特性是四面風景「酬對不知窮」，賞景之人隨著心境的變化和妙想，雖然地處尺寸的狹小區域，但是空間卻有著無限的可能，能夠任意縮小放大，直至千萬里之遙；景物四時翻新，令人應接不暇，而這也是園林詩中最有變化的空間形式。下面四句詩人以反筆寄意，由賞景轉筆至觸景生情，人們不知及時行樂，卻爲了屈原而年年划舟費粽筒，寄寓無限的感慨。再看蘇軾對僧人清順「垂雲亭」所作的描寫。

> 江山雖有餘，亭榭苦難穩。登臨不得要，萬象各偃蹇，惜
> 哉垂雲軒，此地得何晚。……路窮朱欄出，山破石壁很。
> 海門浸坤軸，海尾抱雲巘。蔥蔥城郭麗，淡淡烟村遠。……
> (〈僧清順新作垂雲亭〉，《全宋詩》卷七九二)

起首六句敘述垂雲亭地勢的高聳，視野之佳。「路窮朱欄出……湖尾抱雲巘」中間四句，詩人把握空間的侷限發揮想像的作用，走到路的盡頭後，一旁的欄杆成就空間的延伸，向前推開，以實爲虛，欄杆的圍界對景色的空間量度就毫無影響。所以「海門浸坤軸，湖尾抱雲巘」，湖際雲起，空間是無限的延長和寬廣，一切全部在詩人的掌握中。

「天下之物通一氣耳」，妙想天開的時空設計，隨著詩人主觀的生命情調，流動著生生不息的生命底蘊。

（三）移形換位

「移形換位」的設計，是一種時空的改造，[註24] 空間可能是時間的變形，時間可能是空間的轉移。在詩人含情的觀物中，眼前的一草一木，一山一水，都帶著詩人主觀的情感色彩。相對的，它們與

〔註24〕黃永武《中國詩學·設計篇「時空設計」》。

詩人位置的關係，隨著心境的喜怒哀樂，可以以天為地、以地為天。
試看楊傑的〈遙碧亭〉：

> 幽鳥無心去又還，迢迢湖水出東關。暮雲留戀不飛動，添
> 得一重山外山。(《全宋詩》卷六七六)

這是一首由亭入景的詩，猶如展開一幅山水畫卷。遠處的鳥兒在亭外
自由飛翔，化成山巒前淡淡的幾筆白點，和詩人所站立的亭子，是空
間上的距離。而接著飛鳥「去又還」之語，把畫面定點空間轉變為時
間的流動，對應湖水東流，形成時空動態的美感。「暮雲」是時間早
晚的變化，卻因為雲朵留戀不飛動，似乎時間也凝固停止了，換來的
是「一重山外山」，空間代替了時間，使得空間視線無限的延長擴大。

　　整首詩在時空的轉換上，十分豐富，變化多端，由動而靜，由靜
而動，靜動遠近之間，令人應接不暇，是一首描寫景色成功的佳作。
　　再看黃庭堅的〈題落星寺〉四首之三：

> 落星開士深結屋，龍閣老翁來賦詩。小雨藏山客坐久，長
> 江接天帆到遲。燕寢清香與世隔，畫圖妙絕無人知。蜂房
> 各自開戶牖，處處煮茶藤一枝。(《全宋詩》卷一○○六)

落星寺在鄱陽湖北部。傳說天上偶然殞落下一顆巨星，觸地即化作一
座小島。「落星開士深結屋」一句，「落星」的「落」是時間上的移動，
「屋」是屬於空間上的形象，從上而下，正好點題「落星寺」之名。
從時間接續空間，兩者的連結自然，不見琢痕。第三、四句交代寺宇
四周的風景，「小雨藏山客坐久」句，「雨」、「山」兩字，前者是時間，
後者是空間。「藏」字巧妙，以動藏靜，絲絲細雨將整座山都包籠在
水氣形成的帷幔中。帆船行駛於一望無垠的長天，又將空間繫連時
間。空間（山）吸納流動的時間（雨），船的時間趕（遲）拉近空間
的距離（天），讓山水、佛寺、小雨渾然一體。

> 次山曾此隱，溪壑水清漪。廢宅群山合，高名千古垂。修
> 篁森釣渚，樂石聳豐碑。唯有喬林色，蒼蒼似昔時。(陳統
> 〈經浯溪元次山舊隱〉，《全宋詩》卷三四七)

「廢宅」是過去的時間，與現今的「群山」空間相合，所以時間的超

越變成是空間的一部份。「唯有喬林色」是空間上的視覺色彩,「蒼蒼似昔時」過往的時間痕跡,把當時空間回歸過去時間中。空間、時間的改造,結合詩人懷舊心情,時間不再只是流動的變化過程,更重要是生命的躍動。「追求時間的本意,實際上就是在追求生命的本身。」〔註25〕

> 爲愛方池淨,危亭此構新。寒光搖玉鑒,晴色戲金鱗,月上驪宮曉,蓮開水府春。主人能息慮,四座絕風塵。(黃希旦〈水心亭〉,《全宋詩》卷七二二)

整首詩環繞著這座立於池中央的亭子打轉。「寒光」、「晴色」這是時間上季節的變換和朝夕的分別。「月」是物象、是時間、亦是空間的象徵。月亮映照在粼粼波光中,月盈月缺,不知是時間上的漢唐宮闕,還是空間裡「廣寒宮」的淒清冷寂。「驪宮」、「水府」視線一上一下,由高而低,天上人間時間的變化,似乎弭平在這片靜謐的水光中,「水心亭」延續著時空無聲的交替。「搖」、「戲」、「上」、「開」這些開闊頓挫的動態感,都增加了詩歌形象的藝術力量。

再看一首以古今時空改造的例子:

> 滄江萬里對朱欄,白鳥群飛去復還。雪捧樓臺出天上,風飄鐘磬落人間。銀河倒瀉分雙月,錦水西來轉幾山。今古冥冥誰借問,且持玉爵破愁顏。(楊蟠〈甘露寺〉,《全宋詩》卷四〇九)

寺廟園林多屬開放空間,青山綠水,星月清風與之園林,彼此不可分離。起首二句動靜分合,上句寫滄江萬里廣闊的空間氣勢,下句寫群鳥飛翔,時間上流動,來來往往,飛去又飛回。接著兩句以「雲」、「風」來烘托寺廟位置的高聳和清幽,之後二句以「銀河」、「錦水」寫寺外空間上角度的變化。全詩至此接續緊湊,時間空間似乎順著平面線條前行,末尾「今古冥冥誰借問」一語,今、古時間上的翻轉,「且持玉爵破愁顏」時空忽然變得立體起來。「愁顏」之人,跨越時間的阻

〔註25〕史作檉《空間與時間》,頁325。

隔，是今爲昔，抑或昔爲今；是在紅塵中的自己，還是遊心太玄的自己。時空分界的逆轉，詩意轉折，反而開出新境。

　　北宋園林詩的時空設計，藉由「小大互見」與「妙想天開」的技巧，將空間、時間緊密的連結起來，自由伸縮，互爲轉換。

三、北宋園林詩氣韻的展現

　　南朝謝赫《古畫品錄》標出「氣韻生動」一格。張彥遠在《歷代名畫記》說：「以氣韻求其畫，則形似在其間矣。」詩歌的寫作，重在內在本質神韻，而非只是模山範水、鋪排寫景而已。所謂「不著一句，盡得風流」（《詩品》）「羚羊掛角，無跡可求」（《滄浪詩話》）。氣韻的尋繹可從（作者）人格之美、（詩趣）語言活潑、（境界）淡逸開遠上來談。

（一）人格之美

　　《一瓢詩話》：「著作以人品爲先，文章次之。」「古人作詩到平澹處，令人吟繹不盡，是陶鎔氣質，消盡渣滓，純是清眞蘊藉，造峰極頂事也。」（《清詩話》）詩人用眞感情、眞性情開創詩歌境界，裡面自然也湧發個人的氣質和思想內涵，形成特殊的寫作風格。宋代士子他們極力想掙脫傳統的束縛，放懷生命的枷鎖，卻又無可避免的在無可抗拒的封建體制下，感受孤獨寂寞和無力的顫動。在這現象背後，儒家模式的人格美學，卻豐富了個體內在世界，在人生的有限性上，通過「窮理」推向無限，生命內容，豐沛泉湧，源源不絕。

　　　　蘭江江上亭，仁智稱爲名。山色曉爭出，水光秋更清，微
　　　　風飄復斷，好鳥過還鳴。曾伴陶公醉，疊聞漁唱聲。（趙湘
　　　　〈蘭江仁智亭〉，《全宋詩》卷七六）

儒家積極用世的生命情調，是以「實踐」的入世精神落實於現世生活上。詩人特意標出「陶公」。陶淵明一生六十三歲的生命中，〔註26〕不爲五斗米折腰，他兼名士和隱士身份在動盪不安的時代下，堅持的理想和人

─────────────

〔註26〕楊勇《陶淵明年譜彙訂》（香港：新亞書院，1965 年）。

格，深遠的影響了後世的讀書人。孔子以「仁」為儒家哲學核心，「仁智」雙修代表著讀書人追求的境界。字面上詩人以「仁智亭」和陶淵明的德行相比，是則暗喻自己的胸懷和理想，表達了曠遠的懷抱。

以人格典型當作寄寓對象外，「比德」的符號也能放在具象徵意義的植物上。

> 務簡群吏散，披襟幽興長。松篁經晚節，蘭菊有清香。水淨澄秋色，山高見夕陽。身閒心自泰，何必濯滄浪？（寇準〈岐下西園秋日書事〉，《全宋詩》卷九十）

「松色沈穩持重，不因季節而轉換顏色，象徵著永恆。」〔註27〕蘭的清幽，令人想起「朝飲木蘭之墜露」、「夕餐秋菊之落英」的屈原。陶淵明云：「三徑就荒，松菊猶存。」屈原、陶淵明都是古代讀書人景仰和學習的對象。寇準自喻晚節自持，把這些被稱頌的花木當作人格的表現。因此詩中以松蘭菊比附堅貞自持的人格特質，以及超凡的氣節。最後「何必濯滄浪？」以反語形式指出「何必」，事實上，詩人是以超然的心態來面對用世的問題。再看兩首黃庭堅的園林詩：

> 無心經世網，有道藏丘山。養生息天黥，藝木印歲寒。德人牆九仞，強學窺一斑。張侯大雅質，結髮闖儒關。奇贏忽諧偶，老大嘗艱難。築亭上雲間，日月轉朱欄。……（〈平陰張澄居士隱處三詩──仁亭〉，《黃山谷詩集·內集》卷一）

黃山谷作詩立意新、講用典，不落俗套，無一字無來歷。〔註28〕詩人引用《莊子》、《論語》書中：「德人者，居無思，行無慮，不藏是非善惡。」（《莊子》）、「夫子之牆數仞，書為山九仞」（《論語》），為張澄居士的「仁亭」做注。「張侯大雅質，結髮闖儒關。奇贏忽諧偶，老大嘗艱難」，詩中分別用〈李廣傳〉和〈霍去病傳〉寫張澄曾經效

〔註27〕 程兆熊《論中國觀賞樹木──中國樹木與性情之教》，頁4～5。
〔註28〕 趙翼《歐北詩話》卷十一：「山谷則專以拗俏避俗，不肯作一尋常語。……山谷則書卷比坡更多數倍，幾乎無一字無來歷，然專以選才庇料為主，寧不工而不肯不典，寧不切而不肯不奧。」見郭紹虞編《清詩話續編》（臺北：木鐸出版社）。

法前人積極的入世精神，想建功立名，揚威萬世，然世道險阻，世故之多，故絕棄仕進，築亭歸隱。寫出刹那間對功名的失望和感慨，最後企求回歸自然，歸向「道」的路上。

有道之「德人」，以德稱之，流露詩人無限欽羨之情。雖然不能用世，但是追求人生自我更高的價值，比汲汲於外在的虛名更值得敬佩。在園林中對「亭」的題名，常常是寓涵一些寄託，對標示出人格之美，有正面的意義。

另一首是〈題宛陵張待舉曲肱亭〉，則託孔門弟子顏淵「安貧樂道」的節操來褒揚張仲蔚，雖是詠亭，然其中包蘊的人文精神則充塞天地。

> 仲蔚蓬蒿宅，宣成詩句中。人賢忘陋巷，境勝失途窮。寒菹書萬卷，零亂剛直胸。偃蹇勳業外，嘯歌山水重。晨雞催不起，擁被聽松風。（《黃山谷詩集·內集》卷二）

黃庭堅詩作技巧有「點鐵成金」、「奪胎換骨」〔註29〕之說。首句採「換骨法」套用陶淵明詩中的「仲蔚愛窮居，遶宅生蓬蒿」。下句「點鐵成金」，用謝朓（宣成）曾爲宣城郡守，李善《文選》所選「贈達詩」中多有「朓宣成所作」之語。宣城即宛陵，故緊扣住主題「宛陵」而言，顯得自然又不落俗套。心中充滿豐盈的生命內涵，精神自能超越物質上的匱乏和貧窮。藏書萬卷、粗茶淡飯，一樣能逍遙自在，笑傲山水之間。詩末更以慵懶、閒散作結，不失感性。

以「人格」做爲詩歌內容氣韻的表現，是有宋一代特別標出且發揚光大的精神特色。使事用典都須精當，否則易流於吊書袋，成爲詩中瑕疵。

（二）語言活潑

《世說新語》：「四體妍媸，本無關於妙處。傳神寫照，正在阿堵中。」「阿堵」爲傳神之意，被廣泛的運用在繪畫上面。應用在詩文

〔註29〕所謂「點鐵成金」是對古人的陳言加以改造變化，便可化腐朽爲神奇，成爲自己有特色的詩歌。而「奪胎換骨」之語，依《冷齋詩話》解釋：「不意其意而造其語，謂之換骨法；規模其意而形容之，謂之奪胎法。」

中可以解釋成一個「眼」，換句話說，詞句的巧用，有時端看一、二個字便可以使詩句靈活起來。又「潘邠老言：『七言詩第五字要響，……五言詩第三字要響』。予竊以為字自當活，活則字字自響。」（《童蒙詩訓》，《宋詩話輯佚》卷下）。

《王直方詩話》記載了一則有關用字妥貼精確，而使詩歌神韻大為突出的例子。「洪駒父見陳無己〈小歌行〉云：『不惜捲簾通一顧，怕君著眼未分明』，此為奇語，蓋『通』字未嘗有人造。」（《宋詩話輯佚》卷上）所謂「活字」當是詩中最重要的字眼。如「通」字可以讓整個文氣生動。范溫在《潛溪詩眼》中有這樣的看法：「故學者要先以識為主，如禪宗所謂正法眼者。直須具此眼目，方可入道。」（《宋詩話輯佚》卷上）此處指的也就是前面詩家口中關鍵字眼。

> ……新亭在東阜，非宇臨通闤。……孤雲抱商丘，芳草連杏山。俯仰盡法界，逍遙寄人寰。亭亭妙高峰，了了蓬艾間。……（蘇軾〈南都妙峰亭〉，《全宋詩》卷八〇八）

> ……雲碓水舂春，松門風為關。石泉解娛客，琴筑鳴空山。（蘇軾〈峽山寺〉，《全宋詩》卷八二一）

> 喬木卷蒼藤，浩浩崩雲積。謝家堂前燕，對語悲夙昔。……（蘇軾〈遊城北謝氏廢園作〉，《全宋詩》卷八二五）

> ……中橋駕石臨清港，危榭開軒把翠微。夾道松風吹酒面，滿庭花氣襲人衣。（呂希純〈朱氏園〉，《全宋詩》卷八四三）

「唐人詩好用名詞，宋人詩好用動詞」，〔註30〕中國字是單形單義，也就是唐人喜歡用名詞來創造意象，而宋人注重字句鍛鍊，尤其喜用動詞，將景物擬人化，以物為人，充滿生命力，顯得意趣橫生。

詩人們善於「眼用活字」，「即五言以第三字為眼，七言以第五字為眼」。〔註31〕詩中「抱」、「連」、「解」、「鳴」、「卷」、「崩」、「吹」、「襲」等擬人的字眼，是個活字，適時的將主觀的情緒表達，作語氣

〔註30〕錢鍾書《談藝錄》，頁 244。
〔註31〕《詩人玉屑》卷之三，頁 75（臺北：世界書局，1966 年 9 月）。

上的聯想。孤雲如同人一般雙手環抱著商丘；石泉有聲，善體人意，替人解悶。「喬木卷蒼藤，浩浩崩雲積」，倒裝句法上的應用；「蒼藤卷喬木」、「積雲崩浩浩」，意象上的飛動，帶來語言本身的新鮮感。

　　除了實字，宋人更喜歡用「虛字」，來增加語言的活潑。「一句中頓挫往往從虛字中表現。因虛字動蕩，能開合呼應，悠揚委曲。」〔註32〕

　　　　我生天地間，一蟻寄大磨。區區欲右行，不救風輪左。雖
　　　　云走仁義，未免遭寒餓。劍米有危炊，針氈無穩坐。豈無
　　　　佳山水，借眼風雨過。歸田不待老，勇決凡幾箇。幸茲廢
　　　　棄餘，疲馬解鞍馱。全家占江驛，絕境天爲破。饑貧相乘
　　　　除，未見可弔賀。澹然無憂樂，苦語不成些。(蘇軾〈遷居臨
　　　　皋亭〉,《全宋詩》卷八〇三)

這是蘇軾在遷居到黃州的作品。詩人以「一蟻」來形容自己的處境，全詩表現出士人出處不遇的傷懷，詩中的轉折處運用虛詞連綴，語意承續頓挫捭闔，成爲一種靈動的語言。此詩先點題說詩人自己遷居至此的感懷。「雖去」一詞從反面爲理想困頓援解，然「豈無」轉向從正面寫園林山水的適意，抒解仕途的不懌，於是「幸茲」落筆總合詩人的看破和放懷，爲緊繃的情緒找到出口。

　　　　三年輒去豈無鄉，種樹穿池亦漫忙。暫賞不須心汲汲，再
　　　　來唯恐鬢蒼蒼。應成庾信吟枯柳，誰記山公醉夕陽。去後
　　　　莫憂人剪伐，西鄰幸許庇甘棠。(蘇軾〈新葺小園〉,《全宋詩》
　　　　卷七八六)

起首「豈無」以疑問句自問答。「暫賞」的持平立論，「再來」一詞提起語氣，轉而以「應成」虛筆寫境，下句「誰記」實筆感嘆。最後淡筆結尾。意脈轉折上，連詞的承接，使詩情的高低起伏隨之蕩漾。

　　宋詩受到禪宗很大的影響，在詩趣上追求活潑的語言。「北宋中葉，一時文壇文人耽悅禪理，禪理、體趣、禪法一併驅遣入詩，竟開出

〔註32〕錢仲聯、徐永端〈關於古代詩詞的藝術賞鑑問題〉,《文學理論研究
　　　　叢刊》,1990年6月。

古典詩歌的新境界。這境界不在空靈的意境的追求,在於機智的語言選擇。」〔註33〕「打諢」是一種語言的文字遊戲。「滑稽爲文,隨機打趣,無可無不可,起結無端,前言不搭後語。」〔註34〕下面且看兩首詩:

> 池光修竹裏,筇杖季春頭。客子愁無奈,桃花笑不休。百年今日勝,萬里此生浮。荼荼樽前事,題詩記獨遊。(陳師道〈縱步至董氏園亭〉之一,《簡齋詩集》卷十五)

首聯寫詩人縱步至園亭。頷聯「客子愁無奈」卻對著「桃花笑不休」,客子那種落寞愁苦的形態,配上活脫脫的桃花,似乎做出一種出人意外的對答。李商隱有詩:「無賴夭桃面,平明露井東。春風爲開了,卻擬笑春風。」〔註35〕「勝」字標出情景上意外連接的蓄意,詩人戲言似莊,欲反言以正,「桃花」、「客子」動靜對比,鋪寫心境上的體會。

> 君不學白公引涇東注渭,五斗黃泥一鍾水。又不學哥舒橫行西海頭,歸來羯鼓打涼州。但向空山石壁下,愛此有聲無用之清流。流泉無絃石無竅,強名水樂人人笑。慣見山僧已厭聽,多情海月空留照。洞庭不復來軒轅,至今魚龍舞鈞天。聞道磬襄東入海,遺聲恐在海山間。鏘然澗谷含宮徵,節奏未成君獨喜。不須寫入薰風絃,縱有此聲無此耳。(蘇軾〈東陽水樂亭〉,《全宋詩》卷七九三)

蘇軾詩在章法的變換、層次的轉遞和銜接上都十分自然。先以「君不學」兩個俳句雜用「人名」描寫建功立業、經世濟民之不必要。詩人化入「白公引涇水」和「哥舒橫行青海夜」的典故。這完全和亭無關,提起下文是王都官愛此「有聲無用之清流」。先以諧趣方式「打猛諢入」,再以道家「無用之用」點出題旨,「流泉無絃石無竅,強名水樂人人笑」,是一種將形而上對道的悟入,「打猛諢出」化爲語言上的戲謔。下面兩個對句,他人視爲無用無趣的流水,在蘇軾的眼裡,卻是

〔註33〕周裕鍇《中國禪宗與詩歌》第五章〈機智的語言選擇〉(高雄:麗文文化公司,1994年)。
〔註34〕同上註,頁184。「打諢」方式對宋代近禪詩人的兩方面影響,「一是創作心態,一是語言形式。」
〔註35〕鄭騫《陳簡齋詩集合校彙注》,頁150。

驅遣自如，淙淙的宮徵之音。先以虛寫移人情至聲籟之中，再實寫流泉的淅淅聲。至此自樂的路徑似已底定，末尾「縱有此聲無此耳」，聯想到知音難尋，細細品味，「輒入旁意，最為警策」。〔註36〕

禪意上語言的妙脫，豐富了宋詩的表現方法。看黃庭堅的〈題息軒〉：

> 僧開小檻籠沙界，鬱鬱參天翠竹叢。萬籟參差寫明月，一
> 家寥落共清風。蒲團禪板無人付，茶鼎薰爐與客同。萬水
> 千山尋祖意，歸來笑殺舊時翁。（《黃山谷詩集》卷十三）

如陳善所說的「文章須用題外立意，不可以尋常格律自窘束。」（《捫詩新話》）正面寫題是常用的創作手法，從側面、反面著眼則可另開一境。

詩人以釋氏三千世界點題，所謂「《金剛經》以恆河沙數三千大千世界」。〔註37〕以下寫景，「明月清風」隱曲「凡聖含靈共我家」〔註38〕的意旨。頸聯側筆禪、俗對舉。尾聯則開出參禪學道。「歸來笑殺舊時翁」，以「一笑」開悟，「遮詮」的烘托渲染，不從正面描寫，說教的意味減少，言外之意要讀者活參頓悟，是一種「不犯正位」〔註39〕的語言風格。

宋人造語活潑生動的特色在北宋園林詩的寫作上，營造出氣韻不凡的詩歌特色。

（三）淡逸閒遠

詩畫「唯造平淡」的指向，追摹「狀難寫之景如在目前，含不盡

〔註36〕陳長方《步裡客談》卷下。
〔註37〕《黃山谷詩集》卷十三，外集，註解。
〔註38〕《傳燈錄‧張拙頌》云：「凡聖含靈共我家。」《南史‧謝譓傳》：「入吾室者但有清風，對吾飲者為當明月。」
〔註39〕「不犯正位創作手法，泛指作品重精神、輕形貌，不從正面直接談說，而從側面對面旁面反面間接敘寫。」見張高評《宋詩之新變與代雄》捌，〈不犯正位與宋詩特色〉，頁444。任淵〈後山詩註跋〉，《宋代蜀文輯存》卷五四「不犯正位，切忌死語。」

之意見於言外」（歐陽脩《六一詩話》）的詩歌技巧，即淡筆寫意。畫
面的幾筆勾勒，帶出遐遠的視覺空間，不著斧琢的描繪，卻更顯得詩
意深遠。

　　「宋人理想中的平澹，非水清無魚，亦非魚多而水濁，而是猶如
『宋元三昧』的『荒苦清遠、枯索寒儉』之畫風」，〔註40〕荒寒的意
境是一種殘缺的美感，在苦荒中透雜著淡逸，是在心境澄澈下的心靈
感受，予人讀之留下無限餘韻。而這「韻」味，是由宋人主體精神的
「靜」、「格」中所透顯出來的。

　　　晴雲嘷鶴幾千隻，隔水野梅三四株。欲問陸機當日宅，而
　　今何處不荒蕪。（梅堯臣〈過華亭〉，《全宋詩》卷二四五）

詩人著筆平淡。從俯角和仰角來看這些振翅欲飛的白鶴，連接著天空
中飄盪的雲，輕薄的似要隨風而起。有湖水的對岸，有梅花三四株，
點上幾筆顏色，總括出一幅開放空間的園林景色。詩意淡雅、意境悠
遠。末了。以懷古的心情來看昔日陸機的舊宅園，「荒蕪」一句，因「荒
蕪」故人跡罕至，因而鶴聲喧天。殘敗的景象，寫來淡遠，寓意深厚。

　　「梅堯臣作詩雖乏高致，而平淡有工」，〔註41〕「造語平淡」是
他寫作特色，詩意中許多景色的描繪，承襲了其詩學理念加以發揮。
再看他的一首〈閑居〉詩：

　　　讀易忘飢倦，東窗盡日同。庭花昏自斂，野蝶晝還來。謾
　　數過籬筍，遙窺隔夜梅。唯愁車馬入，門外起塵埃。（梅堯
　　臣，《全宋詩》卷二四六）

日復一日都做著相同的事，重複著同樣的動作，不免覺得呆板、單調。
詩人以「東窗盡日同」下四句，自寫園林景色，根本不會引人注意的
一角，詩人卻觀察到了。物色怡然自在，詩人卻怕來到的車馬惹他清
閑，此種閑逸，以最平凡寫最不平凡處。

〔註40〕韓經太〈宋人美學觀念的結構分析〉，《宋代文學研討會論文集》，頁
　　　　383，成大中文系所主編。
〔註41〕《臨漢隱居詩話》：「作詩無古今，唯造平淡難」。見《歷代詩話》，
　　　　劉後村（克莊）稱梅堯臣為「宋詩之開山祖師」。

「只可意會不可言傳」是禪意奧妙之處。用直覺的心去感受微妙的哲理，禪宗體驗，消除一切對待，而致獲得心境的澄瀝。

> 亭出水中央，輕風四面涼。岸平飛略彴，波暖戲鴛鴦。靜
> 夜蟾蜍落，清秋菡萏芳。公餘時獨坐，萬慮默皆忘。（韓琦
> 〈長安府舍十詠——池亭〉，《全宋詩》卷三二八）

全詩中間四句描物寫景，以視覺、聽覺、觸覺、嗅覺構成一幅熱鬧的景象，令人應接不暇。詩人對此只是「獨」坐，以「獨」字，除了孤獨，還有心境上的澄淨。「大抵欲平淡，當自組麗中來，落其華芬，然後可造平淡之境。」〔註42〕詩人的閒坐，對應著萬物昂揚的意態，禪家的「對境無心」，去掉事物偽作的外衣，就可顯露生命本質的存在。

> 路出清陰下，殘花著馬蹄。過城春水靜，度墅野橋低。池
> 廢青蘋合，林深綠筍齊。流鶯知我恨，落日再三啼。（韓維
> 〈暮春遊卞氏園〉，《全宋詩》卷四二三）

「殘花」、「池廢」呈現著荒索的意象。在春光明媚的日子中出遊，雖是春意盎然，卻掩不住詩人滿眼的殘敗和心中無邊的不快。此時流鶯的叫聲更顯得哀怨而幽遠。「在任何的詩境中，都是自我情趣、性格、經驗的返照。」〔註43〕詩人的枯寂、不懌，所表達的心情，斷非一種沖淡、消極，雖以「恨」字作結，反有種「遠揚」之氣，如出一個凌空的吶喊。再看韓維的另一首詩：

> 空庭落葉赤，聯步得幽尋。蘚剝殘碑字，塵昏古象金。菊
> 烟淒晚秀，松日淡秋陰。南陌風埃滿，禪關只自深。（韓維
> 〈遊龍興寺〉，《全宋詩》卷四二三）

韓維此詩仍有他一貫的古淡疏暢，蕭然意遠。〔註44〕「空庭」、「落葉」、「蘚剝」、「殘碑」、「淒」、「淡」，詩中充滿荒寒索寞的蕭瑟感，稀落的苔痕、殘破的石碑、迷濛的煙嵐，疏寞的松影，寂靜的心靈中一切終歸空明。詩人在頷聯、頸聯四句極力營造淒清的美感，終以「禪關

〔註42〕南宋葛立方《韻語陽秋》，見《歷代詩話》。
〔註43〕周裕鍇《中國禪宗與詩歌》，〈空靈的意境追求〉（高雄：麗文，1994 年）。
〔註44〕梁崑《宋詩派別論》，頁 153（臺北：東昇出版公司，1980 年 5 月）。

只自深」透出禪機無限,留與讀者深深思索。

　　淡逸的詩風,有時也是一種洗盡鉛華後老而醇熟的境界。〔註45〕看似平淡無奇,淡乎寡味,實則是精神境界的豐盈,充實飽滿而山高水深。〔註46〕蘇軾的詩就呈現這樣的風貌。

　　　　步來禪榻畔,涼氣逼團蒲。花雨檐前亂,茶煙竹下孤。乘閒攜畫卷,習靜對香鑪。到此忽終日,浮生一事無。(蘇軾〈雨中邀李范庵過天竹寺作二首〉,《全宋詩》卷八三二)

　　　　老禪趺坐處,疏竹翠泠泠。秀色分鄰舍,清陰覆佛經。蕭蕭日暮雨,曳履繞方庭。(同上)

蘇軾一生,他有著儒家的「兼善天下」、「忠君愛國」的理想,可是政治上接二連三的沈重打擊,使得他在挫折中興起老莊的曠達,又結合佛道思想。他的一生,無論在朝或是在外爲官,都「盡言無隱」,不怕「犯眾怒」(《奏議集》卷九〈杭州召還乞郡狀〉),「不顧身害」(《經進東坡文集事略》宋孝宗趙(大目)序)。

　　此詩作於蘇軾晚年,經過大風大浪,人生歷鍊後,徹底沈澱的心事「到此忽終日,浮生一事無」。詩人詩中寫入的是「團蒲」、「花雨」、「茶煙」、「畫卷」、「香鑪」等生活上細瑣的微事。也正由於心中無事,生活上才能展現物我怡然自得的閒適之感。

　　第二首寫禪意深入生活,呈現靜謐空寂的和諧狀態。禪宗講靜默冥想,作爲一種體驗生命的美學,特別重視人對自己內心的觀照,及主體心靈的思維感悟。園中景色即在萬理寓於一心中,冷靜而又理性,各歸其位。

〔註45〕 張健《宋金四家文學批評研究》,頁 39,「東坡的平淡,主要是一種境界,由於這種老而淳熟的境界,能使詩文鉛華,更上層樓。」1983年 5 月。

〔註46〕 張海鷗《南宋雅韻》(北京師範大學出版,1993 年 10 月)「平淡美處於人格美的最高層。平淡不是平庸無奇,淡乎寡味,而是精神世界達到豐盈寬厚,充實健全的程度而表現出來的平靜祥和,淡泊瀟灑的風神的氣韻,看似平淡,實則山高水深。」引自鍾美玲《北宋四大家理趣詩》,頁 120,註 12。

　　宋人人格的老成美，道家禪學的超脫，閒淡的追求，加上文風的影響，使之對宋代園林詩的影響，可謂極大。

第七章 北宋園林詩的特色

一、傳承前人技巧

（一）體物寫志

「詩言志」的詩歌寫實精神在中國詩歌史上，一直扮演著重要的角色。「宋人由於受到『詩莊詞媚』觀點，實質上是受儒家詩教的影響。從『詩言志』方面看，宋詩顯得更爲突出。」〔註1〕孔子認爲：詩可以興、可以觀、可以群、可以怨，「溫柔敦厚詩教也」（《禮記·經解篇》）。當時宋代理學受到當政者的肯定，成爲統治思想時，它的影響力滲透到各個文化領城上。所謂宋詩理性或分，即是繼承「體物寫志」的藝術特質。

> 小園香霧曉濛籠，醉守狂詞未必工。魯叟錄詩應有取，曲收彤管邺鄘風。（蘇軾〈和孔周翰二絕之一──再觀邸園留題〉，《全宋詩》卷七九八）

詞在宋代興起。詞又稱詩餘，因爲在當時文人的心目中把「詩」認爲是典雅莊重的「正道」，而「詞」不過是茶餘飯後、杯酒酬唱，難登大雅之堂的「小道」。在傳統儒家浸淫之下，詩人仍難以忘記詩歌諷

〔註 1〕 殷光熹〈宋詩繁榮的原因──兼論宋詩特點形成的原因〉，《宋詩綜論叢編》（高雄：麗文文化出版）。

刺教化的功用。這首詩中，蘇軾以《詩經》來源之一的採詩，提出「曲收形管邶鄘風」。〔註2〕小園飲宴飲酒作樂、觥籌狂歡之餘，沈醉在頹廢的靡靡之音、醇酒美人外，是否也應想想志士仁人憂國憂民的理想、抱負。第三句之起，收束柔靡的抒情筆調，改以呼籲、強調的口吻，讓讀者也能深刻感受詩人背後的豪情壯志。

> 高懷志丘壑，既足不願餘。惜哉三徑荒，滯彼天一隅。小築聊自適，空園闢榛蕪。清影弔高槐，氣與西山俱。何以開子顏，亭柯作森疏。月露洗塵翳，天風吹笙竽。方其寓目時，萬象供嘯呼。終然成坐忘，天地猶空虛。券外果何有，浮雲只須史。乃知鐘鼎豊，未勝山林癯。淵明死千年，日月走名譽。不肯見都郵，歸來守舊廬。可憐骨已朽，後有誰繼渠。願子副名實，此事吾欲書。(陳與義〈寄題康平老眄柯亭〉,《簡齋集》卷六)

詩中有寄託、有感慨、有期許。陳與義目睹北宋時代的變亂和衰亡，在顛沛的現實生活當中，有深刻的體會。首聯，詩人以「寫志」提起，因為有高志，不與世合流，故以小園安頓身心。前半段寫築園的來由，中間描寫園的景色。「萬象供嘯呼」、「終然成坐忘」，道家精神以心能放曠自適，這種物我相忘，遊於物外，是包含了對現實環境的消極調節，和自我積極主體建構的過程。後半段，以名利為浮雲，山林適志，未若鐘鼎擾心，陶淵明雖為千年骨，然高風亮節永傳後世。詩人期許康氏能持有此志。詩中濃烈的抒發對理想的堅持。

再看一首陳與義的〈題董宗禹先志亭〉詩：

> 作客古南陽，問俗仁孝敦。坐讀杜羔傳，起訪城西園。偉哉是家事，作傳堪千言。當年懷橘處，華屋淡曉暾。大松蔭後楹，小松羅前軒。風露所沐浴，千載當連根。我已廢蓼莪，感茲淚河翻。葉聲含三歎，送我出園門。(陳與義《簡齋集》卷四)

〔註2〕《漢書·地理志》:「河內本殷之舊都，周既滅殷，分其畿內為三國，詩風邶、鄘、衛國也。」

受儒家傳統影響，君子「己立立人，己達達人」，獨善其身而後能兼善天下的精神，是一直影響著讀書士子。君子比德，取類比興。在此詩中「當年懷橘處」一句，引屈原以〈橘頌〉塑造出其完美的理想人格，自許不論遇到任何狀況都不會改變的故事。「大松蔭後楹，小松羅前軒」，指出前亭後院都被松枝覆蓋。《論語・子罕》篇中有：「歲寒，然後知松柏之後凋。」松柏長青，在冰天雪地的環境裡，萬物凋零，而唯有它們能昂然挺立，不畏風霜，正是不屈不撓的表徵。對詩人來說，欣賞具有象徵意義的植物，即是對自身的詠讚，並提醒永誌不忘。

> 南園花謝北園開，紅拂欄干翠拂苔。卻是梧桐且栽取，丹
> 山相次鳳凰來。（徐積〈華州太守花園〉，《全宋詩》卷六五七）

全詩四句，前兩句寫景，後兩句寫志。縱然花園滿眼花叢綠意盎然，然園中梧桐樹才是詩人關心所在。「梧桐」和「鳳凰」的相結合，往往是古來詩歌意象中重要特徵之一。鳳凰的高貴稀少，代表詩人的嚮往和自比，栽取梧桐，希企見遇。自古以來，讀書人莫不追求受到重用，一展長才，施展抱負，這種價值取向，今古皆然。鳳凰不與世俗妥協的個性，更是詩中主要寄寓的對象。

　　「體物寫志」的特色，將園林詩的境界由寫景而至寫人，跳脫出山水摹寫的框範而能與詩教相結合。

（二）情景交融

　　在文學創作中「情」與「景」的交通融合，是使意象的經營與構成更為深刻動人的方法。「昔我往矣，楊柳依依。今我來思，雨雪霏霏」（《詩經》）。「採菊東籬下，悠然見南山。山氣日夕佳，飛鳥相與還。……」（陶淵明〈飲酒〉）「眾鳥高飛盡，孤雲獨去閒。相看兩不厭，只有敬亭山」（李白〈獨坐敬亭山〉）。

　　宋范晞文《對床夜語》云：「景無情不發，情無景不生。」明謝榛《四溟詩話》曰：「作詩本乎情景，孤不自成，兩不相背。」所以作詩徒有情而無景，無法成詩；若只有景而無情，則會生硬枯燥，隔

靴搔癢,缺少動人的藝術形象。《一瓢詩話》有:「『平疇交遠風,良苗亦懷新』其妙處無從下得著語,非陶靖節能賦之,實此身心與天游耳。」這裡強調身心與天的相交感應,即是人與外在環境交互相感、情景交融下的佳句。這樣的例子在園林詩中是屢見不鮮的。

先看李質、曹組〈艮嶽百詠詩〉(《古今圖書集成》,第五十五卷):

千里飛鴻座上看,山川風月在憑欄。不知地占最高處,但覺恢恢天宇寬。(〈極目亭〉)

桂影亭亭漾碧溪,尋芳曾被暗香迷。碧桃開後晴風暖,花外幽禽自在啼。(〈嚴春堂〉)

山下深林起白雲,白雲飛處斷紅塵。伴行直到高峰上,舒卷縱橫不礙人。(〈麓雲亭〉)

微雲將雨洗層巒,石磴莓苔路屈盤。正是江南最佳處,仰看蒼翠俯城瀾。(〈飛岑亭〉)

〈極目亭〉一詩是寫亭能飽覽遠近風景,一覽無遺。千里遠的飛鳥都能看得清楚,那麼在詩人情感的驅馳下,山川風月似乎向你逼近,倚著欄杆對你凝望。下一首〈嚴春堂〉則多了一些空靈的禪意。「桂影」、「碧桃」、「晴風」、「幽禽」無言自在,寂靜的觀照下,不是死寂、凝滯,而是透出包蘊無限生命的可能。所以「幽禽自在啼」是詩人在「心齋」、「坐忘」下與物神遊的精神狀態,但比起前兩首,〈麓雲亭〉詩就多了一些斧鑿的痕跡。空山寂林,白雲自在悠閒的飄飛移動,無關乎任何人,「礙」本是詩人主觀的情感活動,「不礙人」中有作者我的影子。第四首〈飛岑亭〉詩中,「微雲將雨洗層巒」、「石磴莓苔路屈盤」句情景相交,讓景穿上詩人感情的外衣。可以說緣景而生情,情景交融是寫景詩最重要的要素。藝術審美中,我們常以「觀于目,會於心」來描繪觀物心態。物我兩種生命形態的交織,主體情感投入物象,物象深入主體,在生命的最深處,迸裂碰撞出耀眼的火花。

名園聊得拂塵衣,深入花叢一逕微。萬樹未饒金谷富,百

哇猶有漢陰機。青蘋風暖天機出，文杏巢乾海鶖歸。向晚
鳴騶九門路，柳堤回首獨依依。(楊億〈遊王氏東園〉，《武夷新
集》卷四)

楊億是宋初西崑詩派的領導人物之一，他們追摹李商隱，詩句重對
偶、用典故、尚纖巧、主妍華的寫作風格。〔註3〕詩人在技巧上琢磨
的用心從這首詩可以很明顯看到。人與自然景物間的融洽，透過寫景
辭采的堆砌，情緒的點染淡淡托出，但雕琢斧痕可見，自然不得不受
到後來擬矯華麗詩風的改革運動，而被取代。

　　「情景交融」是寫園詠景的園林詩必具的條件，也是凸顯個人園
林寫作技巧的一個指標。

（三）援典隸事

　　詩中援引典故或事件，當陳述一事時，可以省去累贅，產生精約
的效果，並增加詩的密度和張力，這是歷代詩家常用的技巧之一。

雖小成績，譬寸轄制輪，尺樞運關也。……凡用舊合機，
不覺自其口出。〔註4〕

詩句裡據事以類義，援古以證今，若太白則淺露，太深則晦澀，恰到
好處才是高手。

人居城市虛華館，秋入園林晚花落。落日臨池見科斗，必
知清夜有鳴蛙。(黃庭堅〈問劉景文遊郭氏西園因留宿〉，《黃山谷
詩集》卷十五)

按《徽宗實錄》元符三年九月，上謂輔臣韓忠彥曰：「章惇求去，朕
不欲以定策貶惇，秖緣護哲宗靈駕不職，累有彈章惇，於是遂出。故
和章有云：『有人難立百官上，不爲廟中羔菟蛙。』」〔註5〕科斗乃池邊
常見之物，詩人以前者科斗形象想見後者青蛙的聲響，巧用典故將那
些曾經赫赫一時的高官達臣，連結著城市中的紛擾。明用「虛華」二

〔註3〕劉大杰《中國文學發展史》第二十章〈宋代的詩〉(臺北：華正書局，
　　　　1994年)。
〔註4〕《文心雕龍‧事類》(臺北：學海出版社，1911年2月)，頁616。
〔註5〕見〈問劉景文遊郭氏西園因留宿〉詩下註。

字，點出詩末「鳴蛙」聒噪之聲，暗寓的政治黑暗，表面上的清虛，實際「虛」字，乃一切不實、虛偽的造作，正如名和利。再看黃庭堅的另一首俏皮的小詩：

> 打荷看急雨，吞月任行雲。夜半蚊雷起，西風爲解紛。（黃庭堅〈和涼軒〉二首之一，《山谷詩集注》卷十八）

詩人前兩句都用倒裝句，「急雨」可「打荷」，「行雲」能「吞月」，一陣風雨呼之欲出，果然第三句「蚊雷起」，聲勢之大，如同風雨，末尾西風一掃驅散眾蚊，以爲解決紛爭。《史記・滑稽傳》曰：「談言微中，可以解紛。」西風無形無狀，來去自如，清風拂人，以之解語，平息事端，比擬之趣，實爲巧妙。

> 西園可散髮，何必賦遠遊。地曠多雄風，葉聲無時休。幸有濟勝具，枯藜支白頭。平生會心處，未覺身淹留。散坐青石床，松意淡欲秋。薄雨青眾卉，深林耿微流。一涼天地德，物我俱夷猶。東北方用武，六月事戈矛。甲裳無乃重，腐儒故多憂。眞禽叫高樹，且復寄悠悠。（陳與義〈遊董園〉，《簡齋詩集》卷十五）

「甲裳無乃重」句，謂靖康之時，四方勤王之師雲集，而將帥不相統馭，難收事功。〔註6〕簡齋身在南北宋季之交，靖康之亂，外族擄走皇帝，從此金甌半缺，宋室南渡。詩人遊賞園林風景，前半段描寫因閒適而心中暢意的心情，坐在石床上，享受天地自然松意、薄雨和深林的幽靜，再者詩人用世的思想主宰，引發後半段「涼」字的出現，以溫度的轉變，話題一岔，直接議事。仁人志士憂國憂民，天地有「德」，故儒士有憂，充塞德性之大體。

> 齊安孤起宋興前，光宅相仍一水邊。蜂分蟻爭今不見，故窠遺垤尚依然。（王安石〈光宅寺〉，《王荊文公詩》）

光宅寺，梁武帝宅也。《五行記》云：魏顯宗嶧，兗州有黑蟻與赤蟻交鬥，長六十步，廣四寸，赤蟻斷頭而死。〔註7〕詩人詩題寫寺廟園

〔註 6〕見〈遊董園〉詩下註。
〔註 7〕見〈光宅寺〉詩下註。

林，但詩中卻屢見旁外之物，實欲以旁顯主之技巧強調主題。「自傳詩：蜂窠與蟻垤，隨分有君臣」，窠、垤爲君臣之分，以旁襯主，爲烘托「光宅寺」。不直接寫風景，以事側寫，更能曲盡其意。

　　園林詩裡援引事例，論述事理，爲詠物詩特色之延續。園林詩傳承前人寫作技巧「體物寫志」、「情景交融」、「援典隸事」，由觀景而生情，因情依景而論事。掌握住山水詩、田園詩的內涵與「詠物」的內在精神。

二、開創自家特色

　　「宋人生唐後，開闢眞難爲」。﹝註8﹞唐朝是中國詩歌的黃金時代，宋人在唐之後，想要擺脫唐詩陰影，必須藉前人之所長，自出機杼，別出一格。

（一）寫景議論

　　「詩緣情而綺靡」，緣情和宋人主張理意是兩條意趣相異的路。「即物究理，以物鍊象」，﹝註9﹞使得景物在園林詩中並不是十分看重，全詩中僅少部分詠園中景色，詩人多借景物興發意念和論點。唐詩重色彩聲音以及繪聲繪影形象化的描寫；而北宋園林詩以景物興起話題，比例上前半引起，中段感受，後半則以說理。和前代以感性爲主的詩趣，宋人可說是另樹一格。其中一邊描述風景，一邊發抒議論，發揚宋詩論理特色。

　　「以文爲詩」、「以議論爲詩」是歷來對宋詩的看法。吳喬《圍爐詩話》中引《詩法源流》云：「唐人以詩爲詩，宋人以文爲詩。唐詩主於達性情，宋詩主於議論。」表達上，唐詩、宋詩有很大的不同。「以文爲詩的作品，往往容易趨向議論化。」﹝註10﹞散文化的詩適宜

﹝註8﹞蔣士銓《辯詩》，《忠雅堂集》卷十三。
﹝註9﹞龔鵬程《文學與美學》，〈知性的反省——宋詩的基本風貌〉，頁185～187（臺北：業強出版社，1995年1月）。
﹝註10﹞嚴羽《滄浪詩話·詩辨》：「近代諸公乃作奇特解會，遂以文字寫詩，以才學爲詩，以議論爲詩。夫豈不工，終非古人之詩也。」事實上，

鋪張說理，這是宋詩在繼承唐詩之後，所開創的另一條新大道。

> 日涉中園路，昌昌春意深。鳥新無罷囀，雲暖不常陰。秀
> 色平連野，芳姿細著林。歡言挈齋酒，值與即徐斟。（宋祁
> 〈西園〉，《全宋詩》卷二二四〉）

時間是事件進行先後的順序。春意引起詩人的遊興，看那西園景色帶
給人們生氣盎然的感受，鳥兒不斷鳴叫，天氣晴朗，陽光高照，雲朵
顯得暖烘烘的，一望無際的視線，芳草碧連天。前段四分之一是興，
中間是寫景感受，末尾四分之一是議論，歡言值興，何不慢慢品賞這
無邊的春光和景色。這種寫法是直敘式的四段描寫，可看出宋初西崑
餘風下對偶、巧麗的影響。下一首詩仍延續著起承轉合四段式法。

> 醉翁家有醉眠亭，爲愛江堤亂草青。不聽耳邊啼鳥喚，任
> 教風外雜花零。飲酣未必過此舍，樂甚應宜造大庭。五柳
> 北窗知此趣，三閭南儗漫孤醒。（張先〈醉眠亭〉，《全宋詩》卷
> 一七○）

詩首點明主題，人物、地點。頷聯、頸聯詩人寫李行中園林生活的愜
意和不受外物干擾的自在，「耳邊啼鳥」、「風外雜花」更顯園主心中
的幽靜，詩人以「舍」之小和宜造「大庭」之意，圖寫園主的自足。
末尾以「酒」巧妙結合兩大文人典型，五柳先生陶淵明和三閭大夫屈
原，前者不遇於世後的出世全性，後者入世的絕望孤寂，正爲讀書士
子出處作了兩個註解。「陶詩篇篇有酒」，[註11] 在酒中「五柳先生知
我趣」的襯寫園林之樂，對淵明生命縱起後的澄澈，意欲對眾醉獨醒
的屈原不能忘懷政治，予以同情和惋惜。

> 新春甫驚蟄，草木猶未知。高人靜無事，頗怪春來遲。肩輿
> 出東郊，輕裘識朝曦。百草招生意，喬松解寒姿。尺書招友
> 生，冠蓋溢通逵。人生瞬息間，幸此休暇時。濁酒淪浮蟻，
> 嘉蔬薦柔荑。春來莫嫌早，春去恐莫追。公卿多王事，田野
> 遂我私。松筠自擁蔽，里巷得遊嬉。鄰家並侯伯，朱門掩芳

宋詩不昧於過去，而能另找出路，尋找詩歌極限，極富創新精神。
〔註11〕蕭統〈陶淵明集序〉云：「有疑陶淵明詩，篇篇有酒。」

菲。畦花被錦繡，庭檜森旌旗。華堂絢金碧，疊觀凝煙霏。彷彿象宮禁，蕭條遠喧卑。徐行日一至，何異己有之。都城閉門早，眾客紛將歸。垂楊返照下，歸騎紅塵飛。但卜永日歡，未與清夜期。人散眾囂絕，庭光星斗垂。安眠萬物外，高世良在茲。(蘇轍〈遊景仁東園〉，《全宋詩》卷八五四)

及時行樂是詩人對春的詠讚。春天，萬物萌發充滿生機，到處有著生命的活力。節氣「驚蟄」已過，草木尚未甦醒，隱逸閒居的高人「怪春遲」。詩人已知春，然春卻毫無動靜，以議論來襯托敘景，讓園主的清閒更加強調幾分。詩人遊春，四句歡樂的氣氛之餘，不免又有一番見解「公卿多王事，田野邃我私」。再來八句進入主題寫東園的景色，有皇家園林的氣派又兼具遠離塵囂的條件，正是最吸引人的地方。為了深廣主題「言此意彼」，人去樓空的落寞，昇華為另一種觀物境界。

詩人藉著遊園，抒發應把握住人生的瞬息，雖然醉後各分散，人生聚散無常，如同生命的短暫，但反轉感嘆為一種開釋後的豁達；「安眠萬物外」宣揚「揚棄悲哀」〔註12〕的人生觀，在有限性的人生中，絕望的危機何嘗不是一種契機？廣闊的視野，讓宋人體會到人生的全部並不只是悲哀。傷春、惜春容易感傷，何不勇敢走過衰頹的過程，去領略生命的美麗。

再看晁端佐〈醉眠亭〉二首：

盤石幽亭樂未央，是非窮達兩相忘。塵寰下望知何許，爛醉高眠自有鄉。(《全宋詩》卷八四一)

塵埃收得一身閑，飲盡春瓶曝背眠。醉耳猶嫌山鳥聒，夢魂終日上高天。(同上)

第一首起頭對句「盤石幽亭樂未央，是非窮達兩相忘」，一是客觀寫景，一是主觀寫己；接著以一個問句「塵寰下望知何許」，自問自答，

〔註12〕日本學者吉川幸次認為：宋詩和從前詩歌最大的差別在於「悲哀的揚棄」。吉川幸次郎《宋詩概說》，〈宋詩的人生觀──悲哀的揚棄〉(臺北：聯經出版事業公司，1977年4月)。

並且評論一番，雖喝得爛醉仍清楚自己該何去何從。心中的恬然適意早已爲自己找到方向。第二首則以議論爲主，全詩洋溢著開朗閒逸的心情。詩人想要把春光一飲而盡，懶洋洋的曬著太陽，卻嫌鳥叫聲太過刺耳。事實上是因爲有「閑」才顯得「山鳥聒」。詩人寫旁物發表他逍遙終日的心情。否則一味說理，容易失去詩的含蓄和委婉。

寫景議論爲詠物詩類的「山水詩」、「田園詩」共有的特徵。但以園林爲主的意象，已將「園」中比德、言志的花木、山水形象的議論之意，轉變爲一種個人身世、意志的延伸。在閒適逍遙的道家美學風格下，其實含藏著更多儒家和而仁至、謹守自持的人文特質以及美與善、興與觀的道德認知和價值判斷。人文審美精神和人的精神力量是園林詩論理的積極要求。

（二）寓理成趣

詩歌的本質不論是抒情、寫志都要求有趣味。「詩趣約可歸納爲六大類，即情趣、畫趣、理趣、拙趣、諧趣和禪趣。」〔註 13〕「宋人作詩，欲人人知其意，故多直達。」（吳喬《圍爐詩話》）「由『表現』的詩轉爲『表達』的詩，宋人總是急不可耐地要人品咂出詩裡的『理』來」。〔註 14〕

宋初古文運動，將文學和道統連結起來，以平淺樸直的散體和清醇平淡之音一掃浮豔華靡的西崑體。「明道」、「致用」的文學見解上，文學承擔社會責任，使詩人不得不省察並調整自己的任務，甚至要深入細膩去探討人生哲學和生活體驗的價值和意義。在「理」中，找尋「言理不流於空洞、抽象、乏味、枯澀，使詩歌富於哲理的同時，又蘊含耐人尋味的詩趣。」〔註 15〕而園林詩的誕生，正可將此文化思潮

〔註 13〕邱燮友《品詩吟詩》，頁 17（臺北：東大圖書，1989 年）。

〔註 14〕葛兆光〈從宋詩到白話詩〉，見《宋詩綜論叢編》（高雄：麗文文化公司，1993 年）。

〔註 15〕鍾美玲《北宋四大家理趣詩研究》（臺北：文津出版社，1996 年 7 月）。

寫下最佳的註腳。

> 玉鈿勻點鑑新磨，香逐風來水上多。應爲橫斜詩句好，故
> 教疏影瀉平波。（曹組、李質《艮嶽百詠詩——梅池》）

詠梅詩中以林逋〈山園小梅〉「疏影橫斜水清淺，暗香浮動月黃昏」
之句，最爲膾炙人口。詩人以林逋這首詠唱不已的詩作之意境，來詮
釋艮嶽梅池的梅花，「故教」之語有「倒果爲因」的趣味。

> 春光湖水滿，春色柳洲深。莫作風中線，條條繫客心。（郭
> 祥正〈和楊公濟錢塘西湖百題——柳題〉，《青山集》卷二十五）
>
> 深堂待遊客，老木競留春。花發多臨水，雲開始見人。（郭
> 祥正〈翠樾堂〉，《青山集》卷二十五）

第一首以柳絲細長飄揚的形象，比擬在空中飛舞的細絲，遊人遊湖賞景
面對嬌媚的西湖，不禁被美景所著迷。「條條繫客心」把人對景的感情
巧妙的契入他物，寄趣自然。另一首亦是以景爲主，景物們自導自演，
雲朵爲幃幕，叢花是列隊歡迎的侍女，擬人化的手法是爲了烘托深閨主
角「深堂」的出現，寫得十分神秘又覰腆，是一種「以物爲人」的趣味。

> 雲水浩無極，茲亭安在哉。傳使落人間，猶使塵抱開。昔
> 爲干戈地，今以遊觀來。物變未始窮，千年一浮埃。何時
> 江山秀，曠然當酒杯。（韓維〈寄題秀州檇李亭〉，《全宋詩》卷
> 四一八）

歷史是走進過去的時間，歷史所留下的點滴，都會引起人們的欷噓，
不論王公名將或是朝貴弄臣，在時間的軌跡裡，終究只是黃土一坏。
「江山如此嬌媚，引多少英雄競折腰」，笑看人生，一飲千古江湖事。
古今興亡循環，都成一種定律，「昔爲干戈地，今以遊觀來」，悲涼中
藏曠達之趣，對人生有啓迪的作用。不直寫園，而是藉園寓理，此理
有頓消人世紛爭的禪趣。

> 名花多自洛城傳，物色春工十指間。漸買姚黃并左紫，恨
> 無伊水對嵩山。主人妥妥多材藝，俗客悠悠幾往還。惟有
> 萬竿亭背竹，霜青偏照解衰顏。（劉摯〈題泰定小雒亭〉，《全宋
> 詩》六八二）

「恨無伊水對嵩山」、「惟有萬竿亭背竹」，詩人用「先破後立」的技巧，寫小雒亭主人風雅之姿，多有才藝卻只能終日面對俗客來往，抱恨無伊水對嵩山的機會，對著庸俗的賞花客，慶幸有此亭安頓自己的生命，閒淡中有「餘味」，即是「韻」〔註16〕的展開，襯托園主心境上的體悟。禪意之韻，亦常深入人心，給予讀者更多的反省。

> 寺倚蒼崖古，僧閒晝掩扉。曉雲辭嶺去，夕鳥占林歸。悟理觀幡動，臨風想錫飛。寄懷玄觀外，更覺此生微。(張耒〈和北寺〉,《柯山集》卷十四)

「觀幡動」這是禪宗裡的一則公案。〔註17〕「幡動」，究竟是旗動了，風吹動，還是心在動？禪宗悟道的不落言筌，給予詩人很大的啟示。曉雲飛離山嶺，夕鳥倦回歸巢，雲靜靜的，鳥也靜靜的；沒有喜悅，也沒有悲傷，好像應當如此，一切自然而然。詩人眼中觸動他心弦的是這麼靜謐的影像，時空似乎被泯滅，無人的境界，人生顯得更是渺小了。

> 已向閑中作地仙，更於酒裏得天全。從教世路風波惡，賀監偏工水底眠。君且歸休我欲眠，人言此語出天然。醉中對客眠何害，須信陶潛未苦賢。孝先風味也堪憐，肯爲周公晝日眠。枕麴先生猶笑汝，枉將空腹貯遺編。(蘇軾〈李行中秀才醉眠亭〉,《蘇軾詩集》卷九)

以酒起興的醉眠亭全詩緊扣住「眠」字。首聯漪「閑」「酒」點出李秀才的生活。《抱朴子》云：「中士遊於名山，謂之地仙。」《莊子・達生》云：「彼得全於酒者，猶若是而況於全於天乎。」此二句是果，第三句是因，因爲「人生名利途，平地有風波。」(白居易〈觀酒詩〉)人生不如意，所以從酒裡希企得到天全。第四句「水底眠」有「反常

〔註16〕范溫《潛溪詩眼》論「有餘宜之謂韻」、「行於簡易閒淡之中，而有深遠無窮之味，觀於世俗，若出尋常。」見《永樂大典》卷八○七，大化書局印行。

〔註17〕《中國禪門公案》，頁 42，「有兩僧正在討論一情景。甲僧說：這是風在動。乙僧說：這是幡在動。慧能聽到後，就說非風，非幡，是心動。」(上海：知識出版社，1993 年 7 月)。

合道」的趣味，來化解世道險惡的困境。以下六句詩人由「眠」自發以議論，用陶潛飲酒自適，不假造作的眞性情自解「眠思經事，寐與周公同夢」來論彼苦非眞苦，此眠堪玩味。末尾兩句，把劉伶的形象自我解嘲一番，空有滿腹經綸，不如好酒一盅，以酒全其性，故和首聯遙相呼應，以「酒」作結。

　　藉由園林景物布置，亭臺樓榭的歌詠，涉入理意，以理意化入趣味，建立在知覺理性創作上的園林詩作，聯繫著北宋當朝文藝寫作的詩歌風格。

（三）人文詩意

　　宋嚴羽《滄浪詩話》云：「唐人與本朝未論工拙，直是氣象不同。」（《歷代詩話》）宋詩和唐詩在詩歌的內容上，「概括的說，唐詩是自然的、客觀的、物的詩；宋詩則是人文的、主觀的、人的詩。」〔註18〕由於宋代豐富的文化資產，詩人的文化生活和人文修養，投入對現實的熱情和期待，生活的智慧，凝聚成宋詩的風貌和特色。詩人主體建構所散發出的人格美，通過典範的追求，追慕陶淵明和杜甫已形成宋人情志的標的。〔註19〕平淡閒遠的詩意表現風格，使得園林詩在詩歌意象上有不同於唐詩。

　　　　曾臺累榭蔚相望，古木連雲出繚牆。可但陶朱能計略，須知
　　　　猗頓亦材良。松風菊露茲清夜，楚舞吳歌奉宴觴。好在諸郎
　　　　俱挾冊，起家儒術未應忘。（〈遊禁城韓氏東園〉，《參寥子詩集》）

「陶朱公」和「猗頓」是古代兩個經商致富成功的人物。范蠡洗雪會稽之恥後，扁舟浮於江湖，以陶地居，易名爲朱公，善治生產，遂至巨萬。猗頓以鹽業興起，貲擬王公，馳名天下。〔註20〕古代「商」爲

〔註18〕許總〈宋詩特徵論〉，《宋代文學研究叢刊》，第2期。
〔註19〕參見周益忠〈宋人論詩詩中的屈騷情懷〉，《宋代文學研討會論文集》。以及程杰〈從陶杜詩的典範意義看宋詩的審美意識〉、林謙中〈杜詩與宋人詩歌價值觀〉，《宋詩綜論叢編》（高雄：麗文文化公司，1993年）。
〔註20〕「陶朱公」、「猗頓」之事出自《史記》卷一百二十九〈貨殖列傳〉

四民之末，視讀書仕進爲知識份子努力的目標。詩人寫陶朱公和猗頓以商人身份留名後世，以此來說韓氏東園主人的背景，歌管絃舞的宴觴，是園林主要的活動。「好在諸郎俱挾冊，起家儒術未應忘」，詩人仍有儒家士子情懷，質疑雖然經商可以成功，但建功立業應不可忘懷。

> 築居喜物外，披徑窮木末。層阜繞襟帶，澄江見毫髮。芬芬山蜜熟，決決春泉活。林梢閃猿隙，石罅愁銜月。坐長百慮寂，望遠孤興發。何必較萬殊，吾自師吾達。(謝絳〈雙松亭〉，《全宋詩》卷一七七)

追求「至樂」乃是精神自由解放的狀態。「物外」之趣的欣賞，先決條件要在「遊」，即是在逍遙的個體上來談。事物欣賞的角度跨越物質實用的觀點，才能達眞正「忘」的境界，體會物外之樂。邵雍說「以物觀物」而「不以我觀物」(〈觀物内篇〉)，就是從性情上出發。從自性上去觀照事物，摒棄主觀意識，不帶個人情感，泯滅大小美醜，才能窮盡其物之理。看那山水林泉、萬物生長，豐盈滿足之性已充塞胸中。

再看另一首〈寄題醉翁亭〉詩：

> 偏州地狹民事簡，醉翁自放山水中。琅琊倚天色蒼翠，遜泉落石聲玲瓏。(富弼，《全宋詩》卷二六五)

醉翁指的是當代人歐陽脩。他在慶曆年間，年四十歲，因言事獲罪，被貶放滁州。於是他放情於山水之間，自號醉翁。「醉翁之意不在酒，在乎山水之間也。山水之樂，得之心而寓於酒也。」(〈醉翁亭記〉)歐陽脩勇於諍諫，但屢遭罷黜。詩人寫出醉翁被貶至偏遠之地，而能自放，縱情山水，對著琅琊山蒼翠的山色，泉石相沖激的淙淙水聲，

第六十九：「范蠡既雪會稽之恥，乃扁舟浮於江湖，變名易姓，適齊爲且鴟夷子皮，之陶爲朱公。……十九年之中三至千金，再分散與貧交疏昆弟。此所謂富好行其德者也。」「猗頓，魯之窮士也。耕則常飢，桑則常寒。聞朱公富，往而問術焉。朱公告之曰：『子欲速富，當蓄五牸。』於是乃適西河，大蓄牛羊於猗氏之南，十年之間其息不可計，貲擬王公，馳名天下。以興富於乙事，故曰猗頓。」

領悟「渾萬象以溟觀，兀同體於自然」〔註21〕的超脫境界。這不就是
陶淵明「採菊東籬下，悠然見南山」的寫照。在積極用世之後，雖無
法施展抱負也不要氣餒，那就為人格的完美實踐而努力。

　　另一個失意文人蘇舜欽所建的園林「滄浪亭」，也一直是詩人們
歌詠的對象。

> 子美寄我滄浪吟，邀我共作滄浪篇。滄浪有景不可到，使
> 我東望心悠然。荒灣野水氣象古，亭林翠阜相回環。新篁
> 抽筍添夏影，老桑亂發爭春妍。水禽閒暇事高格，山鳥日
> 夕相啾喧，不知此地幾興廢。……清風本無價，可惜只賣
> 四萬錢。……崎嶇世路欲脫去，反以身試蛟龍淵。豈如扁
> 舟任飄兀，紅渠綠浪搖醉眠。丈夫身在豈長棄，新詩美酒
> 聊窮年。雖然不許俗客到，莫惜佳句人間傳。(歐陽脩〈滄浪
> 亭〉,《歐陽脩全集》卷一)

北宋宰相蘇舜欽在慶曆四年（1004）秋，被除官為民，翌年移居蘇州，
買下原吳越時孫承佑的園，築滄浪亭。蘇子美少懷壯志，「念昔年少
時，奮迅其孤騫。筆下驅古風，直趣聖所存。山子逐雷電，安肯服短
轅。便將決渤澥，出手洗乾坤。」〔註22〕可見年少時便有雄心想要在
仕途上一展鴻鵠之志。但是官場的艱險、人情的機偽，讓他遭受重大
打擊。詩人歐陽脩以「清風本無價，可惜只賣四萬錢」句來襯顯蘇子
美超越世俗性的人格。物質上的衡量無法概論他在失意後放曠的性格
力量，詩句欲「以反為正」突顯出主題和人物。末句結語「不許俗客
到」，中間夾著詩人的期許和勸說，標出超拔的人生和詩意。

　　人格美、詩趣美和畫意美三者的結合，是形成園林詩詩意超拔的
主要因素。劉若愚先生曾指出：「中國詩歌中的時間觀念，可分為個
人的、歷史的、宇宙的等三類。」〔註23〕以石延年〈金鄉張氏園亭〉
為例：

〔註21〕孫綽〈遊天台山賦〉。
〔註22〕〈夏熱晝寢感詠〉,《蘇舜欽集編年校注》卷三。
〔註23〕蔣寅〈時空意識與大歷詩風的轉變〉,《文學遺產》, 1990 年 1 月。

亭館連城敵謝家，四時園色鬥明霞。窗迎西渭封侯竹，地
接東陵隱士瓜。樂意相關禽對語，生香不斷樹交花。縱游
會約無留事，醉待參橫月落斜。（《全宋詩》卷一七六）

園林的景色是屬於封閉性的空間，定然不會出現自然山水般壯麗的
風景，而是待之以一種雅致、精巧的欣賞。這首詩是石延年三十三
歲那年為金鄉令遊賞張氏園，為主人所題贈的一首七律。〔註24〕首
聯以園主「亭館連城」和東晉貴族謝安「土山營墅」、「樓館竹林甚
盛」〔註25〕的別墅相比，從園林的外貌視角縮小進入園內，四季如
春，花團錦簇，一片欣欣向榮。接下來引發詩人想起的是「封侯竹」、
「隱士瓜」的對比。他分別用了《史記・貨殖列傳》裡「渭川千畝
竹，此其人與千戶侯等」，與《史記・蕭相國世家》裡「東陵侯召平，
在秦之後，隱居長安城東，種瓜為生，瓜甜味美，俗稱東陵瓜」的
典故，映照主題。石延年以竹的高潔呼應隱士的孤高，也正凸顯園
主身份氣節的表徵。

眼前一切都激起詩人對追求永恆、人事代謝的感慨。今昔相應，
使得作品內容更富於哲理意味的歷史感和宇宙意識。由個人所見所
感，興發為人生、歷史的探索，孤獨的個體在短暫的生命歷程裡，面
對歷史洪流，總是以靜默、敏銳的關照，喚起對宇宙人生的把握。雖
然眼光留在具象的風景上，但時間不限於觀覽的當時，而觸景生情的
一念感受，就能超越知覺的空間範疇，而達到盡情遊賞「騁心游目」
的「縱游」。所以知識份子於表現媒介的詩歌藝術上，呈現的知性美
感，是緊緊環扣住時代環境的脈動和變化，從小我見大我的。

宋人欲超越前人成就，在北宋「園林詩」的主題特色上，以比個
人情志的園林景物上「寫景議論」，建立知覺理性的審美感受與技巧，
傳達「寓理成趣」的論理特色。再者以充滿人文關懷與人文精神的指
向，鋪寫文人建築下的「人文詩意」，把人格、詩趣和畫意統合為一。

〔註24〕參看《宋詩鑑賞辭典》，頁64，上海辭書出版社。
〔註25〕《晉書・謝安列傳》。

第八章　結　論

　　「志於道，據於德，依於仁，游於藝」(《論語・述而》)，「游」的生命觀照型態，在儒家身上是一種人本道德性的開展。園林是個綜合藝術，園林是人工的自然；與其說是自然的再造，不如解釋成「人類」主體通過自然的意念表現。

　　中國園林於北宋時期，在園林的內容和形式上已完全定型。身兼文人與畫家身分的士大夫，親自參與造園工作，並進而在遊宴酬唱之餘，大量以園林為題詠的對象，使園林詩成為宋詩詩歌主題類型中的一支。由於政治安定、經濟繁榮，園林詩在山水詩、田園詩成熟發展的基礎上，結合繪畫。詩畫合流，園林詩反映出豐富的美感意念和形象特徵。

（一）內涵呈現上

　　園林詩的題材內容，依著主體情境的不同和生活意趣的追求，詩歌類型的表現，包括有：園林享樂遊宴的趣味，對神仙逍遙自在境界的追求，今昔之別、感時憂國的寄託，對自身境遇憤懣不平的低迴，逃避現世的遁世隱逸，描寫恬淡、悠閒的園林生活，以「比德」觀凸顯自我清朗疏曠的人格操守，以及描寫寺廟園林幽深靜寂的環境和與之生命觀照的影響。

（二）思想境界上

　　「天人合一」的思想為園林體系中主要的支撐架構，形成人與外

在事物上主要的聯繫關鍵。園林詩中,「詩人」是主體,「園林」是客體對象。在以「人」為中心的思考模式當中,人的存在必須面對種種物質生活、感官知覺,自然的與環境產生交互作用。

宋代讀書人追求仕進積極精神的發揚,不免在政治困挫中失意落寞,因此道家的慰藉,抑或禪宗對人生的安頓,園林就成了對士人的重要的寄託。宋代士子以儒家自居,理學講性命之學,即是從儒家對人類的終極關懷中出發,生命的實踐,人心德性充顯,精神與天地相往來,心的自由,隨大化流行而開展,故而在哲學性的空間上,主體的建立,潛沈著一股勃發的內在人文精神。現實性物質空間,追求安適、自在的生活空間,因此風景優美,不受干擾的生活環境,就成了考慮的優先條件。

儒、釋、道三家的融合匯流,提供園林境界依心的實相而圓融,隱逸文化中士大夫生命情境得到和諧的昇華,在超越與被超越間,有一種和諧的統一。

故而園林詩的哲學思考上,哲理觀、空間觀、生命觀、審美觀裡,無不充滿心靈知覺的理性思維和澄澹參悟的觀物反照。

(三)美學意趣上

存在意象與主觀意識的轉換,以及藝術感知力,是園林詩重要的思維過程。一壺天地的園林,有以小見大的佈局設計,山水景物移天縮地於一隅之中,題區園名更有「畫龍點睛」的效果。有宋一代,兼容並蓄,含容大度,並且和合吸納各種文化特質,詩中呈顯詩歌多元多向的風格面貌。

園林詩的美學意境上,展現宋人模山範水,妙造自然的技巧。「借景」、「借境」,以形寫神,傳神寫意,形成詩情畫意的藝術總體。

(四)技巧特色上

寫景詠物的北宋園林詩不同於其他山水、田園詩,獨樹一格,從園林詩主體技巧的「意象烘托」、「時空設計」、「氣韻表現」三者,可

以窺見園林詩繼承前代寫景、詠物詩外，還運用了許多繪畫理論。詩人的情性和涵濡的人文性格，使得園林詩歌不只是單純描摹景物，刻畫物態，其中更加入知性反省之美。

從北宋園林詩中，可知園林大都集中在北方東京、洛陽之地。其他湖區邊、風景優美處，隨著士大夫的移居，散落一些小園；而寺廟園林、公共山水園林大部份都集中在江南地區。此時住宅的園林化，影響宋朝南渡後對江南園重視園宅合一的要求，並利用南方水澤豐沛，高度掇石理水的優點，自為匠意。

園林詩是以寫景詠物為主，是宋代在園林大量出現後所形成的一種詩體，它與畫論的發展，是互相並進的。

園林詩內涵包括的層面很廣，園林風水問題尚待討論。本書是從詩歌上去分析，但因時間之限，無法深入，留待日後再作研究。

附　錄

北木園林詩中「園林」管窺：（重複者則不列入）

蘇　軾：〈司馬君實獨樂園〉、〈種德亭〉、〈城南縣尉水亭得長字〉、
〈翠麓亭〉、〈題陳公園〉、〈是日自礓溪將往陽平憩於麻田
青峰寺之下院翠麓亭〉、〈僧清順新作垂雲亭〉、〈南都妙峰
亭〉、〈峽山寺〉、〈遊北謝氏廢園作〉、〈遷居臨皋亭〉、〈新
葺小園〉、〈東陽水樂亭〉、〈雨中邀李范庵過天竺寺〉、〈遊
玉津園〉、〈留題石經院〉、〈和文與可洋川園池〉、〈又次韻
二守許過新居〉、〈次韻子由三首——東亭〉、〈月華寺〉、〈王
鞏清虛堂〉、〈次韻德麟西湖新成見懷絕句〉、〈監洞霄宮俞
康直郎中所居四詠〉、〈西齋〉、〈滕縣時同年西園〉、〈李氏
園〉、〈再觀邸園留題〉

歐陽脩：〈狎鷗亭〉、〈寄題景純學士藏春塢新居〉、〈絳守居園池〉、
〈暮春同劉伯壽史誠之飲宋叔達園〉、〈西園〉、〈逸老亭〉、
〈豐樂亭小飲〉、〈早夏鄭工部園池〉、〈會峰亭〉、〈題光化張
氏園亭〉、〈寄題劉著作羲叟家園效聖俞體〉、〈題金山寺〉、
〈題張損之學士蘭皋亭〉

蘇　轍：〈題李簡夫葆光亭〉、〈涵虛亭〉、〈遊城西集慶園〉、〈次韻子
瞻題薛周逸老亭〉、〈江州周寺丞泳夷亭〉、〈次韻子瞻麻田

青峰寺下院翠麓亭〉、〈李氏園〉、〈次韻李簡夫秋園〉、〈次
韻王適遊陳氏園〉、〈和張安道讀杜集——北園〉

陳與義：〈寄題康平老昈柯亭〉、〈題董宗禹先志亭〉、〈遊董園〉

陳師道：〈縱步至董氏園亭〉

蔡　襄：〈城西金明池小飲二首〉、〈開州園縱民遊樂〉、〈甲辰寒日遊
公謹園池〉、〈寄題張景山大卿園池〉

黃庭堅：〈玉芝園〉、〈題落星寺〉、〈平陰張澄居士隱處三詩——仁
亭〉、〈題宛陵張待舉曲肱亭〉、〈題息軒〉、〈次韻答斌老病起
獨游東園〉、〈次韻黃賦老晚遊池亭〉、〈高至言築亭於家圃以
奉親總其觀覽之富，命曰溪亭〉、〈次韻清虛同訪李園〉、〈問
劉景文遊郭氏西園因留宿〉

釋惠洪：〈任价玉館東園十題〉、〈夏日西園〉

釋道潛：〈賦王立之承奉園亭〉、〈秋日西園〉、〈遊葉城韓氏東園〉

文彥傅：〈化成寺作唐裴相之山墅捨爲寺〉、〈奉陪伯溫中散程伯康朝
議司馬君從大夫席於所居小園作同甲會〉、〈宿西谿寺〉、〈題
史館兵部傅君草堂〉、〈遊楚諫議園宅呈留守宣徽台端明王
君貺、司馬君實〉

梅堯臣：〈乙酉六月二十一日予應辟許昌京師內外之親則有刁氏昆弟
蔡氏子予之季友人則胥平叔、宋中道、裴如晦各攜肴酒送
我于王氏之園盡懽而去明日予作詩以寄焉〉、〈寄題徐都官
新居假山〉、〈過華亭〉、〈閑居〉、〈李少傅鄭圃佚老亭〉、〈早
春遊南園〉、〈湖州寒食陪太守南園宴〉、〈和壽州宋待制九
題〉、〈邵郎中姑蘇園亭〉

王安石：〈招同官遊東園〉、〈長干寺〉、〈洊亭〉、〈次韻陳學士小園即
事〉、〈蒙亭〉、〈懷府園〉、〈顧林亭〉、〈題何氏宅園亭〉、〈段
約之園亭〉、〈悟眞院〉

范仲淹：〈寄題孫氏碧鮮亭〉

李　甲：〈超果教院見遠亭〉

劉　摯：〈靈巖寺〉、〈次韻孫景修建萃景亭〉、〈冬日遊蔡氏園次孫元
　　　忠韻〉、〈寄題定州楊君園亭〉、〈題致政朱郎中適園林〉、〈次
　　　韻定國約過李氏園池〉、〈題泰定小雛亭〉

鄭　俠：〈見遠亭〉、〈孤嶼亭〉

劉　弇：〈和北寺〉

趙　抃：〈題瑞巖聖壽寺〉、〈次韻孔宗翰水磨園亭〉

邵　雍：〈洛下園池〉、〈安樂窩中吟〉、〈南園花竹〉

林東美：〈西湖亭〉

王　令：〈東園贈周翊〉

文　同：〈玉峰園避暑〉、〈漢州王氏林亭〉、〈子駿運使八詠堂〉、〈李
　　　堅甫淨居雜題〉、〈成都楊氏江亭〉

林　旦：〈觀瀾亭〉

朱　京：〈祥光寺〉、〈題清芬閣〉

杜敏求：〈運司園亭——西園〉

楊　怡：〈成都運司園亭十首——茅庵〉

林　逋：〈湖上隱居〉、〈園池〉

豐　稷：〈和運司園亭——翠錦亭〉

黃　庶：〈憶竹亭〉、〈和百塔寺四首——四開亭〉

喬孝本：〈題三山郡圃會稽亭〉

梅　詢：〈靈隱寺〉

王安國：〈游廬山宿棲賢寺〉

趙　抃：〈次韻孔宗翰水磨園亭〉

許　將：〈成都運司西園亭詩——小亭〉、〈成都運司西園亭詩——
　　　西園〉、〈能仁禪寺〉

滿維瑞：〈挹秀亭〉

陳　統：〈經浯溪元次山舊隱〉

黃希旦：〈水心亭〉

楊　蟠：〈甘露寺〉

趙　湘：〈蘭江仁智亭〉

寇　準：〈岐下西園秋日書事〉

呂希純：〈朱氏園〉、〈烏龍寺〉、〈江氏園〉

呂　陶：〈過羅氏園亭〉、〈思道同晦甫春日過李氏園亭次思道韻〉、
　　　　〈登攬秀亭〉、〈北園〉

范純仁：〈和子華遊韓王園懷故園池蓮紅薇〉、〈和子華相公王園賞梅〉

范祖禹：〈春日有懷僕射相公洛陽園〉、〈遊李少師園十題——茅庵〉

韓　琦：〈長安府舍十詠——池亭〉、〈寄題致政李太傅園亭〉、〈次韻
　　　　達崔公孺國博西亭燕飲〉、〈永興寒食後池〉、〈上巳晚遊九
　　　　曲池〉、〈後園閑步〉、〈次韻和崔公孺博西亭感懷〉、〈眾春
　　　　園〉、〈會故集賢崔侍郎園池〉、〈丙午上巳瓊林苑賜筵〉、〈駕
　　　　幸金明池〉、〈題養眞亭〉

韓　維：〈暮春遊卞氏園〉、〈遊龍興寺〉、〈遊曲水園和景仁〉、〈西
　　　　園〉、〈和朱主簿遊園〉、〈寄題秀州檇李亭〉

曾　鞏：〈上巳日瑞聖園錫燕呈〉、〈陳祁秀才園亭〉、〈昇山靈岩寺〉

徐　積：〈和路朝奉新居〉、〈清虛臺題華州崔氏園〉、〈華州太守花園〉

宋　庠：〈小園〉

楊　億：〈遊王氏東園〉

宋　祈：〈僦舍西齋小園竹樹森植秋日搖落對之脩然因作長句盡道所
　　　　見〉、〈西園〉、〈遊小圃〉、〈東池詩〉

楊　傑：〈酒隱園〉

陳舜俞：〈靈溪觀〉

韋　驤：〈待令移寓趙氏園亭〉

孔武仲：〈紫極宮默軒〉、〈寄題徐亭〉、〈西園獨步〉、〈徐成之園亭三
　　　　詠〉、〈登涵暉亭〉、〈逍遙亭獨遊〉、〈遊城北李氏園池〉

錢昭度：〈野墅夏晚〉

希　晝：〈寄題武當郡守吏隱亭〉

謝　絳：〈雙松亭〉

李質・曹組：〈艮嶽百詠詩──艮嶽〉

舒　亶：〈題福源院〉

張　徵：〈自然亭〉

魏　野：〈小園即事〉

蘇舜欽：〈滄浪亭〉、〈遊靈巖寺〉

陸于城：〈和孫氏池亭〉

郭祥正：〈逍遙園〉、〈留題方伋秀才壽樂亭〉、〈二月十一日倪倅復小
　　　　園留飲〉、〈寄題湖州東林沈氏東老庵〉、〈金陵賞心亭〉、〈和
　　　　楊公濟錢塘西湖百題──柳題〉、〈翠樾堂〉

劉　攽：〈幽居〉、〈陳通議園亭〉、〈題王金吾園亭〉、〈靈壁張氏園亭〉

余　靖：〈記題田待制廣州西園〉

董嗣杲：〈環碧園〉

朱長文：〈次韻朱牧樂圃宴有感〉

馮　山：〈和劉明復再遊劍州東園〉、〈題靈溪寺〉

沈　遘：〈和江鄰幾宋文丞相還游普安院〉

董　英：〈孫氏亭池得小字〉

穆　修：〈貴侯園〉

石延年：〈金鄉張氏園亭〉

范　鎮：〈次張寺丞園〉

李行中：〈醉眠亭〉

刁　約：〈春集東園賦得翠字〉

葉清臣：〈東池詩〉

陳　襄：〈春日宴林亭〉

參考書目舉隅

（一）古　籍

1. 《佩文齋詠物詩選》七，清康熙御定，張玉書、王鴻緒、汪霖、查慎行等編著，臺北：廣文，1970 年。

2. 《古今圖書集成‧考工典》（園林部）（苑囿部）（第宅部），第九十七冊，臺北：鼎文書局，1977 年。

3. 《中國歷代食貨典》（一），臺北：臺灣中華書局，1970 年。

4. 《宋會要輯稿》，臺北：新文豐出版公司，1976 年。

5. 《玉海》，《四庫全書》冊九四七（上海：上海古籍，1987 年）。

6. 《宋稗類鈔》，《四庫全書》冊一○三四。

7. 《太平御覽》，李昉，《四庫全書》冊二九七。

8. 《錦繡萬花谷》，臺北：新興書局，1969 年。

9. 《事物原會》，江蘇廣陵古籍刻印社，1989 年。

10. 《廣博物志》，臺北：新興書局，1972 年。

11. 《事物記原》，宋‧高承，臺北：台灣商務，1971 年。

12. 《增補事類統編》，清‧黃葆眞，臺北：新文豐出公司，1976 年。

13. 《藝文類聚》，歐陽詢，臺北：文光出版社，1974 年。

14. 《佩文韻府》，上海：上海商務，1937 年。

15. 《淵鑑類函》，臺北：學海書局，1971 年。

16. 《佛祖統記》，《大藏經》第四十九冊，史傳部一，臺北：新文豐出版公司影印。

17. 《三輔黃圖》四,《叢書集成新編》,冊九十六(臺北:新文豐,1985年)。

18. 《歷代宅京記》,顧炎武著,北京中華書局出版,1984年2月。

19. 《宋本方輿勝覽》,宋・祝穆編,祝洙補訂,上海古籍出版社,1991年。

20. 《輿地紀勝》,宋・王象之,臺北:文海,1963年。

21. 《蘇州府志》,《中國方志叢書》,臺北:成文出版社。

22. 《吳郡志》,《四庫全書》冊四三五。

23. 《吳郡圖經續記》,《四庫全書》冊四八四。

24. 《宋史》,楊家駱編,臺北:鼎文書局印行。

25. 《史記》,司馬遷著,臺北:世界書局印行。

26. 《漢書》,班固著,臺北:鼎文書局,1991年。

27. 《御定歷代賦彙》,吉川幸次郎博士解說,臺北:中文出版社。

28. 《宣和遺事》,《叢書集成新編》冊八一。

29. 《全宋文》,曾棗莊、劉琳,四川大學古籍整理研究所編。

30. 《宋詩紀事》,清・厲鶚,臺北:台灣中華書局,1969。

31. 《宋詩紀事補遺》,陸心源輯,臺北:台灣中華書局,1971。

32. 《宋詩精華錄》,石遺老人評點,臺北:廣文出版社,1979年。

33. 《全宋詩》冊一至十五,傅璇琮等編,北京大學。

34. 《蘇舜欽集》,臺北:河洛圖書出版社,1976年3月。

35. 《蘇軾詩集》,清・王文誥、馮應榴輯注,學海出版社,1993年。

36. 《增補足本施顧註蘇詩》,施元之、顧景蕃合注,鄭騫、嚴一萍編校,臺北:藝文印書館。

37. 《蘇詩評注彙鈔》,紀曉嵐評,臺北:新興書局,1967。

38. 《林和靖集》,林逋,臺北:學海出版社,1974年1月。

39. 《歐陽脩全集》,歐陽脩,臺北:華正書局,1975年。

40. 《歐陽脩選集》,陳新、杜維沫選注,上海古籍出版社,1986年4月。

41. 《臨川先生文集》,王安石,臺北:商務印書館。

42. 《箋注王荊文公詩》,臺北:廣文書局,1960年。

43. 《曾鞏全集》,臺北:河洛圖書出版社,1975年。

44. 《後山詩箋注》,陳師道,臺北:學海書局,1980年。

45. 《欒城集》，蘇轍，臺北：河洛圖書出版社，1975 年 10 月。

46. 《蘇轍集》冊一～四，北京：中華書局，1999 年 7 月。

46. 《梅堯臣集編年校注》，朱東潤，編年校注，源流出版社。

47. 《逍遙集》，潘閬，《四庫全書》冊一○八五。

48. 《忠愍集》，寇準，《四庫全書》冊一○八五。

49. 《武夷新集》，楊億，《四庫全書》冊一○八六。

50. 《東觀集》，魏野，《四庫全書》冊一○八七。

51. 《潞公文集》，文彥博，《四庫全書》冊一一一○。

52. 《樂全集》，張方平，《四庫全書》冊一一○四。

53. 《宛陵集》，梅堯臣，《四庫全書》冊一○○九。

54. 《濟南集》，李廌，《四庫全書》冊一一一五。

55. 《柯山集》，張耒，《四庫全書》冊一一一五。

56. 《雲溪居士集》，《四庫全書》冊一一一五。

57. 《石門文字禪》，釋覺範，《四庫全書》冊一一一六。

58. 《青山集》，郭祥正，《四庫全書》冊一一一六。

59. 《寶晉英光集》，米芾，《四庫全書》冊一一一六。

60. 《參寥子詩集》，釋道潛，《四庫全書》冊一一一六。

61. 《龍雲集》，劉弇，《四庫全書》冊一一一九。

62. 《畫墁集》，張舜民，《四庫全書》冊一一一七。

63. 《雲巢集》，沈遼，《四庫全書》冊一一一七。

64. 《簡齋集》，陳與義，《四庫全書》冊一一二九。

（二）筆　記

1. 《聞見錄》，宋・邵伯溫，《四庫全書》冊一○三八。

2. 《揮塵後錄》，宋・王明清，《四庫全書》冊一○三八。

3. 《楓窗小牘》，《四庫全書》冊一○三八。

4. 《澠水燕談錄》，宋・王闢之，《四庫全書》冊一○三六。

5. 《汴京遺跡志》，明・李濂，《四庫全書》冊五八七。

6. 《容齋五筆》，宋・洪邁，《筆記小說大觀》二十九編，第三冊。

7. 《西溪叢語》，宋・姚寬，《筆記小說大觀》二十九編，第一冊。

8. 《鶴林玉露》，宋・羅大經，《筆記小說大觀》二十九編，第一冊。

9. 《嬾眞子》，宋・馬永卿，《筆記小說大觀》二十九編，第一冊。

10. 《玉壺清話》，釋文瑩，《筆記小說大觀》二十九編，第三冊。

11. 《能改齋漫錄》，宋・吳曾，《筆記小說大觀》二十九編，第四冊。

12. 《曲洧舊聞》，宋・朱弁，《筆記小說大觀》二十八編。

13. 《調燮類編》四卷，宋，趙希鵠著，《叢書集成新編》，冊二一一。

14. 《辨誤錄》三卷，宋・吳曾纂，《叢書集成新編》，冊十一。

15. 《文昌雜錄》，龐元英撰，《叢書集成新編》，冊八十四。

16. 《雲林石譜》，杜綰，《叢書集成新編》，冊四十八。

17. 《東京夢華錄》，宋・孟元老撰，漢京文化事業公司，1984年。

18. 《夢梁錄》，廣文書局，1986年，初版。

19. 《武林舊事》，廣文書局，1995年，初版。

20. 《汴京遺志》，明・李濂，《四庫全書》冊五八七。

（三）詩　話

1. 《清詩話》，王夫之等撰，臺北：西南書局印行，1979年11月。

2. 《續歷代詩話》，丁仲佑編訂，臺北：藝文印書館，1974年。

3. 《宋詩話輯佚》，郭紹虞輯，臺北：華正書局，1981年。

4. 《詩人玉屑》，楊家駱主編，臺北：世界書局，1992年9月。

5. 《西江詩話》，裘君弘撰，臺北：廣文書局，1973年。

6. 《歷代詩話》，何文煥，臺北：藝文印書館，1983年。

7. 《滄浪詩話校釋》，郭紹虞校釋，臺北：里仁書局，1987年4月。

8. 《苕溪漁隱叢話》，胡仔纂集，臺北：木鐸出版社，1981年。

9. 《甌北詩話》，清・趙翼，臺北：木鐸出版社，1982年4月。

10. 《昭昧詹言》，清・方東樹，臺北：廣文書局，1962年。

（四）專　書

1. 《全宋詩》傅璇琮等編，北京：北京大學，1995年。

2. 《四書讀本》，臺北：三民書局，1983年11月。

3. 《中國人文精神之發展》，唐君毅，臺北：台灣書局，1988年8月。

4. 《中國文化之精神價值》，唐君毅著，正中書局。

5. 《中國文化史》（上・中・下），馮天瑜、何曉明、周積明等著，臺北：桂冠圖書。

6. 《中國哲學的精髓與創化》，楊政河著，臺北：文津出版社，1982年5月。

7. 《中國哲學思想史——宋代篇》，羅光著，臺北：台灣學生書局。

8. 《宋代理學與佛學的探討》，熊琬著，臺北：文津出版社，1985 年 4 月。

9. 《天人關係論——中國文化一個基本特徵的探討》，楊慧傑，大林出版社，1982 年 1 月。

10. 《心體與性體》，牟宗三，臺北：台灣學生書局，1968 年 5 月。

11. 《禪宗與中國文化》，葛兆光著，臺北：天宇出版社，1988 年台 1 版。

12. 《道教與中國文化》，葛兆光著，上海人民出版社，1997 年。

13. 《中國文化與人生》，丁捷，遼寧教育出版社，1993 年 8 月。

14. 《宋代文學思想史》，張毅，北京：中華書局，1995 年 4 月。

15. 《宋明理學・北宋篇》，蔡仁厚撰述，臺灣學生書局，1995 年 8 月。

16. 《中國佛教史》，蔣維喬著，臺北：史學出版社印行，1974 年。

17. 《宋元詩社研究叢稿》，歐陽光，廣東高等教育出版社，1996 年 9 月。

18. 《中國美學論集》，漢寶德等著，臺北：南天書局，1987 年。

19. 《遊・山・玩・水——中國山水審美文化》，任仲倫，臺北：地景企業有限公司，1983 年。

20. 《宋代文化史》，姚瀛艇，河南大學出版社，1992 年 2 月。

21. 《宋代文化研究》（三），四川大學出版社，1993 年 11 月。

22. 《境生象外》，韓林德，北京新聯書店，1995 年 4 月。

23. 《心境與表現——中國繪畫文化學散論》，徐建融著，上海人民出版社，1993 年 11 月 1 刷。

24. 《神與物遊——論中國傳統審美方式》，成復旺，商鼎文化出版社，1992 年 4 月，臺灣初版。

25. 《中國繪畫理論》，傅抱石著，臺北：里仁出版社，1995 年 4 月初版 3 刷。

26. 《畫論叢刊》上下，于安瀾，臺北：華正書局，1984 年 10 月。

27. 《畫境文心》，劉天華著，北京：生活、讀書、新知三聯書店，1994 年 10 月。

28. 《中國畫論研究論文集》，上海書局出版社，1992 年 9 月。

29. 《審美文化學》，林同華，北京：東方出版社，1992 年 10 月。

30. 《中國繪畫美學史編》，臺北：木鐸出版社，1986 年 6 月。

31. 《中國畫論研究》，伍蠡甫，北京：北京大學出版社。

32. 《論山水畫》，伯精等，臺北：台灣學生書局，1971 年 10 月。

33. 《美學與藝術評論》（二），劉天華，復旦大學出版社，1985 年 5 月。

34. 《園林與中國文化》，王毅著，上海人民出版社，1995 年 4 刷。

35. 《姑蘇園林與中國文化》，曹林娣著，臺北：萬卷樓，1993 年 12 月。

36. 《中國園林藝術辭典》，張承安主編，湖北人民出版社，1994 年 4 月。

37. 《中國宮苑園林史考》，岡大路原著，臺北：地景出版社，1990 年 3 月。

38. 《中國庭園與文人生活》，黃長美著，臺北：明文書局，1988 年 4 月 3 版。

39. 《園林美與園林藝術》，余樹勛著，臺北：地景出版社，1990 年。

40. 《園林美學》，劉天華著，臺北：地景出版社，1992 年 2 月。

41. 《詩情與幽境——唐代文人的園林生活》，侯迺慧著，臺北：東大圖書，1991 年 6 月。

42. 《中國古典園林史》，周維權著，臺北：明文出版社，1991 年 3 月。

43. 《中國園林史》，孟亞男，臺北：文津出版社，1993 年 7 月。

44. 《中國古典苑囿與名園》，劉策等編著，臺北：明文書局印行，1986 年 3 月。

45. 《中國造園論》，張家驥，山西人民出版社，1991 年 8 月。

46. 《園冶注釋》，陳植注釋，明文書局，1993 年 8 月。

47. 《美學的散步》，宗白華，臺北：洪範書店，1981 年。

48. 《中國園林藝術》，安懷起、王志英合編，臺北：丹青圖書，1987 年。

49. 《山水審美——人與自然的交響曲》，謝凝高著，臺北：淑馨出版社，1992 年

50. 《中國藝術精神》，徐復觀著，臺北：臺灣學生書局，1992 年。

51. 《禪與中國藝術精神的嬗變》，黃河濤，北京商務印書館，1995 年 3 月。

52. 《禪與中國園林》，任曉紅著，北京：商務印書館，1994 年 4 月。

53. 《中國園林建築研究》，丹青藝叢編委會編撰，臺北：丹青出版社，

1985 年。

54. 《說園》，陳從周著，上海：同濟大學出版社，1988 年 4 刷。

55. 《中國園林美學》，金學智著，江蘇文藝出版社，1990 年 3 月第 1
版。

56. 《中華古代文化中的建築美》，王振復著，臺北：博遠出版有限公
司，1993 年 3 月。

57. 《文人園林建築：意境山水庭園院》，光復書局，中國建築工業出
版社，1993 年 3 月 2 刷。

58. 《中西建築藝術比較》，劉天華，遼寧教育出版社，1995 年 7 月。

59. 《中國園林藝術》，周武忠著，中華書局，1993 年 1 月初版。

60. 《中國的園林──物象與心境》，漢保德，臺北：幼獅文化事業公
司，1990 年。

61. 《山水與古典》，林文月，臺北：純文學出版社，1984 年。

62. 《由隱逸到宮體》，洪順隆，臺北：文史哲出版社，1984 年 7 月。

63. 《山水田園詩派研究》，葛曉音，遼寧大學出版社，1993 年。

64. 《中國山水詩史》，丁成泉，臺北：文津出版社，1995 年 8 月。

65. 《中國山水詩論稿》，朱德發，山東友誼出版社，1994 年 1 刷。

66. 《中國山水詩研究》，王國瓔，臺北：聯經出版事業公司，1992 年
2 月。

67. 《中國建築史》，樂嘉藻，臺北：華世出版社，1977 年。

68. 《中國藝術的生命精神》，朱良志著，安徽教育出版社，1995 年 5
月。

69. 《兩宋題畫詩論》，李栖，臺北：台灣學生書局，1994 年 7 月。

70. 《道教風水學》，詹石窗著，臺北：文津出版社，1994 年 10 月。

71. 《中國風水》，高友謙，中國華僑出版公司，1994 年 1 月。

72. 《風水與中國人的環境觀》，劉沛林，上海三聯書店，1995 年 12
月。

73. 《風水理論研究》，王其亨主編，臺北：地景企業股份有限公司，
1993 年 11 月。

74. 《宋東京考》，清·周城撰，中華書局，1988 年。

75. 《宋代東京研究》，周寶珠，河南大學出版社，1992 年。

76. 《花卉果木編》，上海古籍出版社，1993 年 6 月。

77. 《中國茶文化》，姚國坤、王存禮、程啓坤著，臺北：洪業文化有

限公司，1995 年 1 月。

78. 《中國古代喫茶史》，許賢瑤編譯，臺北：博遠出版有限公司，1991年 2 月。

79. 《宋代的隱士與文學》，劉文剛著，四川大學出版社，1992 年。

80. 《文心雕龍》，劉勰著，范文瀾註，臺北：學海出版社，1993 年。

81. 《中華園藝史》，程兆熊，臺北：台灣商務印書館，1985 年 4 月。

82. 《園林文學發凡》，彭震球主編，大林出版社，1976 年。

83. 《宋詩論文選輯》，黃永武、張高評主編，高雄：復文出版社。

84. 《宋詩之傳承與開拓》，張高評，臺北：文史哲出版社，1990 年 3月。

85. 《宋詩之新編與代雄》，張高評，臺北：洪業文化有限公司，1995年 9 月。

86. 《宋詩派別論》，梁昆，臺北：東昇出版事業公司，1980 年 5 月。

87. 《宋代文學研究叢刊》，張高評主編，臺北：麗文文化事業股份有限公司，1996 年 9 月。

88. 《宋代文學研討會論文集》，成功大學中文系所主編，1995 年 5 月。

89. 《中國禪宗與詩歌》，周裕鍇，臺北：麗文文化公司，1994 年 7 月。

90. 《宋詩綜論叢編》，張高評編，臺北：麗文文化公司，1993 年 10月。

91. 《中國詩學——設計篇》，黃永武，臺北：巨流出版社，1976 年。

92. 《宋詩概說》，吉川幸次郎，鄭清茂譯，臺北：聯經出版社，66 年4 月。

93. 《北宋詩文革新研究》，程杰，臺北：文津出版社，1996 年 12 月。

94. 《宋代文學》，呂思勉著，商務印書館（香港分館），1993 年 1 月。

95. 《醉翁的世界——歐陽脩評傳》，洪本健，中州古籍出版社，1990年。

96. 《南宋四大家詠花詩研究》，蕭翠霞，臺北：文津出版社，1994 年5 月。

97. 《北宋四大家理趣詩研究》，鍾美玲，臺北：文津出版社，1996 年7 月。

98. 《中國歷代哲學文選》，宋元明編，馮契主，上海古籍出版社，1991年。

99. 《古典文學》，第九集，臺北：臺灣學生書局。

100. 《中國文學論集叢篇》，徐復觀編校，臺北：台灣學生書局，1981年。

101. 《主題學研究論文集》，陳鵬祥主編，臺北：東大圖書，1983年。

102. 《山海經校譯》，袁珂校譯，臺北：明文書局，1986年9月。

103. 《文心雕龍》，劉勰著，范文瀾註，臺北：學海出版社，1991年2月。

104. 《中國大百科全書》（建築、園林），北京、上海，1988年5月。

105. 《中國古典詩詞地名辭典》，江西教育出版社，1992年2月。

106. 《中國古代山水詩鑑賞辭典》，江蘇古籍出版社，1989年7月。

107. 《唐宋詩三千首——瀛奎律髓》，宋·方盧谷，清·紀曉嵐批點，中國書店，1990年3月。

108. 《宋詩鑑賞辭典》，上海辭書出版社出版，1995年10月。

109. 《中國古今地名大辭典》，臺北：台灣商務出版社，1957年。

110. 《中國歷史紀年表》，臺北：華世出版社印行，1978年1月。

111. 《中國經濟發展史》，錢公博，臺北：文景，1974年。

112. 《中國經濟史》，黎世衡主編，臺北：文海出版社，1970年9月。

113. 《中國經濟史考證》，日·加藤繁著，臺北：華世出版社印行，1981年。

114. 《宋代社會研究》，朱瑞熙，弘文館，1986年。

115. 《宋史試析》，林天蔚，臺北：台灣商務印書館，1978年6月。

116. 《中國通史》第六冊，陳致平，臺北：黎明文化出版社，1977年5月。

117. 《道教文化概詮》，于民雄，貴州人民出版社，1991年。

（五）期刊論文

1. 〈宋代寺觀與莊園之研究〉，黃敏枝《大陸雜誌》第四十六卷第4期，1973年4月

2. 〈中國園林陰陽觀〉，李先逵，《古建園技術》，1991年第2期。

3. 〈中國建築的哲理內涵〉（上、下），李先逵，《古建園技術》，1991年第2、3期。

4. 〈儒、道、禪美學思想異同論〉，杜道明《中國文化研究》，1994年秋之卷。

5. 〈孔孟的「天人」學說與古代文學中的倫理色彩〉，田兆元《孔孟月刊》第三十卷第9期，1992年。

6. 〈六朝園林文化研究〉，吳功正，《中國文化研究》，1994 年春之卷。

7. 〈論宋代的詩社〉，王德明，《文學遺產》，1992 年，第 6 期。

8. 〈宋代南北的經濟地位〉，梁庚堯，《新史學》四卷 1 期，1993 年。

9. 〈北宋洛陽文人集團與地域環境的關係〉，王水照，《文學遺產》，1994 年第 3 期。

10. 〈中唐至兩宋士大夫的生活藝術〉，王毅，《中國人民大學學報》（京），1989 年 2 月。

11. 〈題畫詩與畫題詩〉，鄭騫講述，劉翔飛筆記，《中外文學》第八卷第 6 期，1979 年 11 月。

12. 〈中國古代隱士與隱逸文化〉，趙映林《歷史月刊》，1996 年 4 月。

13. 〈從「仕」與「隱」看歷史上知識份子的價值實現與阻斷〉，徐波，《歷史月刊》，1996 年 4 月。

14. 〈論天人合一之文化思想〉，徐照華，《興大中文學報》，第 1 期，1988 年 5 月。

15. 〈「天人合一」對文藝的影響〉，王可平，《中國文化月刊》，卷一四五，2000 年 11 月。

16. 〈天人合一與古代美學〉，田兆元，《中國文化月刊》，卷一七○，1993 年。

17. 〈論天人合一哲學之理念與實踐〉，呂宗麟，《中國文化月刊》，卷一五一，1992 年 5 月。

18. 〈儒釋道影響宋詩與宋文人畫之建構初探〉，李栖，《高師大學報》，第 1 期，1990 年。

19. 〈中國哲學形上和合的建構——和合形上學〉（之一）張立文，《中國文化月刊》，第 180 期，1994 年 10 月。

20. 〈中國哲學形上和合的建構——和合形上學〉（之二）張立文，《中國文化月刊》，第 181 期，1994 年 11 月。

21. 〈中國哲學形上和合的建構——和合形上學〉（之三）張立文，《中國文化月刊》，第 182 期，1994 年 12 月。

22. 〈中國哲學形上和合的建構——和合形上學〉（完）張立文，《中國文化月刊》，第 183 期，1995 年 1 月。

23. 〈藕益大師山居詩之園林思想〉，釋曉雲，《中華文化復興月刊》，第十卷第 4 期，1977 年

24. 〈從巧奪天工到和諧自然〉，李奭學，《當代》第 59 期，1991 年 3 月。

25. 〈閒適詩初探〉，楊承祖，《臺靜農先生八十壽論文集》，聯經，1981年11月。

26. 〈中國園林文化的道家境界〉，王振復，《現代育林》，1994年9月。

27. 〈試論宋徽宗汴京艮嶽的造園成就〉，侯迺慧，《中華學苑》，第44期，1994年4月。

28. 〈從西湖看宋人的造園與遊園活動——以文學範疇為主〉（上），侯迺慧，《國立政治大學學報》第69期，1994年9月

29. 〈中國園林特徵之研討〉，方玲子，《建築師》第六卷，第6期，1980年6月。

30. 《由中國藝術特質探討中國建築之藝術處理》，詹秀芬，成大建築工程研究所碩士論文，1983年。

31. 《中國園林探微》，賴明當，東海大學建築工程研究所碩士論文，1983年。

32. 《從中國庭園詩情畫意的觀點探討建築設計與宇宙觀》，蔡振芳，成大建築工程研究所碩士論文，1984年。

33. 《以中國山水畫為媒介探討景觀空間美質之構成》，高吉齡，台大園藝研究所碩士論文，1984年。

34. 《由自然美學觀看中國園林建築與空間》，張純菁，東海大學建築工程研究所碩士論文，1986年。

35. 《宋代土地私有制與租佃制之探討》，金仁淑，台大歷史所碩士論文，1986年。

36. 《宋代山水遊記研究》，陳素貞，臺灣師大國文研究所碩士論文，1985年。

37. 《范成大山水田園詩研究》，林天祥，成大歷史語言所碩士論文，1991年。

38. 《宋人筆記中的汴京人民生活風尚》，蔡君逸，東吳中文所碩士，1989年。

39. 《壺天縮影見石趣》，蔣錦繡，台灣師大國研所碩士論文，1994年。

附　圖

附圖一　周維權《中國園林史》中所描繪的艮嶽圖

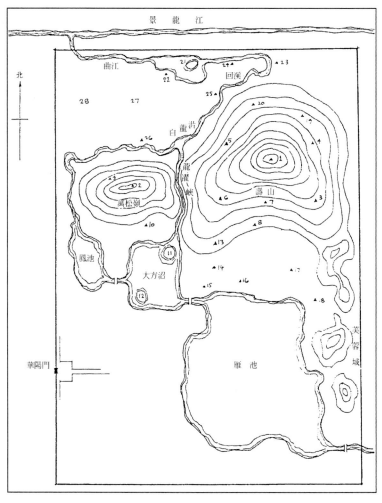

1.介亭　　　2.巢雲亭　　　3.極目亭　　　4.蕭森亭　　　5.麓雲亭　　　6.半山亭
7.降霄樓　　8.龍吟亭　　　9.倚翠樓　　　10.巢鳳堂　　11.蘆渚　　　12.梅渚
13.攬秀軒　14.萼綠華堂　15.承嵐亭　　16.昆雲亭　　17.書館　　　18.八仙館
19.凝觀亭　20.圖山亭　　21.蓬壺　　　22.老君洞　　23.蕭閑館　24.漱玉軒
25.高陽酒肆　26.勝筠庵　27.藥寮　　　28.西莊

附圖二　私家園林

宋圖《四景山水圖》中的住宅園林之三

宋圖《四景山水圖》中的住宅園林之四

附圖三　北宋政治區域圖

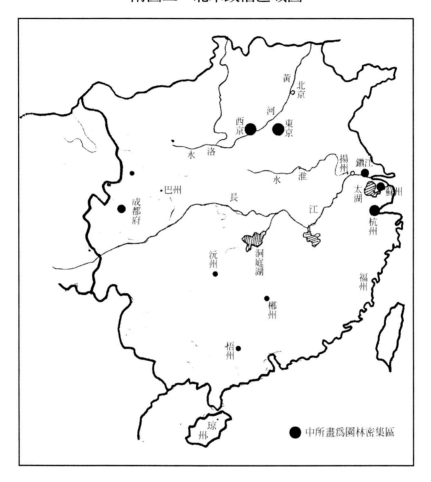